首部曲

艾蜜莉的精靈百科

與精靈共舞時，請務必小心，千萬別沉醉其中

Emily Wilde's Encyclopaedia of Faeries

HEATHER FAWCETT 海瑟・佛賽特——著

郭庭瑄——譯

野人

一九〇九年十月二十日
寒光島，拉芬斯維克

影子對我很不爽。門被寒風吹得嘎吱作響，牠躺在爐火旁，尾巴無精打采地動也不動，一雙眼睛自濃密蓬亂的前額毛髮下往外望，透著狗狗特有的埋怨和無奈，好像在說：「**你把我捲進這種愚蠢的冒險多少次了……這次我們必死無疑。**」恐怕我不得不同意牠的看法。話雖如此，我內心的期待絲毫未減，還是很想快點展開研究。

我打算親自尋訪神祕莫測的「隱族」精靈，並將每天的田野調查活動如實記錄下來，書寫於此。這本日誌有兩個用途：一是日後彙整田調筆記時能幫助我回憶細節；二是萬一我被精靈擄走，至少還有書面紀錄供日後的學者參考。正所謂「口說無憑，落筆為證；言語易逝，文字永存」。一如前例，我會假設閱讀日誌的人對樹靈學有基本的了解，有些東西剛接觸這領域的新手可能不太熟悉，我也會加上註釋說明。

我之前從未來過寒光島，老實講也沒什麼理由來。若說今早初見的景象沒有稍稍澆熄我的熱情，那是騙人的。從倫敦到寒光島唯一的交通工具是貨輪，每週一班，航程五天，船上載運的貨物類型遠比乘客來得更有變化。我們一邊閃避冰山，一邊以穩定的速度航向北方；與此同時，我在甲板上來回踱步，以防暈船。只見披覆霜雪的山脈自海平面緩緩浮升，綴著紅色屋瓦的小村莊拉芬斯維克蜷伏在山腳下，有如瑟縮的小紅帽，大野狼則從後方逐步進逼。

我們的貨船小心翼翼駛入港口，洶湧的灰浪讓船身冷不防撞上碼頭護舷。一名老人滿不在乎地叼著菸，用絞車降下舷梯。風大成這樣，那根菸居然都不會熄——這項精湛技藝令人印象深刻，以致於好幾個小時後，我又回想起那於海沫水霧中閃過的火光。

我發現只有我一個人下船。船長「砰」一聲將我的行李箱放在結霜的碼頭上，對我露出他慣有的、略帶困惑的微笑，好像我是個他只聽懂一半的笑話。其他幾位乘客要前往下一個停靠港羅亞鎮，也是寒光島唯一一座城市。我不打算去那裡，因為都市中沒有精靈，只有那些遙遠偏僻、被世界遺忘的角落才能找到他們的蹤影。

從港口遠眺，可以望見我租的小屋，這點令我大感訝異。那塊地的所有人是個農夫，名叫克里斯提安·艾吉森，他曾在我們往來的書信中談及房子的外觀，說是一棟屋頂鋪有鮮綠色草皮的石砌農舍，就坐落在村子外的山坡上，靠近卡薩森林邊緣。這是一處荒蕪的僻境，從色彩鮮豔、參差錯落的房舍，到生氣盎然的海濱植物，再到潛行於峰巒間的冰川，每個細節都如此鮮明而孤絕，宛若用絲線繡成的一樣，我覺得自己好像連山洞裡有幾隻烏鴉都數得出來。

我和影子踏上碼頭，船員一見到牠便紛紛走避。牠的外表真的很容易讓人誤會。雖然牠體型龐大，毛色黑得像瀝青，還有一口森森白牙和熊掌般的狗掌，但實際上，這隻老獵犬瞎了一隻眼睛，而且除了散步外，對其他運動完全提不起勁，遑論撕咬那些粗魯船員的喉嚨。也許我應該把影子留在倫敦托哥哥照顧，但我捨不得，因為只要我不在，牠就會情緒低落，變得很沮喪。

我拖著沉重的行李箱離開碼頭，穿過村莊。村子裡只有兩三個人，大家可能都在田裡或漁船上工作吧。他們用一種「住在世界邊緣的農村村民望著陌生外來客」的眼神盯著我，沒有一個人伸出援手。影子走在我旁邊，略帶好奇地瞥了他們一眼，他們才別開目光。

我見過比拉芬斯維克更鄉下的地方。我的職業帶我走遍歐洲和俄羅斯，前往大大小小的村落，踏入環境惡劣或景色優美的荒野，我很習慣簡陋的居所與淳樸的民風，之前去安達魯西亞時還睡在農民用來存放乳酪的小棚屋裡，但我從未到過這麼遙遠的北國。寒風挾著初雪的氣味，揪扯我的斗篷和圍巾。我費力拉著行李箱緩步前進，花了點時間，不過我這個人什麼沒有，毅力最多。

村莊周圍的景觀逐漸過渡成野地，但不是我熟悉的那種草木井然的山坡，而是遍布塊狀火山岩，上頭爬滿雜蕪的苔蘚。大海將薄霧一波波送往岸邊，讓人更加眼花撩亂。

我行至村莊邊緣，找到通往小屋的山徑。那條路曲折蜿蜒，地勢非常陡峭，小屋則位於山腰凹處，看起來搖搖欲墜。從村子走到那裡大約十分鐘路程，但這十分鐘必須一直爬坡。我整個人汗流浹背，上氣不接下氣，好不容易來到小屋門口，沒想到門不僅沒上鎖，還根本沒有鎖。我推開門，發現裡面有隻綿羊。

那隻綿羊嘴裡嚼著東西，盯著我看了一會兒。我很有禮貌地扶著門，讓門開著，牠才悠哉悠哉地離開，去跟其他同伴會合。影子噴出一聲不耐的鼻息，沒有動作。我們在劍橋郊外的鄉間漫步時常看到綿羊，上了年紀的影子總是很紳士地望著羊群，一副興趣缺缺的模樣。

不知道爲什麼，室內感覺比室外還冷。屋裡的擺設跟我想的一樣簡單：堅實又令人安心的岩牆，空氣中飄著一股我猜是海鷗糞便的氣味，也可能是剛才那隻綿羊的傑作；一張桌子和幾把椅子，上面積了一層厚厚的灰；屋子後方有個小廚房，牆上掛著幾支鍋具，同樣落滿灰塵；壁爐旁有張非常老舊的扶手椅，散發出陣陣霉味。

儘管拖著行李箱爬坡出了一身汗，我還是忍不住打了個哆嗦。這時我才意識到自己既沒有木柴，也沒有火柴可以讓這間骯髒陰暗的小屋溫暖起來。更令人擔憂的是，就算手邊有木柴，我可能也不曉得該怎麼生火。我這輩子從來沒生過火。我往窗外瞄了一眼，慘了，下雪了。

我望著空蕩蕩的壁爐，又冷又餓，開始懷疑自己會不會死在這裡。

容我澄清一下，我有不少海外田野調查的經驗，絕對不是新手。我曾爲了研究一種棲息於河域的小精靈，到普羅旺斯一處偏鄉中的偏鄉待了好幾個月，當地村民從來沒看過照相機。在此之前，我曾深入亞平寧山脈觀察幾個鹿面仙子，在森林裡停留了好一段時日，還跟著一位畢生都在分析山區精靈的教授到克羅埃西亞荒野中當了半年的研究助理。不過每一次，我都很清楚自己在做什麼，也有一兩個學生擔任後勤，幫忙處理雜務。

而且沒有下雪。

寒光島位於蒼茫的挪威大陸外海，北部海岸線擦過北極圈，是斯堪地那維亞國家中最與世隔絕的一座島國。我知道這個地方交通不便，得經過一段漫長又不舒服的北航之旅才能抵達，但我完全沒想過要是情況不對必須離開，特別是海冰封凍的季節，可能會面臨什麼樣的困難。

這時，一陣敲門聲傳來。我立刻起身，但對方已自顧自地開門，懶得徵求我同意。他踩著靴子進屋，一副忙了一天後回到自己家的模樣。

「懷德教授。」那人伸出一隻手，一隻很大的手。這也難怪，畢竟他是個身材高壯、虎背熊腰的大塊頭。他頂著一頭蓬亂的黑髮，臉型方正，鼻子看起來好像斷過，湊在一起卻出奇地協調，但完全不吸引人就是了。「看樣子你有帶狗來。好一隻漂亮的傢伙。」

「請問是艾吉森先生嗎？」我禮貌詢問，跟他握手致意。

「不然呢？」我的房東回答。我不確定他是故意擺出不友善的態度，還是平常講話就略帶敵意。先說一下，我很不會察言觀色，這個缺點帶給我許多不便。換作是班柏比，一定知道該怎麼應付這個像熊一樣的男人，說不定早就用某個有趣的自嘲玩笑逗得對方哈哈大笑了。

該死的班柏比，我在心裡暗罵。我這人也沒什麼幽默感。真希望我有，遇上這種情況就能拿來用了。

「折騰了一路，從倫敦大老遠過來，」艾吉森望著我，讓我有些不自在，「有沒有暈船？」

「其實是從劍橋。那艘船很……」

「我敢說沿路上村民都盯著你看吧？他們在想：『那個小不點是誰啊？該不會就是之前聽說遠從倫敦跑來、很厲害的那位學者吧？看來她是撐不過這段日子嘍。』」

「我不知道他們對我有何看法。」我簡單帶過，想著到底該怎麼把話題轉移到更重要的事情上。

「喔，他們告訴我了。」他說。

「了解。」

「我在來的路上碰到老山姆和他太太希妲，我們都對你的研究充滿好奇。告訴我，你打算怎麼抓這些精靈？用捕蟲網嗎？」

就連我也聽得出來這是嘲弄。「請放心，我不打算抓他們。」我冷冷地回答。「我只想單純進行學術研究，過去從來沒有人調查過寒光島上的精靈物種。直到最近，世人依舊將隱族視爲神話，不像那些居住在不列顛群島與歐陸地區的精靈，其中百分之九十都有明確的記載。」

「也許維持現狀對大家都好。」

這話顯然不是什麼鼓勵。「據我所知，寒光島有好幾種精靈，且大多能在蘇瑟山脈一帶找到。從棕精靈屬到宮廷精靈等類型都是我要研究的對象。」

「我不懂這些有的沒的，」他的語氣很平淡，「但你最好研究那些小傢伙就好。不管是對你自己還是對我們來說都一樣，激怒其他族類不會有好結果。」

這句話立刻勾起我的興趣。我聽過一些傳聞，說寒光島上的宮廷精靈（即那些外形近似人類的種族）有多可怕，但我還來不及追問，就被一陣強風打斷，門被吹得大開，紛揚的飛雪倏地捲進屋內。艾吉森用肩膀推了一下，把門關好。

「下雪了。」我居然談起天氣這種無聊事，完全不像平常的我。看見雪片飄進壁爐讓我再度陷入焦慮，瀕臨可怖的絕望邊緣。

「偶爾會這樣啦。」艾吉森的回應帶著一絲黑色幽默。我覺得這比虛情假意裝親切好多了，但不表示我欣賞這種態度。「不過別擔心，冬天還沒到呢，它只是先清清喉嚨而已。那些雲很快就會散開了。」

「那冬天什麼時候會來？」我懷著沉重的心情問道。

「到時候你就知道了。」又一次拐彎抹角、不正面回應的回答。看來克里斯提安的個性就是這樣，我應該很快就會習慣。「你當教授還挺年輕的嘛。」

「某種意義上來說是這樣沒錯。」我含糊其辭，希望能讓這番質疑就此打住。我今年三十歲，以教授來說不算年輕，至少沒年輕到令人驚訝的地步。不過，八年前，我的確是劍橋大學有史以來聘任過最年輕的教授。

他哼了一聲，似乎覺得很好笑。「我得回農場工作了，有什麼需要幫忙的嗎？」

他微微側身，語氣很敷衍，看起來好像想快點從門口溜走。「如果有茶就太好了。」我趕緊開口。「還有，請問木柴放在哪裡？」

「木箱裡啊。」他一臉疑惑。「就在壁爐旁邊。」

我飛快轉頭，一眼就看到他說的那只箱子。我還以爲那是什麼簡陋衣櫃呢。

「後面柴房還有。」他補上一句。

「柴房。」我鬆了一口氣，看來現在擔心自己會凍死還太早。

他想必注意到我的語調跟之前截然不同。「你比較是那種……居家型的喔？」他說。「我們這裡很少有這樣的人。我會叫芬恩送茶來，他是我兒子。在你問之前，我先說，火柴在火柴盒裡。」

「當然！」我飛快應和，講得好像有看到火柴盒一樣。該死的自尊心。可是木箱的事太丟臉了，我實在沒有勇氣問他火柴盒在哪裡。「謝謝你，艾吉森先生。」

他慢悠悠地眨眼，從口袋掏出一個小盒子放在桌上，提步踏進凜冽的寒風裡。

十月二十日，傍晚

克里斯提安離開後，我拿起靠在牆邊的木板條把門閂好。這塊木板條的用途想必就是這樣，但正如那只該死的木箱，我之前完全沒注意到它的存在。接下來二十分鐘，我就像無頭蒼蠅一樣胡亂摸索、想辦法生火，結果半點火星都沒冒出來。就在這個時候，屋外又響起一陣敲門聲。

我打開門，默默祈禱來者是個相對客氣的人，讓我有辦法熬過在島上的這段日子。

「懷德教授。」一名年輕人站在門口，用一種我曾在鄉間聽過、略帶敬畏的語氣打招呼。我如釋重負，整個人瞬間輕鬆不少。芬恩・克里斯提安森簡直是他父親的翻版，只是腰腹比較瘦，嘴角還掛著微笑。

他熱切地和我握手，踮著腳走進小屋。看到影子時，他微微一顫，似乎有點嚇到。「這隻大狗眞帥，」芬恩的英語非常流利，口音比他父親重一些，「肯定能給狼群一點顏色瞧瞧。」

「嗯。」我不置可否。影子似乎把狼和貓歸爲同一類，對牠們沒什麼興趣。如果眞的有狼來挑釁，除了打呵欠、揮動餐盤大的狗爪賞對方一掌外，我實在想不出牠會有何反應。

芬恩掃視冰冷的壁爐和斷掉的火柴殘片，看起來一點也不意外。他父親可能已經警告過他，我的生活能力堪憂。**居家型**一樣會被日常家務打敗。

沒多久，他就生起劈啪作響的熊熊焰火，一壺水放在爐子上等待沸騰。他一邊忙，一邊嘰嘰喳喳說個不停，告訴我戶外廁所在哪裡、小屋後方那條溪流又要怎麼走，因爲這間農舍沒拉管線，那是我唯一的水源；另外村子裡有間雜貨店，我可以去那邊購買生活用品；早餐由他們家提供，晚餐可以在當地的小酒館解決，唯有午餐需要我自己打理。我覺得這樣的安排很好，白天我習慣待在野外做研究，身上都會準備一些簡單的輕食充飢。

「爸爸說你在寫一本書，」他蹲在壁爐前堆柴火，「是關於島上的隱族。」

「不光是隱族而已，」我說，「這本書收錄了目前所有已知的精靈物種。自科學時代以來，我們對精靈的了解與日俱增，但還沒有人將這些資料彙集成一本內容詳盡又完整的百科全書[1]。」

「哇，聽起來是個大工程。」他拋給我一個既懷疑又佩服的眼神。

「沒錯。」具體來說，是耗時九年的大工程。取得博士學位後，我就一直在編撰這部精靈百科。「只差『隱族』一章就大功告成。我希望在春天前完成田野調查工作，出版社很期待看到手稿。」

聽到「出版社」三個字，他又露出敬佩萬分的表情，只是雙眉依舊緊蹙。「嗯，我們有很多故事，只是不曉得對你來說有沒有用。」

「故事非常有用，」我表示，「更確切地說，故事是樹靈學的基礎。少了它們，我們就會

---

1 當然，坊間已有相關書籍詳細介紹特定地區的物種，例如弗拉迪米爾．佛利的《俄羅斯精靈探祕》。至於溫德蜜兒．史考特的《異境鐵道之旅》則偏向旅行紀事，內容不太完整（而且書中還提到鬼魂這類荒謬可笑的事物，讓她的可信度大打折扣）。

迷失方向，就像沒有天空可看的天文學家一樣。」

「可是有些故事是假的，」他皺起眉頭，「不可能全是眞的。每個講故事的人都會加油添醋。你眞該聽聽我奶奶有多厲害——她會讓我們從頭到尾每一個字都聽得津津有味。隔壁村的人會說他們沒聽過這個故事，但其實跟他們家奶奶在爐邊講的是同一個。」

「這類版本差異很常見。不過，凡是跟精靈有關的軼聞，即便是假的，也一定都有幾分眞。」

我大可滔滔不絕地說下去，畢竟我寫過好幾篇以精靈故事爲題的文章，但若我的觀點在他聽來不過是無稽之談，我眞的不知道該如何進一步跟他分享我的學術成果。事實上，對精靈而言，故事就是一切，是他們自身及所屬世界的一部分，而其重要性與箇中奧妙，凡人難以理解。一則傳說不只是過去的單一事件，更是一種模式，這種模式形塑了他們的行爲、預示了未來可能的情況。精靈沒有法律制度，故事雖非他們的律法，卻是他們的世界中最接近某種秩序的東西[2]。

「我的研究一般包含口述訪談與實地研究，也就是追蹤、野外觀察之類的。」我簡單作結。

「所以你……」他眉間的皺紋好像刻得更深了。「你之前做過這個？我的意思是，你見過他們？那些精靈？」

「見過很多次，你們的隱族應該沒辦法給我什麼驚喜了。不過精靈普遍擁有這樣的才能，能讓人大感驚奇，你說對嗎？」

芬恩綻出笑容，所以他大概覺得我是個有一半精靈血統、性格古怪的女人，用魔法現影到這座幾近與世隔絕的北方荒村。「這我就不清楚了，」他回答，「因爲我只認識島上的精靈。我一直以爲這就夠了，綽綽有餘。」

他的聲音挾著一絲陰鬱。不是不祥，而是嚴肅，就像人在談論現實艱苦與人生困境時會有的語氣。他拿出一條顏色深暗的黑麥麵包放在桌上，一派稀鬆平常地告訴我，這是用地熱燜烤出來的，旁邊還有兩人份的乳酪與鹽漬鮮魚。他舉手投足間透著雀躍，似乎想和我一起享用這頓簡單又不失豐盛的晚餐。

「謝謝。」我開口道，接著兩人尷尬對望。我覺得自己好像該說點別的，像是關心他的生活和工作，或是拿自己的無助開玩笑，但我一向不擅長閒聊，當學者、做研究也沒什麼機會練習。

「你母親在嗎？」我終於硬是擠出一句。「我想謝謝她做的麵包。」

雖然我不太會判讀他人情緒，但我犯錯的經驗非常豐富，我立刻察覺到自己說了不該說的話。「麵包是我做的。」他英俊的面孔蒙上一層陰影，方才的歡快收斂不少。「我母親一年多前去世了。」

「對不起。」我赫然想起艾吉森曾在信中跟我提過這件事，只好故作驚訝地掩飾過去。**什麼不忘，偏偏忘了這個？艾蜜莉，你這個白痴。**「那個，你的手藝很好，很有天分，」我連

2 艾絲特・梅・哈利維爾的雜文集《傳說之外》便簡單提到學界對這個主題的看法及其演變：啟蒙時代的觀點以懷疑論為主流，認為民間傳說只是次要甚至無用的經驗證據，沒辦法讓我們了解精靈；到了現代，則認為那些遺聞軼事對精靈本身而言是非常重要的根本。

忙補充，「我想你父親一定很自豪。」

不幸的是，這句笨拙的回應只換來一陣苦笑。我猜他父親其實並不以他的廚藝爲傲，說不定還認爲這樣很沒男子氣概。幸好，芬恩感覺是個心地善良的人。「希望你會喜歡。」他略帶拘謹地說。「有什麼需要就捎個口信給我們。七點半吃早餐可以嗎？」

「可以。」看到他一改先前的輕鬆自在，讓我有些過意不去。「謝謝。」

「喔對了，這是兩天前寄來給你的。」他從口袋抽出一封信。「我們每週都會收到一次郵件。」

聽他的口氣，似乎將這件事視爲當地的驕傲。我硬是擠出笑容向他道謝，他回以微笑，轉身走出小屋，嘴裡還叨唸著跟雞有關的事。

我瞄了信封一眼，發現左上角用華麗的字體寫著「劍橋，溫德爾・班柏比博士辦公室寄」，中間那行則是「寒光島拉芬斯維克，農民克里斯提安・艾吉森住所，艾蜜莉・懷德博士收」。

「該死的班柏比。」我喃喃低語。

我把信推到一旁。現在的我餓到沒力氣生氣。我按照慣例，先幫影子準備食物再用餐。我到外面的地窖（芬恩有告訴我在哪裡）拿了一塊羊排放在盤子上，將一碗水擱在旁邊。影子低頭狼吞虎嚥，沒有半句怨言。我坐在劈啪作響的爐火旁喝茶，茶很濃，而且有煙燻味，不過滿好喝的。

沒能好好報答芬恩的親切和熱情讓我有些遺憾，但我並沒有因爲少了他的陪伴而難過——我完全不期望他留下來。

我凝望著窗外。只見森林從半坡往上延伸，有如一道即將來襲的黑色巨浪，透著不祥的氛圍。由於島上的副北極區林地大多被人類居民開墾、砍伐殆盡，因此寒光島林木稀疏，不過依舊存有少數森林，且那些森林（據信）屬於隱族所有，至於樹種組成主要是不起眼的毛樺，以及零星的歐洲花楸和灌木柳。像這樣的嚴寒地帶，植物不會長得太高，我可以看到矮小的樹木蹲踞在山坡的陰影裡，詭譎而幽晦，令人著迷。精靈就像植物主根一樣，深深扎埋於周遭環境[3]。我真的很想看看究竟是什麼樣的族類，以如此荒僻的地方為家。

班柏比的信躺在桌上，莫名散發出一種隨興不羈的氣息。吃完麵包（好吃，有煙燻味）和乳酪（也好吃，也有煙燻味）後，我拿起信封，用指甲劃開封口。

親愛的艾蜜莉，開頭這麼寫道。*希望你在冰天雪地裡有個舒適的安居之所，希望你在研讀典籍、振筆疾書，噴得身上滿是墨漬時能感到快樂，或盡量讓自己快樂，我的朋友。雖然你才離開沒幾天，但我不得不說，我很想念你像一隻在橋下盤算復仇計畫的山怪，弓著背坐在窗簾緊閉的辦公室裡的模樣，還有敲打字機時響徹走廊的清脆喀噠聲。少了你的陪伴，我整天愁雲慘霧，所以我畫了一小張你的肖像，隨信附上。*

---

3 當然，這裡提到的是威爾森．布萊斯的「自然野靈論」。樹靈學界普遍接受這個觀點，常稱之為布萊斯學派。目前已有許多文獻探討這個主題。基本上，布萊斯認為精靈是自然界的元素，並經由某些未知的過程產生了意識。根據布萊斯學派的看法，精靈與其居住環境間有種羈絆，兩者以人類難以理解的方式緊密牽繫在一起。

我瞪著那張素描。上面畫的是一個完全不像我的我坐在劍橋大學辦公室裡，深色頭髮挽起來盤在頭頂，而且非常凌亂（這點我承認他有忠實呈現。我有個壞習慣，喜歡在工作時玩頭髮），臉部表情如魔鬼般猙獰，怒目望著打字機。班柏比甚至還厚顏無恥地把我變漂亮，放大我凹陷的眼睛，替那張圓臉增添一抹專注和慧黠，使平凡無奇的五官輪廓變得更加立體。顯然他沒有能力想像出一個他覺得毫無吸引力的女人，就算他明明看過這個女人也一樣。

這張畫讓我很不開心。對，一點都不開心。

接著，班柏比花了一大段篇幅描述最近一次我根本沒資格參加的樹靈學系教師會議，因爲我只是兼任教授，還沒拿到終身職。他下了許多有趣的評論，像是光線灑落在桑斯維特教授的新髮型上看起來有多美，還說艾丁頓教授會中很少發言，想必是練就了睜眼打盹的功夫，問我同不同意他的看法。讀著他喋喋不休的文字，我忍不住揚起嘴角偷笑——很難不被班柏比逗樂。這是我最討厭他的一點，除此之外，還有他自以爲是我的知心好友。這個命題只有在我沒有其他朋友的情況下才會成立。

親愛的，我之所以寫這封信，部分原因是想提醒你，我很擔心你的安危。我不是怕你遇上什麼奇特的冰雪精靈，因為我知道你有能力應付，我是怕當地氣候惡劣。至於第二個原因，我承認，我對你所發掘的隱族傳說非常著迷。我真的很希望你能寫信跟我分享你的發現。不過，假如我安排的計畫順利，就不必多此一舉了。

我呆坐在椅子上。天啊！他不會是想來這裡找我吧？不然還能是什麼意思？

然而，當我往後靠著椅背，想像班柏比來到島上的畫面，內心的恐懼不知怎地減輕了一點。對，班柏比的野外工作經驗的確很豐富，最近他還組了一支考察團隊前往高加索地區，探察關於某種迷你精靈的傳言，但他的田調方法基本上就是分派任務。他會待在離飯店最近的地方，從那裡指揮一小群老是緊跟在他後面的研究生。他發表的不少論文都將學生列為共同作者，因而在劍橋博得許多美名，不過我很清楚這些學生有多辛苦。要是他獨攬功勞，那才真的可惡。

我連說服一個學生陪我來拉芬斯維克都沒辦法。儘管班柏比魅力十足，我還是很懷疑他能否成功找到研究助理。所以，他不會來。

剩下的信件內容是他保證一定會為我的書寫序。看到這裡，我有點不太舒服，寬心和忿恨的感覺雜糅在一起。我根本不需要他幫忙，特別是在他搶先我一步提出關於混血魅妖的發現之後，但我無法否認有他協助會帶來很多好處。溫德爾．班柏比是劍橋大學最傑出、最重要的樹靈學家之一，也就是說，他是全世界數一數二的樹靈學家。之前我們合寫了一篇論文，以簡單明瞭的方式對波羅的海地區河流精靈的飲食進行全方位分析，那篇論文讓我獲邀參與兩場全國性學術會議，至今仍是我被引用次數最多的文章。

我把信扔進爐火裡，決心將班柏比拋諸腦後，等收到他下一封信再說。只要我沒急著回信滿足他的自尊心，他一定很快就會再聯絡我。

我轉向蜷縮在我腳邊的影子。影子那雙嚴肅的深色明眸始終看顧著我，在我慌張無措時關心我的情況。我發現牠的腳掌上又長了凍瘡，便拿出大狗專用的藥膏替牠塗抹患部，花了點時間仔細梳理牠的長毛，直到牠舒服地垂下眼睛。

我從行李箱取出手稿，小心翼翼地打開保護套，將稿件放在桌上。我輕輕翻動，細細品味爬滿墨跡的紙張發出的清脆聲響，確認頁面排序一切如常。

這本書稿很厚，目前約有五百頁左右，還不包含內容廣泛、篇幅可能會很長的附錄。這些書頁間搜羅了人類迄今遇見的所有精靈物種，從奧克尼群島的霧棲沼怪，到可怕凶殘、被馬耶勒這個地中海國家居民稱為「夜鴞」的盜寶妖精，個個都像用針線縫製而成、置於博物館玻璃展櫃中的標本一樣，活脫躍然紙上。所有條目均已按字母順序排列，互相參照，並配上插圖，標註原名讀音。

我按著那疊稿件片刻，然後壓上一枚紙鎮。這是我收藏的其中一顆精靈石[4]——當然，現在已經沒有魔法了。我把最愛的鋼筆擱在石頭旁，筆桿上烙著劍橋大學校徽，是我受聘時校方致贈的禮物，尺和墨水瓶則呈直角擺放。我心滿意足地望著自己構築出來的場景。

偏鄉荒村的漆黑逐漸籠罩世界，我的眼皮也愈來愈沉。我要上床睡覺了。

---

4 許多地方都能找到精靈石，其中又以康瓦爾郡和曼島最為常見。精靈石的外觀平凡無奇，外行人很難辨認出來，其最大特徵就是呈完美的圓形。這類石頭似乎主要是用來儲存魔法以備日後使用，或是當成贈禮。丹妮兒．德葛雷於一八五〇年出版的《西歐精靈石指南》堪稱該領域的權威之作（我知道當今許多樹靈學家因德葛雷爆出不少醜聞而無視她的研究，但撇開這些不談，我認為她是個非常細心又嚴謹的學者）。如果精靈石有裂縫，表示裡面的魔法已耗盡，因此完全無害；但若發現完好無缺的精靈石，則應維持原狀、不可觸碰，並通報國際考古學家與樹靈學家協會。

十月二十一日

我在異國他鄉通常會睡不好，沒想到昨晚竟然一夜酣眠，直到早上七點半傳來芬恩的敲門聲，我才從睡夢中驚醒。

我從幾乎占滿整間小臥室的稻草床墊上起身，於寒風中瑟瑟發抖。唯一的爐火在客廳，而今只剩下一點悶燃的餘燼。我在睡衣外套了一件晨袍，和影子一起去應門。

芬恩就像昨天離開時那樣拘謹地向我打招呼。桌上有一盤麵包（儘管從農舍主屋走來的路上很冷，麵包依舊香熱），還有一碗不知道是什麼東西做成的優格，和一顆大到讓人有點不安的水煮蛋。

「是鵝蛋。」他回答我的疑問。「你昨晚沒把火封起來嗎？」

我承認自己不懂他的意思，他立刻好心示範，以特殊手法將壁爐裡的木柴和煤炭堆疊起來，這樣就能讓爐火長時間持續釋放熱能，隔天也更容易重新點燃。我連忙道謝，可能有點太熱情了，他露出如先前那般親切溫暖的笑容。

他問我今天要做什麼，我說我打算熟悉一下周遭環境。

「你父親在信中告訴我，卡薩森林裡能找到種類各異的棕精靈與群居型精靈。」我說。「關於寒光島精靈的記載寥寥無幾，根據我的研究，這裡的宮廷精靈往往隨霜雪遊走，所以我想接下來幾天不太可能看到他們。」

「我爸爸用了那些字眼嗎？」芬恩一臉訝異。

「沒有。**棕精靈**與**群居型精靈**是學術界創造出來的詞彙，爲泛精靈中最大的兩個子類別。一般民眾在區分時可能會用『小傢伙』或『小精靈』等名稱來指涉泛精靈。如你所知，這些族類通常體型矮小，跟兒童差不多，甚至更小。棕精靈是獨居物種，而且經常與凡人接觸，例如偷東西、下小詛咒、給予祝福等等；群居型精靈則成群結隊，大多只管自己的事。」

芬恩緩緩點頭。「我猜關於那些高個子精靈，你們有另外一個詞？」

「沒錯，我們將所有像人一樣的精靈歸類成宮廷精靈。現在你應該知道，精靈主要有兩大類，宮廷精靈與泛精靈。至於宮廷精靈以下有太多子類別，無法一一列舉，我不太確定其中是否有任何種別適用於你所謂的『高個子』。」

「我們很少提到他們，」芬恩說，「那會招來厄運。」

「這種看法並不罕見，像馬爾他人也有類似的禁忌。不過他們的宮廷精靈特別愛惹是生非，而且還有個壞習慣，就是晚上會悄悄潛入民宅，趁人熟睡時吃掉他們的重要器官。」

聽到這個可怕的細節，芬恩一點也不驚訝，讓我有些困惑和好奇。馬爾他精靈極爲凶殘，目前已知的族系中沒有一支能與之相比。這個冷峻的國度裡究竟住著什麼樣的精靈呢？

「我還以爲你會想先安頓下來，」他環顧小屋，眼神充滿疑惑，「像是整理行李、採買食物，跟鄰居打個招呼之類的。畢竟你會在這裡住上一段時間。」

聽見最後一件待辦事項讓我差點打起顫來。「從學術研究的角度來看，其實不算太久。」我急忙開口。「我已經訂好回程船票了，四月一號出發。這段期間我會很忙。有些樹靈學家做田調，一做就是好幾年。」我這麼補充，是希望能讓芬恩明白我習慣和當地居民保持禮貌的距離。「至於鄰居，沒問題，今晚我會去酒館跟大家打聲招呼。」

「太好了！」芬恩綻出燦笑。「有些人收成結束後就很少出門。我會跟歐黛和烏爾法說你晚上會過去。烏爾法是歐黛的先生，也是酒館老闆。他是個好人，不過性格有點冷淡，話不多。」

這番話讓我對烏爾法的好感遠勝過歐黛，但我沒說出口。「我聽你父親說歐黛是……主母？對嗎？」這個陌生的詞讓我的舌頭有點打結。據我所知，應該是女村長的意思。

芬恩點點頭。「如今這個稱謂比較像一種象徵，但我們喜歡維持古老傳統。歐黛一定有很多隱族傳說能告訴你，我知道她也會想聽聽倫敦的事。我們很喜歡聽其他地方的故事。」

「好，那我們就看看今晚會怎麼樣吧。不過要是白天工作太累，我可能不會待太久。」

「如果你很累，烏爾法的啤酒能讓你消除疲勞。」他好像不覺得我的話很掃興。「它大概是全世界最能潤舌暖胃的東西，只是有人說要多喝幾次才會喜歡上那個味道。」

我硬是擠出一抹淡笑。我以為他會離開，但他只是站在原地注視著我。我能認出他臉上的表情，因爲我之前看過：一個男人在腦海中翻尋他熟悉的女性類型，試著將我歸類，最後卻以失敗收場。

「教授，你是哪裡人啊？」芬恩的口氣一如往常友善。我想他應該是那種無法長時間跟人保持距離的人。

「我住劍橋。」

「對，但你的家鄉在哪？」

我努力克制想嘆氣的衝動。「我在倫敦長大，我哥哥還住在那裡。」

「哦，」他的表情變了，「你是孤兒？」

「不是。」這不是第一次有人這樣認爲。我猜旁人經常在尋求一個解釋，想知道我爲什麼會成爲現在的我，而被忽略或受剝奪的童年就是最好的解釋。事實上，我的父母是非常普通的人，而且都還健在，只是我們不親。他們一直不曉得該用什麼樣的眼光來看我。當我讀完爺爺書房裡的每一本書（那時我應該八歲左右），記下幾段艱澀的文句去找他們的時候，我以爲父親和母親能解釋給我聽，但他們只是直勾勾地盯著我，彷彿我突然變得好遙遠。我完全不了解爺爺，他對小孩子沒興趣，應該說，除了他的業餘民俗學家社團外，他對任何人事物都沒興趣。然而他辭世後，我們繼承了他的房子和財產，他的藏書竟成了我最好的朋友。那些藏於裝幀下的故事深具魅力，無數精靈物種交織其中，每一個都是亟待解開的謎團。我想大部分孩子都會在某個時刻愛上精靈，但讓我著迷的從來都不是魔法或實現願望。精靈來自另外一個世界，有自己的規則和習俗——對一個總是自覺格格不入、在所處世界找不到歸屬的孩子來說，這種誘惑令人難以抗拒。

「我十五歲就搬去劍橋念書了。」我再度開口。「對我而言，劍橋比其他地方更像家。」

「我明白了。」雖然他這麼說，但我看得出來，他一點都不明白。

芬恩離開後，我打開行李，開始整理其他東西。如我所料，沒花多少時間——我只帶了四套衣服和幾本書。書本散發出一股熟悉的、劍橋樹靈學圖書館的氣味。我體內突然竄起一股電流般的渴望，好想回到那個古老又充滿霉味的地方，一座寧靜而孤隱的天堂，我曾在那裡消磨了許多時光。

我掃視四周，空氣中仍有淡淡的羊騷味，角落還有許多蜘蛛結網爲家，但我對打掃沒什麼耐心，很快就放棄了這個想法。房子不過是遮風蔽雨的地方，這間小屋已經夠我用了。

我和影子吃完早餐（我給了牠將近整顆鵝蛋），將水壺裝滿溪水，連同剩下的麵包、盒式相機、捲尺和筆記本一起塞進後背包裡。完成進入田野前的準備工作後，我將注意力轉向壁爐，按照芬恩教我的方式把火封起來。

我用撥火棒撥開餘燼，停頓一下後，將乾癟的樹皮推到一旁，往內探伸，勾出班柏比的信。我吹掉殘灰，瀏覽信箋上優雅的手寫字。一切完好如初。

我又多添了些木柴，讓火燒得更旺，然後把信扔進去。信紙完全沒著火。壁爐竄出陣陣濃煙，彷彿那封信是卡在它喉嚨裡的異物，讓它很不舒服。

「可惡。」我低聲抱怨，瞇起眼睛看著那疊於烈焰中滿不在乎地回望著我、毫髮無傷的大麻煩。「難道要我把這該死的東西放在枕頭下嗎？」

我想我應該在此敘明：我有九成五的把握，溫德爾．班柏比不是人。

我不光是因爲鄙視他在學術界的作風才這麼說。早在這封令人頭痛的信出現之前，我就掌握到其他可能揭露其眞面目的證據。幾年前初次見面時，我心底就埋下懷疑的種子，當時我注意到他以各種方式閃避周遭的金屬物，譬如假裝是右撇子，以免跟人握手時觸碰到對方的婚戒（所有精靈都是左撇子）。然而，當天的活動包含晚宴，難免會用到餐具、醬料盅之類的東西，因此無法完全避開，可是他控制得很好，感覺不出有何不快，這表示要麼我的懷疑沒有根據，要麼他是精靈王室後裔——只有他們才有辦法忍受觸碰人類金屬製品所帶來的不適。

我不是那種對所有資訊全盤接收、妄下定論的人，這些跡象還不足以說服我。在後來的互動中，我注意到他有許多可疑之處，包含他說話的腔調在內。據傳班柏比出生於雷恩郡，在都柏林長大。我並不是愛爾蘭口音專家，但我很懂精靈語，精靈語雖然有許多不同的方言，卻普遍帶有某種音色和共鳴，我有幾次無意間聽到班柏比的嗓音中隱約夾雜著這些特色。我們兩個待在一起的時間可多了。

如果他是精靈，可能是遭到流放，不得不混跡於人類之中。許多愛爾蘭精靈貴族都曾落得這般命運——這支族系三不五時就會出現窮凶惡極的皇親國戚或權欲薰心的攝政王，鬧得宮廷腥風血雨。流亡精靈的故事比比皆是，據說有些君主在下放逐令時會施法約束、限制被流放者的法力，這或可解釋為什麼班柏比不得不屈就，跟我們這些卑微的凡人生活在一起。他的職業選擇可能是計畫的一環（至於是什麼計畫，我無法臆度），或是他自然流露出的本性，一心想得到外界對他的肯定。

當然，我有可能是錯的。一個學者必須隨時做好準備，承認自己的謬誤。其他同事似乎都沒有同樣的猜疑，讓我有些猶豫，就連令人敬重的崔哈恩也不例外。崔哈恩從事田野調查的時間和資歷長到他老愛開玩笑說，泛精靈都當他是老舊笨重的家具，看到他來不再躲得遠遠的。儘管流亡精靈的故事屢見不鮮，目前仍未於人類世界發現他們的蹤影。因此，我們可以得出兩個結論：不是這類精靈非常擅長偽裝，就是那些故事為訛傳。

我取出那封燒不掉的信，將紙頁撕得粉碎，埋入灰燼裡，不再去想班柏比。我把頭髮挽到頭頂上盤成髮髻（但髮絲沒幾秒就散落下來，變得亂七八糟），然後穿上大衣。

外頭的美景讓我不由得停下腳步。放眼望去，綿延的高山峨然矗立，晨曦將雲絮染成了金色與粉色，如茵碧草沐浴在日光下，顯得更加翠綠；峰巒間綴著點點白雪，然而蔚藍的天幕一片清朗，不見任何威脅。在遠方，遼闊的大海漂著片片浮冰，如披著斑駁毛皮的巨獸，受沿岸腹地牽引。

我帶著雀躍的心情，踩著輕盈的腳步出發。我一直都很喜歡深入田野進行實地考察。一想到未知的科學領域在前方等待揭祕，而我是方圓幾公里內唯一的探險家，我心裡就湧起一股熟悉的興奮感。正是在這樣的時刻，我又重新愛上了我的工作。

我們爬上山坡，影子跟在我身旁緩步前進，一路嗅著蕈菇或融化的冰霜。綿羊不安地望著我，眼神流露出牠們特有的焦慮。看到影子時，牠們踏著小碎步跳開，但影子只是拖著腳蹣跚經過，滿足地嗅聞泥土，並不理會那些在劍橋鄉間早就看膩、如巨石般肥碩的綿羊，所以羊群很快就無視牠了。

森林慢慢將我捲進肚腹。較爲高大的樹木開始出現，在狹窄的小徑上方形成濃密幽暗的樹冠。

我花了大半個上午觀察周邊地貌和環境，於樹叢間穿梭。我注意到幾群排成圓圈、俗稱「仙女環」的蕈菇，以及不尋常的苔蘚分布狀況；地表褶皺間探出盛開的繁花，從一個顏色逐漸過渡到另一個顏色；有些樹木看起來格外粗糙暗沉，彷彿喝了水以外的物質。崎嶇的地面上有個小坑洞，奇怪的霧氣自內滾滾而出，氤氳蒸騰——原來是溫泉。溫泉上方的岩架佇立著幾尊小小的木製雕像，有些上頭爬滿了青苔，旁邊還有一小堆東西，我認出是岩糖，許多船員都很喜愛這種鹹甜適中的寒光島糖果。

我拍了幾張照片，伸手觸探溫泉，發現泉水熱呼呼的，好舒服。一股衝動挾著誘惑在我體內奔流。自從離開劍橋後，我還沒好好洗過澡，旅途中累積的鹽分宛如第二層皮膚一樣巴在我身上。但我很快就打消了這個念頭。我可不打算光著身子在陌生的國度裡嬉戲。

這時，後方的樹林傳來一陣細微的聲響，聽起來像水珠不斷從枝椏上滴答落下。我立刻豎起耳朵保持警覺，但並未採取任何行動。影子從溫泉上方抬起頭嗅聞空氣，知道自己該怎麼做。牠坐了下來，默默守護著我。

有些人認為精靈會用鈴鐺或歌聲報信，宣告自己的到來。然而事實上，除非他們想被人聽見，否則你永遠無法聽聞他們的聲音。如果有動物靠近，你可能會留意到樹葉沙沙作響，或是細枝的斷裂聲；但若來者是精靈，你大概什麼都聽不到，頂多只能聽見大自然聲景出現微妙的變化，而學者專家需要多年磨練，才能培養出這樣的觀察力。

天氣依舊晴朗，我擺出一副疲憊旅人欣賞風景的姿態，慢慢環視森林邊緣。不出所料，除了松鼠尖細的叫聲和散落在地、如盧恩符文般的鳥爪印外，沒有發現其他生物的蹤跡。

為了繼續裝沒事，我脫下靴子，坐在溫泉邊泡腳，花了點時間瀏覽腦海中的高山棕精靈目錄，特別是那些棲於泉水附近的族類，同時留意周圍是否有出現符合其行為模式的現象。

我伸手探進背包，裡面有我多年來蒐集的各種小玩意兒。可是在這種資訊不足的情況下，該選什麼才好呢？有些禮物廣受各地精靈青睞，有些則會引起反感，甚至觸怒他們。據我所知，有位法國樹靈學家在不知情的情況下將一條已經開始發霉的麵包送給他的研究對象，最後被對方逼瘋。正如精靈普遍性格善變，他們受辱時往往會展現出充滿惡意的一面。

最後，我挑了一個裝有各色土耳其軟糖的小瓷盒。不同精靈偏好的口味大不相同，但根據我查到的相關記載，送甜食出問題的案例只有一個。我將瓷盒置於岩架上，還在盒頂放了一顆鑽石。這顆鑽石取自我從已故祖母那裡繼承的項鍊，是我為數不多的珠寶之一。我只有在非常特別的情況下才會祭出這種禮物——有些泛精靈貪求珠寶，有些則不曉得該拿它們怎麼辦。

我開始低聲吟唱。

他們是黑夜，是白晝，
是綠葉，是微風，
他們把雪鋪於屋頂，將霜覆於大地。
他們收集自己的腳印，拾起來背著。
有什麼禮物比他們的友誼更珍貴？
有什麼刀刃比他們的敵意更鋒銳？

我的翻譯很拙劣，畢竟我沒什麼詩賦細胞。我是用這首歌的創作語言唱的，也就是精靈的語言，我們這些缺乏想像力的學者簡單稱之爲「精靈語」。這種語言宛轉周折、非常迂迴，英語一句就能說完的話，精靈語得用上四句，而且還有許多相反的文法規則，但它比世上任何一種人類語言都還要可愛。由於某種奇特玄妙（且讓「百島論[5]」擁護者大爲驚愕）的原因，

5 該理論主張每個精靈國度都存在於一個完全獨立的物理平面，精靈只有在極少數的情況下才會從一個王國來到另一個王國，且各國之間向來沒什麼交流。我個人認為這個觀點不僅狹隘，更毫無根據可言，但許多老一輩的樹靈學家仍抱持這種看法，而這些人往往會成為系主任，寫出眾人奉為圭臬的教科書，因此這個理論可能還會影響我們好一陣子。

目前所有已知精靈，無論位於哪個國家或地區，都說著同樣的語言。各地方言雖然口音和用語不盡相同，但差異向來不大，不至於妨礙理解。

這首歌是我在薩默塞特郡時從一隻小哥布林那裡學來的。我唱了兩遍，任由歌聲逐漸消失在風中。必要的自我介紹完成了。我穿上靴子，起身離開。

十月二十一日，傍晚

我和影子離開卡薩森林，朝山崗前進。一條崎嶇的林道蜿蜒探向村落北方的群山，我沿著路跡，一路走到盡頭；這條小徑可能只是牧羊人放牧羊群用的。儘管融雪讓地面變得滿是爛泥，我仍繼續往前走。終於，皇天不負苦心人，我爬上一座高度較矮的小山，登至頂峰。

另一道更巍峨的山脈橫跨大半視野，聳立在遠方。連綿層疊的陡峰自綠地拔尖而起，參差錯落，炫示著如衣裳披覆其上的冰川。寒光島彷彿一座由高山、峽灣、冰河及其他人類難以征服的險峻地貌築成的迷宮，峰巒之間的大地被擠壓成深谷，溝壑縱橫，巨石遍布。

我在山頂停留了一陣子，撰寫日誌，也享受攻頂的成就感。克里斯提安在之前的書信往來中告訴我，許多寒光島人認爲那些嶙峋的火山巨岩是通往精靈國度的門戶。我將最大的岩塊及其他因各種理由而引起我興趣的石頭記錄下來，像是岩峰細節繁複、岩石表面有流水或眞菌的痕跡等等。

今天的田野調查就此告一段落。雖然我滿身泥濘，覺得好冷，心裡卻非常快樂。我不僅劃定了一個我認爲很有用的調查範圍，還跟一名或多名泛精靈進行了初步接觸。當然，也有可能寒光島上的棕精靈完全以海鹽和樹葉爲食，看到珠寶就像看到廢鐵似地心生厭惡，對音樂也恨之入骨，但我想機率微乎其微，他們應該與北緯地區其他族類（如挪威的高山精靈）有些共同之處——關於這點，班柏比始終持懷疑論。也好，我們就來看看誰才是對的。

我很想向芬恩和村長致歉，說今晚不過去了，可是在野外晃了一天眞的好餓。我朝村子的方向前進，原本愉悅的心情變得有些黯淡。

酒館位於村落的心臟地帶，不過，考量到拉芬斯維克民宅及商鋪四散各處，村容雜亂，這個描述仍有待商榷。一群人聚在酒館外抽菸，克里斯提安和芬恩也在其中。

「喲，看看是誰來了！」克里斯提安的話引來眾人一陣哄笑。「晚安，懷德教授。今天有去打獵吧？你的捕蟲網呢？」

大家又笑了起來。芬恩臉色陰沉地瞪了父親一眼，對我露出笑容，並帶著我踏進酒館。

感覺好像全村的人都擠進了這個小地方。孩子在酒館裡跑來跑去，大人圍坐在熊熊燃燒的爐火旁，不時敷衍地斥責幾句。這裡就跟英國、俄羅斯等地的鄉村小酒館一樣，氛圍溫暖舒適，空氣中瀰漫著食物香氣，陰影、火光與人聲浮掠交錯，支撐著天花板的屋椽看起來像是由漂流木改造而成；吧檯上方掛的不是歐陸地區常見的鹿角裝飾，而是一副巨大的鯨魚下頷。

芬恩轉了一圈，把我介紹給大家認識，整個過程不費吹灰之力，因爲我走進來的那一刻，幾乎所有人都停止閒聊，轉過來望著我。我沒想到自己居然會這麼感激、這麼慶幸有芬恩在場——應對陌生人的那種困窘總讓我覺得不太舒服，即便彼此之間沒有語言障礙亦然。當然，過去一年多來，我一直很努力自學寒光島語，但若想更進步，還是得有母語人士指導才行。

「這位是莉莉婭·約翰娜斯多特，」芬恩說，「我們的伐木工。她家後面有塊精靈岩——一道通往精靈世界的門。有人看到好幾個小傢伙從那裡進進出出喔！」

那名少女對我露出微笑。她肩膀寬闊，雙頰紅潤飽滿，一頭亞麻色秀髮如瀑布流瀉而下，容貌美麗動人。「很高興認識你，教授。」

我們握了手。她的手很大，上頭布滿數不清的老繭。我問她住在哪裡，好找個時間過去察看那塊精靈岩。她的臉上掠過一絲驚惶。

「歐黛不會反對啦，我想。」芬恩飛快開口。

「她沒有理由反對吧？」我不解地問。

「沒關係，芬恩。」莉莉婭說。「歡迎你來我家做客，教授。」

其他幾位村民的反應也很類似，不太願意多談，每次都是芬恩彬彬有禮、帶著微笑化解尷尬。我不禁納悶，當地人是不是不太清楚我來這裡的目的？但克里斯提安顯然並未隱瞞我們通信的內容和細節。

最後，我們來到主母歐黛．哈拉斯多特桌前。她原本在和兩名氣質粗獷的女性交談，一注意到我，便抬起頭微笑。我還沒會意過來，就被她緊緊擁入懷中。歐黛後退一步，雙手仍握著我肩頭，問我最快什麼時候可以去她家吃個便飯。我默許了她的提議，並談到芬恩告訴我，她知道一些關於隱族的事，無論她能提供什麼樣的資訊，我都萬分感激。

芬恩的笑容變得僵硬，歐黛則眨了眨眼睛。她是個身材矮小豐腴的女人，歲月在她眉間刻下兩道深深的皺紋。「沒問題，懷德教授。」她點點頭。「請坐，讓我先生爲你服務。他煮的香料酒很好喝，你一定要帶一瓶走。我去過克里斯提安那間小屋，總覺得那裡太透風了。」

我客氣地表示她人眞的很好，但我堅持要付餐點和酒水的錢。通常我在進行田野調查時會避免接受當地人的好意，以免造成可能的偏頗。身爲一名學者，我的工作不是審查，而是根據科學價値來判定是否要將這些紀錄和素材納入研究成果（當然，會以匿名的方式保護當事人隱私）。

歐黛微微頷首，說她有事得和她丈夫烏爾法討論一下，先失陪了。我還沒跟烏爾法打過照面，只知道他在酒館後方忙進忙出。他個子不高，然而一雙濃眉與稜角分明的五官有如小小的山峰和幽谷，在他臉上投下陰影，讓人感覺宛若一座沉鬱的山林。他在店內奔走，端上一盤盤鮮魚和麵包，或者是顏色深到幾近全黑的燉菜；起初我以爲他在瞪我，後來才發現他看每個人的眼神都是這樣。

我和歐黛聊過後，芬恩變得有點奇怪，似乎很緊張，我開始擔心自己是不是說了什麼不得體的話。然而，歐黛回來時面帶微笑，還替我安排了一張靠近爐火的桌子。她把原先坐在那裡的三名船員趕走，他們摸摸鼻子起身，沒有任何異議。一名婦人依舊守在桌旁。我有種感覺，不論是村長或是誰的命令，都無法讓婦人離開她喜歡的位置。我在婦人對面坐下，她對我揚起笑容。

我也微笑致意。那位婦人年事已高，事實上，她老到我一時覺得自己似乎從未真正明白什麼叫老。她雙手布滿斑點，臉上爬滿皺紋，鬆垂的眼皮讓眼睛變得只剩下細縫，卻仍看得出來那對瞳仁漾著翠綠，明亮矍鑠。她手指勾著毛線，動作飛快，似乎不用棒針就能編織。

「這位是索拉·古德里斯多特。」芬恩介紹完便走向吧檯。影子鑽進桌底，心滿意足地大啖羊排。

「他們在笑你，」老太太開口，「只是絕不會當著你的面這麼做。哎，克里斯提安可能會啦。他們說你是——英文沒有這個詞，反正就是書蟲之類的意思。」

「我猜應該還有更難聽的稱號。」我臉頰發燙，盡量用平淡的語氣帶過。

「他們還說你是個愚蠢的外國女孩，被家鄉某個精靈弄得失去理智，才會揮霍父母的錢跑遍世界各地，想找到一條重返精靈國度的路。他們不懂你爲什麼要這麼做，簡直就像綿羊主動去找狼群一樣沒道理。如果你能撐過這週，他們一定會很訝異。已經有人開賭盤了。」說完，她繼續打毛線。

我不曉得該如何回應，只能傻愣愣地握著湯匙，看著燉菜在我面前冒出熱氣。「你同意他們說的嗎？」我放下餐具。

索拉目光熠熠，一個勁地打毛線，專注到我差點懷疑她剛才根本沒開口。她的形象有如受人愛戴的老祖母，身軀似蝴蝶般脆弱，卻保養得非常好。「我同意嗎？」她沒有抬頭，口氣很粗魯，似乎不敢相信我會這麼問。「如果我同意，幹麼還跟你說這些？」

我很欣賞直率的人，跟他們交談不必猜來猜去，對我這種不擅猜測、老是誤判對方語意和情緒的人來說，這點再寶貴不過。「我不曉得該對你有何看法。」我只能誠實回答。

「你很聰明。」她讚許地點點頭。「至於我怎麼知道？」她往前傾身。我覺得自己也得這麼做，好像那所謂「聰明的我」被這名陌生老嫗下咒蠱惑一樣。「因爲你見過他們，而且還活著。」

「你怎麼知道？」我目瞪口呆地望著她。

「我有個甥孫女在倫敦念大學。」她再次用那種粗聲粗氣的語調回答。「克里斯提安說你要來的時候，我捎了封信給她，她寄了幾篇你的論文給我。」

「哦，」我點點頭，「我的確成功接觸過其他精靈，但那些經驗在這裡可能不太管用。」

她用充滿憐憫的眼神看著我，一副「這件事不用說也知道」的模樣。出於某種原因，我覺得有必要進一步解釋，說明我爲什麼會在這裡。「當然，我互動的對象多半是泛精靈。我研究過宮廷精靈——就是那些高個子精靈——遺留下來的魔法及許多第一手資料，但從沒親眼見過他們。」除了班柏比之外，大概吧。「請問你遇過隱族嗎？」

「我賭一個月。」她又開始打毛線。「克里斯提安給我的賠率不高。請別讓我失望，我家屋頂眞的很需要翻新。」

「來囉。」芬恩把一瓶香料酒放在桌上。「希望這個可以，奶奶。」

「白痴。」索拉罵道。「烏爾法做的東西喝起來像尿一樣。我跟你說過多少次了？」

芬恩嘆了口氣，轉向我。「歐黛要我問你這些菜合不合胃口。」

「很好吃，謝謝。」其實我還沒嚐過燉菜。「索拉是你的奶奶？」

「整個村子差不多有一半的人都要叫她奶奶。」

索拉又發出那種粗魯不耐的聲音。

這時，酒館大門突然敞開，捲進一陣寒風。一個衣著邋遢的人影佇立在黑暗裡，輪廓看起來像是女性，但層層疊疊的外套和披肩讓人很難辨識清楚。那個身影沒有往前走，只是靜靜站在門口，背對著夜幕。

「歐瑟西。」歐黛呼喚道，走到那人身旁低聲說了些什麼。火光照亮了她的臉——只見一名二十多歲的年輕女子張著嘴，眼神飄忽不定，好像什麼也看不見。她緊緊抓住歐黛的手臂，隨著她的引導來到座位前，頹然跌坐在椅子上。

我帶著好奇心慢慢走近。「她還好嗎？」

「以她的情況來說很好。」歐黛的語氣有些生硬。

烏爾法在女孩面前擱了一碗燉菜。歐瑟西沒有看碗，也沒有看他。

「吃吧。」歐黛用寒光島語說。歐瑟西拿起湯匙，機械性地將食物塞進嘴裡，咀嚼，吞嚥。

「喝吧。」歐黛又說。歐瑟西乖乖照做。

我望著她們，心裡愈發困惑。歐瑟西就像牽線木偶一樣回應歐黛的指令，不知怎地既詭異又令人憎惡。歐黛注意到我的目光，臉色變得很難看。

「請你不要把我姪女寫進書裡。」她開口。

「當然。」我微微點頭，明白她的意思。

據我所知，部分精靈物種會藉由摧殘人類來獲得快感，從而衍生出綁架凡人的陋習。事實上，很多宮廷精靈偶爾會這麼做。之前我遇到一個曼島人，他的女兒曾在某個可怕的精靈王國待了一年又一天，那片異境堪稱絕美，如鴉片般令人上癮，最後她選擇輕生。另外還有些案例飽受折磨，回來後完全變了一個人，連親友都認不出他們。然而，從歐瑟西的舉止和表情來看，她整個人彷彿被刷除、掏空得一乾二淨，身爲精靈領域的專家，我先前從未見過這樣的情況。一種不祥的預感挾著顫慄竄過我體內，也許這是我第一次在學術生涯中遇到超出自身智識與能力範圍的事。

「她一個人住嗎？」我問道。

「她和父母同住，向來如此。」

我點點頭。「請問我可以去拜訪她嗎？」

「你是客人，想去哪裡都歡迎。」歐黛語氣輕快，一副理所當然的模樣，但她的笑容裡有種連我都能察覺到的淡漠。我退到壁爐旁，歐瑟西繼續吃喝，一個口令一個動作。吃完後，她就這樣坐在那裡，垂著頭，長長的頭髮掩住面孔，直到歐黛送她回家。

「她一直都是這樣嗎？」我又問。

索拉拋給我一個銳利的眼神，點點頭。「只要有人下令，那孩子連自己的心都會挖出來。」

「他們對她做了什麼？」我的額頭冒出冷汗。

「他們對她做了什麼？」索拉重複。「你沒看到嗎？她成了一具空殼，裡面連個鬼影子都沒有。但起碼她回來了。」

這句話的弦外之音讓我忍不住嚥了口口水。「有多少人沒回來？」

「你的晚餐快涼了。」索拉沒有看我。她親切的嗓音中透著一點什麼，讓我不敢再問下去。

我和影子回到小屋，發現壁爐裡的餘燼仍在悶燃。我心裡湧起一股驕傲，但這點得意倏忽即逝。我決定在爐火旁看一下書，哪怕只是爲了忘掉歐瑟西也好，我實在不想承認她讓我有多不安。我伸手探向木箱，思緒立刻被拉回現實。裡面只剩下兩根木柴了。

我咬著嘴唇，身體微微顫抖。我想起克里斯提安說後面有柴房，突然好希望自己有聽芬恩的建議先「安頓下來」，而非整天在鄉間東奔西跑。有時我對學術研究的熱忱會凌駕一切，戰勝理智，但這還是我第一次這麼後悔。

唉，也沒辦法了。我點亮提燈，硬是拖著自己踏入外頭的冰天雪地。幸好，柴房就在屋簷下，很快就找到了。我往裡面一看，心猛然一沉。眼前堆起的不是處理好的木柴，而是大塊大塊的原木，根本塞不進那座簡陋的壁爐。

我這下是真的在發抖。影子身上的毛皮像熊一樣濃密厚實，舒服得很，但看到我這麼苦惱，牠開始著急起來，還憑直覺正確判斷出柴房就是問題的根源，對門發動攻擊。

「好了，親愛的，別這樣。」我告誡道，然後扛起一整段樹幹，帶著絕望的心情準備劈柴。我拿起原木堆上的斧頭，將樹幹放在樹樁上，用力揮斧。

第一次，我沒砍中。第二次，也沒中。第三次，斧頭砍入木頭，牢牢地卡在其中，怎麼也拔不出來。

我死命扭轉握柄，接著用腳踩住樹樁，繼續猛拉猛扯。我平常不太會罵髒話，但我很確定此刻嘴裡湧出的髒字多到能讓幾株雜草瞬間枯萎。

最後，我決定放棄。我又冷又累，肩膀被斧頭反彈回來的力道震得痠痛。柴房裡那把斧頭依然卡在原木上，在我看來宛如標誌著悲壯的勝利。我走進寒氣逼人的小屋，在壁爐前添入僅存的柴薪，然後將所有能找到的毯子全都鋪在床上。其實我本來不想把今天的日誌寫完，是習慣讓我得以堅持下去。現在該睡了。

十月二十二日

今天早上醒來時，我的身子暖和了不少，純粹是因爲我從頭到腳都用毯子包住，還有影子依偎在我身旁打鼾。我把腳探出床緣，旋即縮了回來，感覺寒冷就像利爪一樣。

話雖如此，我實在無法忽視那七點半準時響起的敲門聲。我逼自己離開被窩，不顧尊嚴地裹著一大堆毛毯去幫芬恩開門。

芬恩瞄了壁爐一眼，皺起眉頭，一句話也沒說。他把早餐放在桌上。

「這是什麼？」我不敢相信自己的眼睛。

一條外皮焦黑的麵包，沒有鵝蛋，沒有任何一種蛋，也沒有奶油，只有一小碗看起來像灰綠色凝膠的東西。

「海味醬。」芬恩回答。「我爸爸覺得你可能會喜歡。這是一種……」他在腦海中搜尋適切的字詞。「調味料？用海藻做的，可以拿來抹吐司。」

「這還眞是合格的早餐啊。」

他的臉垮了下來。「對不起，教授，今天的早餐是我爸準備的。麵包不知怎地掉進火爐裡，我當下也沒注意到。」

我重重坐到椅子上。「好吧，至少茶是熱的。」

「這個我有特別留意。」芬恩揚起微笑。

我用手撐著因宿醉而陣陣抽痛的頭。「請問我做了什麼，讓你父親這麼不高興？」

「不是他不高興，是歐黛。」他急忙解釋。「我爸是個老古板，不喜歡看到主母被冒犯。」

「什麼？我沒說什麼冒犯她的話啊！」我回想昨晚的情況。「顯然這是誤會。」

「至少讓我幫你劈柴吧。」芬恩看著木箱說。

「不用了。」我的胃裡湧起一股冷硬的怒火。「我自己來就好。」

他挑起眉毛，什麼也沒說便離開了。過沒幾秒，院子裡就傳來斧頭劈柴的聲音。

我承認，這件事讓我很沮喪。我的研究需要村民的協助，當地民間傳說的重要性不亞於我用雙眼和工具所蒐集到的證據，唯有雙管齊下，我才能準確描繪出在地精靈的形象與行爲樣貌。得罪拉芬斯維克的村長不是什麼好兆頭。

我大概知道歐黛爲什麼生氣。顯然她在保護她的姪女，擔心我會將她所受到的苦難公諸於世，讓她出盡洋相。我決定今天就去酒館找她解釋清楚。

或是明天再說。

十月二十三日

我的手抖到差點連筆都握不住。小屋冷得像墳塚，但這不是我打顫的原因。我遇見了一隻精靈。

今天出門時，我不抱任何期待，沒想到會有這麼好的成績。昨天沒什麼收穫，我在野外勘察了很久，回到小屋吃點乳酪後就倒在床上，累到什麼都做不了。早上我從芬恩那裡拿到一張詳細勾勒出卡薩森林及鄰近山脈的地圖，並將其劃分成若干網格（每一格實際面積約爲三平方公里），往各個方向延伸約十五公里（我估計自己一天最多可以走三十公里）。不過，在展開系統性調查之前，我想先進一步熟悉地形，培養對周遭環境的直覺感知能力。我帶著這個目的，朝先前探尋過的硫磺溫泉出發。

我很輕鬆就找到溫泉的所在位置。暖熱的泉水在森林密蔭間冒著陣陣白煙，是個很有用的地標。看到前幾天擺放的禮物不見，讓我非常高興。我轉過身，漫不經心地掃視森林，結果瞥見一抹亮光。那顆鑽石就像小門把一樣，嵌在突出的火山岩上。

我再次坐在溫泉邊，脫下靴子，猜想可能要等上好一段時間，新朋友才會注意到我的存在。

然而，沒多久，我就感覺到大衣被輕輕拉了一下。

一隻精靈蹲在我身旁。它的體型很小，瘦骨嶙峋，一口牙齒占去大半張臉，兩顆黑曜石般的眼珠藏在烏鴉皮底下，閃動著銳利的光芒。它似乎把烏鴉皮當成斗篷穿，但那張毛皮很髒，原本應該是眼睛的地方只剩下兩個空洞的眼窩。它就像蜘蛛網一樣，在那裡，卻又不在那裡；從某些角度看，它不過是岩石的影子，從別的角度看，它是隻活生生的烏鴉。那隻精靈正在翻我的口袋，尖尖的指甲比纖細的手臂還長，鋒利到足以在我毫無知覺的情況下劃破我的喉嚨。

我並沒有被它難看的外表嚇到，但也沒料到會有這段邂逅。當然，我沒有尖叫，也沒有逃跑，只是身體微微一僵。

精靈瞬間不見蹤影。左方樹上的鳥兒突然靜默無聲，看來它跑去那裡了。

「別怕。」我用精靈語安撫，因為那隻精靈顯然很年輕。根據我的經驗，只有年少的精靈才會這麼容易受到驚嚇，成年精靈則比較有自信，特別是那些長相如此的族類。「我是來做交易的。」

「用什麼換？」一個細小的聲音從森林裡傳來，距離比我想的更近。

「無論你想要什麼，」我回答，「只要是我有能力給的東西都行。」

我有好幾次都是靠這句巧妙的回應僥倖脫險，因為不論你答應要給精靈什麼，都一定要信守承諾，否則就會失去一切。

「我喜歡皮。」精靈說。「你可以給我一張熊皮嗎？」

「你怎麼知道什麼是熊？」因為寒光島沒有熊。

「你覺得呢？」它反問。「從故事裡聽來的。我也喜歡聽故事。」

我思忖片刻。「我可以給你一張海狸皮。」唉，我一定會很想念那頂帽子。「熊皮的話再說。現在你可以聽聽我想要什麼嗎？」

「我已經知道了。」精靈坐在溫泉邊。它看起來就像地表褶皺一樣，要是它沒開口，我根本不曉得它就在那裡。「你是探事人，喜歡刺探這個，刺探那個。你想知道我的事，但我什麼都不會說。」

「爲什麼？」

他（我覺得這隻精靈是男性）似乎沒料到我會這麼問。「我不喜歡談論自己。」

我努力克制內心的喜悅，不讓情緒流露出來。寒光島精靈應該對學者一無所知，而「探事人」是歐陸地區的泛精靈對我們的稱呼。正如我在無數場合中提出的見解，若非精靈的活動領域有部分重疊，他們怎麼會使用同樣的詞語？精靈可以穿過上鎖的門，消失在樹林裡，爲何海洋和山脈會將他們隔離開來？

「情況似乎陷入僵局了。」我裝出一副困惑的樣子。「如果你早就知道我要什麼，卻不打算給，爲何還跟我要東西呢？」

精靈臉頰漲紅，低頭望著雙手喃喃自語。我從背包裡拿出芬恩烤焦的麵包，重重嘆了口氣，將麵包剝成兩半，張嘴嚼了起來。

「看起來好難吃。」精靈湊到我身旁，如針一般的細長手指攀住岩石邊緣。

我吐出一塊麵包皮。「我的房東廚藝很糟。」

「我的廚藝很好。」我話音剛落，他就立刻開口。我強忍笑意。許多泛精靈事實上很樂意幫助凡人，不太需要費口舌說服。

「眞的嗎？」

他點點頭，突然嚴肅起來。「我不會把我的祕密告訴你，但如果能拿到皮，我就給你麵包。」

我假裝考慮了一下。「好吧。」

我翻找背包，拿出另一罐土耳其軟糖，塞一顆到嘴裡，然後抓了一把給他。精靈的黑眼睛瞪得好大，都快凸出來了。

「這是單純的禮物，」我說，「不是交易的一部分。」

他一臉得意。寒光島人經常遺下禮物給泛精靈，不曉得這隻精靈是不是第一次收到特別留給他的贈禮。他用指尖戳起軟糖，然後離開。我完全感知不到他往哪個方向去，他恍如走進一扇門，就這樣踏入眼前這片風景。我收拾好東西，繼續漫步勘察，同時在腦海中書寫文字、描述那隻精靈，爲精靈百科打稿。我就跟那隻精靈收到糖果時一樣，很高興研究有了新的進展。

十月二十八日

天氣開始出現變化，有時甚至冰雹和雨雪交織，情況糟到我根本無法出門。前陣子我探索了另外一片森林，不僅找到一座較小的溫泉，還在山區窺見冰河邊緣。我發現了幾條如洞穴般的冰隙，很久以前，村民曾在這裡留下食物作爲贈禮。不曉得哪一個或哪一群精靈離棄了這個地方。

我一點也不擔心剛結識的新朋友會以爲我失約。精靈不像凡人受時間束縛，無論我是下週還是下個月過去，他都會準備好麵包。我寫了封信給哥哥，隨函附上一筆錢，請他幫我買張熊皮。他肯定會在回信裡大發牢騷，說自己忙著顧店和應付太太都來不及了，更別說家裡還有四個孩子，才沒時間爲我的冒險奔走，搞這些精靈的玩意兒。不過，抱怨歸抱怨，他最後還是會把東西寄給我。

我的房東持續提供燒焦的早餐。有天早上，我還發現奶油裡有幾根細小的魚刺。歐黛始終沒有表明我究竟哪裡得罪她。我想爲了那晚冒昧詢問歐瑟西的事向她致歉，但她只給我一個困惑的微笑，說我眞的不用道歉。我開始覺得整件事都是克里斯提安自己胡思亂想，直到那天，可能會餓死的恐懼取代了可能會凍死的恐懼，我去了拉芬斯維克唯一一家商店，這才得知事情的眞相。

那天我走了很長一段路，沿著小屋下方那條曲折陡峭的山徑前行，漫步經過艾吉森農莊。克里斯提安和芬恩的家很漂亮，簡樸卻寬敞，窗戶也比村裡其他民宅來得多。農莊遠離

街道，坐落在蜿蜒的小路盡頭，小路兩側散落著乾草堆和農具，幾群家畜點綴其間。綿羊襯著高聳的青山，嚼著牧草。

日前的狂風暴雨已然停歇，轉爲陰雨綿綿，群山上空籠罩著厚厚的烏雲。我不知道自己這輩子能否習慣看到雲層似可怕的波濤自地表升起，噴吐出如瀑布般驚人的豪雨，還覺得這樣的天氣稀鬆平常。

那家漆成鮮紅色、看起來搖搖欲墜的雜貨店不知怎地沒開。我站在外面等候，毛毛細雨變成了冰冷的滂沱大雨。

馬路對面佇立著另一座農莊，比克里斯提安家的小得多。一隻癩皮山羊在草地上吃草，旁邊還有一群雞。農家小徑彼端有一棟曾經是藍色的房子，牆面上的油漆剝落了不少，屋頂也塌陷了。那棟房子有種奇怪的氛圍，讓我下意識想別開目光。要是沒有那些牲畜，我一定會以爲這裡是廢墟。

這時，一隻削瘦的手拉開樓上褪色的窗簾。那隻手有點不對勁，我說不上來。可能是它移動時帶著微微抽搐，讓人聯想到蜘蛛。有那麼一瞬間，一張臉出現在窗前往外窺探。那張臉頂著一頭蓬亂的黑髮，面無血色，白到我以爲塗了顏料。那傢伙的體型和兒童差不多，看不出有何特徵，但我能感覺到它在微笑。它將手按在玻璃窗上，彷彿在打招呼。我嚇了一跳，因爲那隻手沾滿了鮮血。

下一秒，那個身影就如出現時那樣驟然消失，只留下一枚血手印。習慣讓我不顧自己怦怦狂跳的心，別過頭數到十，再抬眼望著那棟房子。窗戶上半點血跡也沒有。

「嗯……」我低聲咕噥。我得打聽一下那座農莊的主人是誰，不曉得他們知不知道家裡住著一名精靈。那個生物的樣貌讓我覺得不太舒服[6]，我還是暗中探問、低調行事比較好。

雜貨店老闆格蘿亞的出現打斷了我的思緒。身材圓潤的她面帶笑容，一邊打開店門讓我進去，一邊連聲道歉。她的英語不太好，但我略懂寒光島語，所以我們大概能了解彼此的意思。

店裡縈繞著歡樂溫暖的氣氛，琳琅滿目的商品堆散四處，從食物到農漁用具應有盡有，我在走去櫃檯的路上還差點被縫紉機絆倒。我買了麵粉、牛奶、奶油、茶和燻魚，並在格蘿亞的慫恿下多帶了幾根羊肉香腸和一箱新鮮的胡蘿蔔、韭蔥及甘藍菜。

她哼著歌，用紙把東西包起來。我不太會閒話家常，卻還是忍不住問了幾個和她有關的問題。她的年紀比我想的還大，丈夫去世後，她便獨自經營這家雜貨店，一做就是二十年。她告訴我，那棟藍色房子裡住著一對名叫奧絲洛和莫德的年輕夫婦，還有他們的兒子亞歷。談到這個話題時，她的神情變得有些黯淡，不像先前那麼愉快，我也沒追問下去。

「多少錢？」我問道。她用歡快的口吻說出一個高得離譜的數字，價格比劍橋貴了十倍。

我不敢相信自己的耳朵，只好請她再說一次。她重複一遍，語氣依舊滿是愉悅，似乎沒注意到我有多錯愕。她在店裡走來走去，心不在焉地叨念著她留在外面給小傢伙吃的小圓麵包——我當下實在太過慌亂，完全忘了該進一步探問這件事。

我的口袋空空如也，真的是字面上的空。照這樣下去，不到一個月我就會把錢花光。

「等等！」格蘿亞把一個用餐巾包著、淋上薄亮糖霜的小蛋糕放在我懷中那堆雜貨上，輕點了幾下嘴唇。「歐黛說你不想被當成賓客，拿什麼都要按照外國人的收費標準付錢，但我就是忍不住想送你一點什麼。我母親的蜜糕人人有份，而且用錢是買不到的。請收下吧。」

我點點頭，一股黯然沉沉壓在心口。我和影子回到小屋，把剛才買的東西放好。我趁牠窩在床上睡午覺時獨自出門，來到最初發現的那座溫泉。

我一如往常坐在水邊，脫下靴子。我承認，我愈來愈希望自己能做的不止這些。我還是不太會劈柴，運氣好的話能劈個幾塊，剩下全都要靠芬恩幫忙。但芬恩不是每次都有空，因此，我很猶豫是否要挪用柴火以因應其他需求，還是每日定量配給，讓室內維持最低程度的溫暖就好。自從來到島上後，我只燒過一次洗澡水，而且量極少。我仍舊覺得身上裹著薄薄一層當初乘船北航時所沾附的鹽分，就像書架上的灰塵沒擦乾淨一樣。

我的朋友很快就出現了。我拿出準備好的海狸皮，他大爲驚嘆，久久不能自已。穿著可怕烏鴉皮的他看起來就像一根長滿秋苔的樹枝。他丟下烏鴉皮，對海狸皮又拉又戳，然後披到肩上。

他很滿意這身新行頭，好好欣賞了一番。一發現我在看他，他的臉瞬間漲紅。他將青草撥到一旁，用尖利的手指抓起一條漂亮的麵包。麵包烤得金黃鬆軟，聞起來有淡淡的硫磺味。

「謝謝。」我輕聲說。當然，我絕對沒有想靠精靈提供的食物過活。這筆交易只是爲了建立信任關係。

不過，似乎也只能這樣了。我把麵包收起來，情緒有點低落，忍不住擔心這麼做會影響

6 學術界很早就發現精靈一般帶有作惡傾向，就連那些看似和善的族群也不例外（參見德葛雷與艾孔的《守護靈》），因此不再用善良或邪惡、光明或黑暗等過時的標籤來區分他們。不過的確有些精靈無論走到哪裡，都以散播痛苦和恐懼為樂。

科學研究的客觀性。充滿挫折的一天就這樣畫下句點。至少我當時是這麼想的。

「等你吃完，我會再帶更多過來。」精靈從溫泉旁轉過身。他剛才一直在欣賞自己映於水面上的倒影。

「交換條件是什麼？」

「沒什麼，」他說，「只要在下雪時清出一條從我的樹通往溫泉的路就好。」

「你的樹是哪一棵？」其實我已經猜到了。精靈指著一棵可愛的白楊樹，枝幹和他的身子一樣覆滿苔蘚，是這片森林中唯一一棵引起我注意的樹。想到芬恩早上帶來的那條只有酵母和鹽的麵包，我別無選擇，只得答應他的要求。

我匆匆踩著腳步想盡快趕回小屋，用剩下的時間來寫筆記，補上最新蒐集到的資料。那天早上芬恩告訴我，農莊裡散落著幾塊精靈岩，我想把它們的位置標示在地圖上，一一調查研究。

然而走著走著，又開始下起雨。我的靴子陷入泥濘，直淹到腳踝。沒多久，我就渾身濕透，不停發抖。我幾乎是用跑的回去，但這個決定很不明智，因爲就算天氣晴朗無雲，那道山坡依舊危機四伏。我滑了一跤，仰面躺在爛泥巴裡。

終於，我像隻醜陋的山野妖怪拖著腳，吃力地踏上小屋臺階，差點沒注意到前門虛掩著。我腦中閃過芬恩的身影，接著莫名想起那張慘白的臉和那隻沾滿鮮血的手。我呼吸急促，小心翼翼地推開門。

一隻綿羊回瞪著我。

不對，是兩隻。一隻站在地毯上享受炭火帶來的溫暖，另一隻則走來走去，嘴裡嚼著綠色的東西。

那綠色的東西，是我的甘藍菜！

放置食品雜貨的桌子變得歪斜，牛奶罐殘骸散落一地，格蘿亞送的蜜糕碎得一塌糊塗，整間屋子不是牛奶就是蛋糕屑。除此之外，那兩隻羊還弄倒我的書堆，被啃了一半的紙頁烙著蹄印，躺在石板地上——等等，謝天謝地，那不是**我的**書，我的書好好地收在行李箱裡。影子坐在臥室門口，疑惑又不失禮貌地望著那兩隻垂著肥肚、以田園爲居的綿羊在牠家大搖大擺地撒野。牠被告誡過很多次，不能威嚇羊群，所以，身爲一隻乖狗狗，牠完全沒有想阻止這兩隻羊肆虐的意思。

我忍不住放聲大叫，吼了一連串英語和寒光島語夾雜的命令句，還有各種毫無意義、含混不清的吶喊。我撲向離我最近的那隻綿羊，想把比牠更值錢的甘藍菜殘渣從牠嘴裡摳出來，但這兩隻傢伙卻只是受到驚嚇，繞著小屋跑了一圈又一圈。我好不容易把一隻逼到門口，另一隻卻一心想往反方向跑。被踩壞的書愈來愈多，平底鍋及各式鍋具鏗啷鏗啷地從掛鉤上掉下來，存放柴薪的木箱也翻覆在地；其中一隻綿羊被倒下來的扶手椅碰到，爆出驚恐的咩咩聲，牠的同伴也跟著叫了起來。影子察覺到我的煩躁與窘迫，立刻加入戰局，但牠無法對羊群出手，只能漫無目的地亂跑嚎叫，那兩隻綿羊受到的衝擊可想而知。屋子裡一片混亂，我完全沒聽到愈來愈響的敲門聲，也沒聽到門被推開的咿呀聲。

「我的天哪，小艾。」一個輕快活潑的聲音從門口傳來。「我從來沒聽過這麼——啊！滾開，你這披著羊毛的鼠輩！」

最後這句話是對著綿羊說的。那兩隻羊已經受夠了在小屋裡尖叫的瘋女人，決定回到浸滿雨水的居所尋求一絲安寧。牠們一起衝向那名身穿黑衣、擋在路中間的高個子，讓他踉蹌跌下臺階。

影子追了出去，一路狂吠（牠知道自己至少可以對著羊群吠叫），撞上那個準備從草地上起身的人影，讓他又一次跌坐在地。

那個人抬起頭。是溫德爾・班柏比。

「還有嗎？」他攤開四肢，躺在階梯下叫道。

「什麼？」我大喊，覺得耳朵好像有點聾了。

「你還有其他瘋癲的野獸潛伏在屋裡嗎？我應該躺在這等牠們離開嗎？」

「牠們不是我養的。」我覺得有必要澄清一下。「呃，有一隻是啦。」

班柏比並非獨自前來。兩名年輕人跟在他身後，我認出是他的學生，只是想不起來他們的名字——畢竟老是有一群學生跟在他後面。那個總是睜大眼睛、看起來一臉困惑的年輕紅髮女孩伸手扶他起來。

他拂去身上的塵土時，我才慢慢意識到溫德爾・班柏比就站在小屋外面。照理說我早該有所反應，但方才我的心思全被那場騷亂占據，根本沒空理他。

「親愛的艾蜜莉，」班柏比一邊說，一邊扯掉纏在髮間的樹葉。那頭金髮就跟他全身上下其他地方一樣，除了完美還是完美。「你總是這麼令人意想不到。」

他對那名攙扶他的女孩露出瀟灑不羈的笑容，讓她似乎一時無法動彈；接著，他將那雙黑眸轉向我，眼底盈滿興味。身材修長的他一如往常穿著黑色裝束，從立領斗篷的剪裁到圍巾的褶紋，每一處都完美無瑕、乾淨俐落。遇見班柏比之前，我從沒想過圍巾居然也能這麼講究。從外表很難判斷他的年齡，但我知道是二十九歲，因爲他告訴過我。

「我？令人意想不到？」我終於回過神。「溫德爾，你到底來這裡幹麼？」

「我來這裡幹麼？」他笑了一聲。「是這樣的，我心想，既然只要暈船五天就能到冰雪荒原中的小漁村享受奢華生活，何必坐頭等艙去南法度假呢？小艾，你以爲我來這裡幹麼？」

他比比手勢對學生示意，然後踏上臺階，越過我走進小屋。兩名學生彎腰拾起一大堆行囊，每人除了一只行李箱外，還背了好幾個包包。他們跟在溫德爾後面，踩著重重的腳步進屋。

「天啊。」我喃喃自語。我還以爲那兩隻羊已經夠我受了。

「這裡好像住了一群浣熊似的。」班柏比環顧四周，優雅的愛爾蘭腔與稍早那番仍在我耳邊迴盪的嘈雜形成奇怪對比。「怎麼沒生火呢，小艾？喔，想要享受寒冷的季節是吧？」

我從來沒有要他叫我**小艾**，事實上，我已經習慣用冷酷的瞪視來回應這個暱稱。「我沒生火是因爲木柴快用完了。」我在椅子上坐下，試著整理紛亂的思緒。「也許你願意幫忙解決這個問題？」

他蹙眉望著壁爐。看到他身穿華麗的黑衣（而且還立領）一臉惱怒，襯著滿是灰塵的小屋，我忍不住笑了起來——那畫面簡直就像王子站在牛舍裡一樣。我知道班柏比曾親自下鄉做田調，更懷疑在那之前，他其實遊走於另一個世界，但我認識的他不是坐在以橡木鑲板裝潢的辦公室，就是待在如大教堂般宏偉莊嚴且溫暖的圖書館，再不然便是漫步於有石砌噴泉和雕像妝點、草木修剪得宜的劍橋校園。

「亨利會負責搞定，對吧，親愛的？」聽到我的提議，班柏比臉上掠過一絲驚惶，立刻這麼說道。不是他根本不曉得怎麼生火，就是他怕把袖子弄髒。

倒楣的亨利體格瘦削，看起來不到二十歲。他熱切地點頭，拿起一座燭臺戳了戳那些悶濕的木柴。我對可憐的亨利沒意見，也不該被他的拙笨逗樂，但我承認，我就這樣默默看著他表演，看了好幾分鐘。溫德爾帶著另一個同樣倒楣、同樣仰慕他，又不曉得叫什麼名字的學生踏進走廊，顯然認爲自己責任已了。

「只剩兩間臥房，」班柏比回到客廳，「我把比較大的那間讓給你們兩個。這些晚點再搬。」他對準備拿行李的倒楣鬼亨利說。「我們得先讓這個地方能住人。艾蜜莉，暫時不要進去你的臥室，如果你沒注意到，在此溫馨提醒，那兩隻羊把房間弄得臭氣沖天。小艾？」他看著我，表情非常認眞。「你怎麼會把自己搞成這樣？這是什麼僞裝詐術嗎？想讓島上的精靈以爲你是隻羊？拜託，別用這種眼神看我，是你讓我們的小屋淪爲牛舍耶。」

「**我們的**小屋?!」

「亨利，我們去取水。」他對著空空的大鍋嘖了一聲，無視我的抗議。「我看到後面有條小溪。麗茲，也許我們可以把垃圾收拾乾淨？」

沒多久，亨利就生起火（用那些被啃爛的廢紙頁），鍋裡的水咕嘟冒泡，我手上也多了一杯茶。兩名研究生忙著打掃刷洗，整理亂七八糟的環境，溫德爾則將另一張扶手椅拉到壁爐前，往後靠著椅背，不時拋出幾句包裝成建議的命令。我已經到小屋後方的溪流邊竭盡所能地清潔身體，換了衣服，但老實說效果不大。我還是能感覺到頭髮上沾著結塊的泥巴。

「這個很好吃耶。」班柏比又拿了一片吐司。那是精靈做的麵包，用火回烤加熱過了。他穿著嶄新的開襟羊毛衫，以他獨有的優雅姿態懶洋洋地斜靠在椅子上，看起來非常愜意。

「你說那個傢伙是棕精靈？」

「對，木屬性。不過他好像也是泉水的守護者，這倒是很少見。」我不想承認，但我的心情確實輕鬆不少，而且不光是因爲喝了熱茶的緣故。雖然班柏比不請自來很惹人厭，但他畢竟是劍橋的一分子，有他在，我感覺好多了。

班柏比伸了個懶腰，雙手交扣置於腦後。「鄧恩在研究芬蘭精靈時也有注意到類似的現象。她說那是什麼？元素脫鉤？」

我哼了一聲。「鄧恩的方法論很拙劣，她只是編造出一套理論來掩飾罷了。你不能用她的樣本數來概括這類情況。」

班柏比對我露出慵懶的笑容，喃喃表示同意。換作是麗茲，肯定會被那抹微笑勾得滿臉通紅，但我早就習慣了。我只是直直望著他的雙眼，等他解釋自己爲何會做出如此過分的舉動，擅自跑來這裡。

「小艾，我很想你。」他開口。「少了你在走廊對面瞪我，感覺好奇怪。」

「太神奇了，竟然隔著牆都能察覺到我在瞪你。你是不是有用什麼方法來強化自己的感官知能啊？」

我有時會像這樣故意激他。班柏比一定知道我對他有所懷疑。

「只有你有大聲瞪人的天賦。我常常在想，你究竟是怎麼辦到的。」他轉向亨利。「去叫接待我們的主人過來好嗎？我想在就寢前吃點熱呼呼的飯菜。順便問一下有沒有甜點，不用太精緻，蘋果派或麵包布丁就行了。天哪，燉魚和水手麵包我眞的吃得很膩。」

想來克里斯提安．艾吉森聽到這些話不會有好臉色，所以我自然什麼也沒說。班柏比往前傾身，握住我的手。「你應該已經猜過我來這裡的原因。我向你保證，絕對不是你想的那樣。」

「哦？是嗎？」我很清楚他來這裡的目的。他想把我的研究成果搶走。

「我很敬重也很佩服你的能力，艾蜜莉。請不要誤會，我來不是因爲覺得你會搞砸。眞的不是。」

我抽回手，一團怒火在心口燃燒。「喔，那還眞是太好了呢！」

「我是來幫忙的。」他再三保證，完全沒意識到我有多氣。

「我相信你之所以想幫忙，肯定不是因爲怕別人搶先你一步，對一支未經證實的精靈種族進行全面性的調查研究，成爲學術史上第一人吧。」

「那樣未免太沒有運動家精神了。」他驚訝地瞪大眼睛。「我一直以爲自己是你的好友，不然我何必自告奮勇替你的精靈百科寫序呢？」

等到我的書出版之後，我就會拿來砸他的頭。他眞的有必要不斷提起我需要他的協助嗎？「事實上，我的進度超前不少。」我說道。「所以你可能會發現，不管你在這裡做什麼研究，最後都只能當成佐證，用來支持我的結論。」

「眞的嗎？」他露出興奮的表情，絲毫不見嫉恨，讓我有點失望。原來他是眞的把我當成同事，而非競爭對手。我一直覺得班柏比的問題在於他很容易引人反感，但又沒有充分的經驗證據能讓人相信這種情緒其來有自。「能讓我看看你目前蒐集到的資料嗎？」一個呵欠打斷了他殷切的期盼。「還是明天好了？」

「你打算怎麼幫忙？」我望著他，輕輕敲著馬克杯杯緣。

他揚起一抹不同於以往的微笑，使得一陣寒意漫過我的背脊。有時班柏比會讓人覺得他的情緒似流水淌過，從一種情緒跳到另一種情緒，就如海浪在岸邊湧來退去，非常突然。只有長時間與精靈相處、熟諳他們習性的人才會留意到上述現象。這種善變是精靈與生俱來的天性，若換成人類說變臉就變臉，可能會看起來很假，或是讓人覺得不舒服。

「你知道國際靈俗會嗎？」他向前傾身。「就是國際樹靈學暨實驗民俗學會議？」

他的語氣夾雜著一絲戲謔，因爲我當然知道國際靈俗會是什麼。那是我們這個領域聲望卓著、最具影響力的會議，每年在巴黎舉行。我從來沒接獲邀請，班柏比倒是年年出席，眞的有夠討厭。

「我是今年的特邀講者，」他繼續說道，「很希望能打動其中一位贊助人。我有幾項研究計畫都因缺乏資源而暫時停擺，那人財力雄厚，說不定能資助我進行不止一次，而是多次實地考察。幾乎沒有什麼比發表論文更能博得他人敬佩，哪怕只是一篇以未知的精靈物種爲題、淺談初步發現的論文。就像你說的，即便是思想最開明的學者也懷疑隱族的存在。不過，正如我一直以來的主張，歐洲亞北極與其他北極地區沒有精靈，不表示每個寒帶國家都是如此。」

我眯起眼睛。「今年的國際靈俗會沒有邀請我。你會在腳註裡提到我的名字嗎？」

「我們會一起發表研究成果。我會讓那名贊助人留下深刻印象，而你則會聲名大噪，讓學術社群吵著要買你的書。據我所知，好像明年就要出版了。」

他往後靠，懶洋洋地沉入椅背，看起來很高興，似乎認定我也和他一樣開心。我維持淡然的表情，不想讓他太得意。至於他的提議，當然，除了答應外沒有其他選擇。

班柏比表現得很謙虛，想必是舟車勞頓，讓他累到沒力氣自吹自擂。他不只是今年國際靈俗會的特邀講者而已，還可能是唯一一個大家爭相談論的話題人物，但我想背後的原因他未必全都想聽就是了。

「我打算在這裡過冬，」我說，「參加國際靈俗會就表示要離開拉芬斯維克……」

「二月一號，」他說，「最晚二月一號要走。會議定在二月十號舉行，我們也需要花一兩天的時間準備一下，對吧？我已經答應六位來自歐陸地區的同行要在香榭麗舍大道共進晚餐，當然，你也要一起來。勒胡和傑林斯基都會到。波蘭王后頒授了不曉得什麼勛章給勒胡，讓她變得很傲慢，原本的圈子裡大概有四分之三的人都被她冷落，不過我還是跟她維持良好關係……據說今年連巴黎最有權有勢的人也會露面，如果是這樣，我應該能說服勒胡為我引介……」

我開始焦慮不安，一顆心撲通狂跳。這樣會大幅縮短我在島上的田調時程。大多數學者得花一年甚至更長的時間才能完成調查。我只有三個月——三個月！我做得到嗎？

我沒有回應他的話，只是啜了口茶，接著再度開口：「我有點訝異你今年又受邀出席，看來黑森林考察風波已經稍微平息了一點。」

他整個人又往下滑了點，癱坐在扶手椅上，開始全神貫注地檢查袖子。「那是誤會。我相信未來的研究一定會證實我的發現。」

「當然。」我很確定情況會恰恰相反。我猜班柏比那篇探討黑森林群居型精靈織雪文化的論文不是他第一次提出誇大不實或不完整的證據，但可能是他第一篇全然虛構、捏造出來的文章。

只是可能。溫德爾．班柏比的研究總是令人目不暇給、驚嘆連連。他有種不可思議的本事，能挖掘出新奇怪誕的精靈儀式及魔法，進而顚覆許多相關論點和研究結果。我覺得這種本事與其說不可思議，不如說很可疑。

影子把頭靠在班柏比膝上，於是他伸出修長的手指摩挲大狗的頭頂。我們剛認識的時候，班柏比一直對影子很不放心，似乎不曉得該用什麼樣的眼光來看牠，情況嚴重到我有時不禁好奇他到底有沒有看過狗。不過，影子倒不像他這般躊躇。打從第一次見到班柏比，牠就以一種非常過分、完全不該出現的熱情來對待他，要不是影子跟我感情深厚，我一定會妒火中燒。隨著時間推移，班柏比逐漸習慣以略帶遲疑的拍撫來回應；令我懊喪的是，他們現在已經是老朋友了。

「這本書對你很重要，對吧？」他從公事包裡拿出一疊稿件，上頭印著一排排俐落工整的鉛字。那是我上個月寄給他的前五十多頁書稿。

「你讀過了？」我問道。

「對啊。」他快速翻了一下，紙頁上爬滿優雅的字跡，顯然他做了很多筆記。「我覺得很了不起。等你打完稿子，我想看看剩下的內容。」

他的話讓我嚇了一跳，脖子泛起紅暈。我一直不是很在意班柏比對我的學術成果有何評價，但我想我之所以會有如此反應，不光是因爲他的看法。這十年來，精靈百科始終是我一個人耕耘的作品。認爲自己的研究很棒是一回事，聽到自身看法獲得證實又是另外一回事。

「了不起？」我重複一遍。

「嗯，從來沒有人寫過，對吧？一部精靈百科全書？這部作品會成爲往後數年相關領域的學術研究基石，說不定還會催生出新的方法論，讓我們得以進一步了解精靈物種。」

他的語氣不帶一絲奉承。我有點不知所措，只能誠實回答：「對，這就是我的目的。」

「我想也是。」他揚起微笑。「你知道，其實隱族那一章有沒有都沒差。」

「如果不收錄進去，可能就沒那麼令人印象深刻了。」

「你想讓誰印象深刻？啊，」他往後靠在椅背上，「你想拿到聘書，對吧？」

「是又怎樣？」我無法辨讀他的表情。「你覺得我沒機會嗎？」

「嗯，你是有點年輕……」

「難道你就不年輕？」劍橋大學兩年前就給了他終身職，這個王八蛋。

「我是例外。」他低頭看著書稿心不在焉地說，臉上泛起笑容。「老薩瑟蘭什麼時候退休？」

「今年秋天。」我往前傾身，十指交扣。「我打算在回去後提出申請。要是順利，我就能拿到經費和資源，不必再為了為期一個月的考察計畫東拚西湊、忙著籌錢；只要我想，還能同時進行多項田野調查。想想看我能有什麼發現，解開什麼謎團。而且……」而且這樣我就永遠不用離開劍橋了。我差點把內心話說出口。

「是啊。」他再度翻頁。「你想跟你的書和謎團一起關在那些古老的石砌建築裡一輩子，就像一條龍帶著積攢的財寶，盡可能少跟活人接觸，就算現身，也只是為了對學生噴火。」

他懂我，雖然他的方式令人惱火，但至少他能理解一部分的我，這是其他人做不到的——想必又是某種精靈特有的天賦。「你打算留在這裡是嗎？」我轉移話題。

「不然還能去哪？這裡不像是有飯店的地方吧？我寫信給你的隔天，你的房東就答應了我的請求，我也立刻啓程離開劍橋。我以爲他有告訴你。」

我皺起臉。「我和艾吉森處得不太好。」

「什麼？」他裝出驚訝的樣子，語氣非常浮誇。「親愛的艾蜜莉，別跟我說你交不到朋友。」

開門的咿呀聲打斷了我瞪視的目光。克里斯提安就像之前一樣沒有敲門，逕自邁步走進小屋。從他的表情就看得出來，班柏比託人捎去的口信和我猜的一樣，一字不漏地傳進他耳裡。麗茲跟在他後面，臉上寫滿無用的歉意。

「艾吉森先生！」班柏比立刻站起來，掛上燦爛的笑容。「好傢伙，看來你是個不拘小節的人，眞是讓人耳目一新。臨時來訪，眞的很感謝你盛情款待。聽說島上居民都很溫暖又慷慨，但你的熱情好客完全出乎我意料之外。」

他用帶著口音但很流利的寒光島語說出這段話。克里斯提安不禁停下腳步，但就那麼一秒。「教授，」他語氣謹愼，握住班柏比伸出的手。我可以看到他冷若冰霜的態度在班柏比的魅力衝擊下融化了一點點，但他畢竟是個硬漢，笑容還是很緊繃。「不好意思有點誤會，我們非常歡迎你，可是很遺憾，除了早餐外，我們沒有餘力提供其他膳食。我有座大農莊要經營，你明白的。」

他用英語回答班柏比。班柏比的笑容裡除了感激，不知怎地還透著欽慕，好像很佩服克里斯提安的英語竟然這麼流利。我注意到班柏比眼中閃爍著一絲愉悅，幸好，克里斯提安似乎並未察覺。「我完全明白。請不要誤會，我不是希望你替我們備膳。我其實是想爲你們一家人下廚。」

克里斯提安眨眨眼睛，原先那種有所保留的態度化爲興味。「這樣啊。」

「喔，天啊，」我低聲咕噥，「拜託說『對』。」

「當然。」班柏比拍拍克里斯提安的肩膀。「這是愛爾蘭的習俗，客人至少要爲主人準備一餐，以表謝意。你喜歡吃什麼？我們這裡有些食材。」他在屋裡東奔西跑，拿了被啃爛的胡蘿蔔、甘藍菜殘葉和我買的燻魚，全身上下散發出一種歡快又狂躁的活力。從克里斯提安臉上的神情就看得出來，他正在腦海中想像班柏比於廚房大顯身手的畫面。

「我……」克里斯提安連忙開口。「雖然我很感激……」

「別客氣，我有個香料蛋糕的食譜，吃了會感覺嘴巴好像著火一樣。我們愛爾蘭人就愛這一味。至於主菜嘛……」

「不用了，教授，眞的。」克里斯提安的笑容有些勉強，卻很眞實，不是他平常那種冷笑；與此同時，班柏比跺著腳走來走去，一副雀躍的模樣。「你才剛到，我不能麻煩你做菜給我和我兒子吃。你的好意我心領了。」

班柏比停下動作，眨眨眼睛。甘藍菜葉在他身後逆風飛舞。「眞的嗎？好吧，如果你……」

「芬恩正在做燉菜。不介意的話，我們可以送一些過來。」

「當然不介意，我的朋友。」班柏比說完，又補上讓我非常錯愕的一句：「麵包布丁或蘋果派我都行。」他彈彈手指。「哎呀，我眞失禮！艾蜜莉，親愛的，你比較想吃什麼？」

「蘋果派好了。」我努力克制自己，以免笑出聲音。

「那就這樣啦。」班柏比對克里斯提安綻出笑容，而後者眨了眨眼睛，好像想讓自己看得清楚一點。「我們明天再聊，好嗎？我習慣在田野調查初始訪談當地人——那些有身分的人，你懂我的意思吧？這麼做能讓我了解一下情況。你一定願意幫忙，對吧？」

他邊說邊走向克里斯提安，再次握住他的手。

「沒問題。」克里斯提安喃喃低語，無助地回望班柏比。班柏比的眼睛事實上不是黑色，而是濃鬱深沉的綠色，宛如日暮時分的森林，唯有近看才看得出來。我見過有人在這樣的凝視中迷失，傻傻地四處遊蕩、被荊棘纏住，天曉得還有什麼——克里斯提安肯定不是第一個。他應該要別開視線，從一數到十或專注於呼吸，想辦法轉移注意力，可是他沒有經驗，自然不曉得該如何識破精靈的花招，避免中計。

我清清喉嚨。克里斯提安對我眨眨眼，彷彿這時才意識到我的存在。「謝謝你，克里斯提安。」我一定是非我所願地受到班柏比愛惡作劇的個性感染，才會再度開口：「明天早餐請幫我們準備六顆鵝蛋。」

克里斯提安彷彿腦袋被敲到似地點了一下頭，離開小屋，很有禮貌地帶上門。

「香料蛋糕？」我語帶懷疑地問。

班柏比一屁股坐回椅子上。「這有什麼難的？」

「你有做過香料蛋糕嗎？」

「我當然吃過。」

「你這輩子有親手做過什麼嗎？」

「這不重要。」

我哼了一聲，肚子不爭氣地咕嚕叫，讓班柏比不禁皺起鼻子。我這才意識到自己已經好幾天沒吃過像樣的一餐了。

「我們可以生個火嗎？」班柏比嘴上說「我們」，其實是指亨利和麗茲。亨利邁步走到木箱前，皺起眉頭。「裡面是空的。」

溫德爾一臉驚慌。「小屋後面有間柴房，」我開口，「斧頭在院子裡。」而且仍卡在樹樁上。先前我再次嘗試劈柴，結果又以失敗收場，但我覺得沒必要講得那麼清楚。

「啊，柴房。」他的語氣和我第一天入住時一模一樣。就這樣，我們的合作研究計畫正式開始。

十月二十九日

昨天，克里斯提安很快就準備好晚餐，還附上幾個小圓麵包和一籃名字取得貼切、叫做「冰莓」的灰藍色水果，大概是想爲了無法提供蘋果派而致歉。芬恩將餐點送來，滿懷歉意地說道拉芬斯維克這個季節沒有蘋果，他也沒做過麵包布丁，希望我們會喜歡他做的奶香焗麵包，他和克里斯提安猜想這可能是寒光島在地最接近麵包布丁的料理。這道甜點以黑麥麵包及大量肉桂、奶油和葡萄乾製成，聞起來很香。班柏比對每樣食物都讚不絕口，很快就跟芬恩聊得熱絡——芬恩似乎從孩提時代起就暗暗渴盼，希望有一天能親自走訪愛爾蘭。班柏比輕輕鬆鬆就用自身魅力收服了這個大男孩，最後芬恩也拉了張椅子加入我們。小屋裡迴盪著他們的歡聲笑語，麗茲和亨利偶爾也會插上幾句。至於我呢，我很高興能享受熱呼呼的晚餐，不必煩惱聊天和社交的事。班柏比明白這一點，很好心地沒理我。我不太清楚他究竟是怎麼辦到的，總之晚餐結束後，班柏比一副理所當然的態度早早回房就寢，留下麗茲、亨利和芬恩燒水洗碗。我懷著一絲愧疚回到房間，沒有人提到我離開的事，我想應該也沒人注意到吧。

今天早上，芬恩送早餐過來。不出所料，沒看到班柏比讓他非常失望。

「他還在睡。」我解釋道。眼前的早餐讓我的肚子咕嚕叫了起來：兩條烤得金黃完美的麵包、昨晚吩咐克里斯提安準備的六顆蛋、各式各樣絕對沒加海藻的果醬、燻魚和羊肉香腸。

「有咖啡嗎？」

「他要喝咖啡喔？」芬恩的臉垮了下來。

「對，而且愈濃愈好。」

「烏爾法那裡可能會有。」芬恩若有所思地說。「我們這邊的人很少喝咖啡。」

「對不起，他對早餐很挑剔。」我有點內疚，但要聽溫德爾抱怨的人是我，不是芬恩。

「挑剔也不是壞事。」芬恩笑著說，似乎覺得這樣很迷人，而非煩人。

沒多久，麗茲和亨利就起床吃完早餐，然後到處閒晃，想找點事情做。我受夠身旁有這麼多人礙手礙腳，便要他們倆去劈柴。我覺得有點抱歉，沒安排一些更有教育意義的活動，但他們並沒有因爲被叫去做這類粗活而不開心。就算有，他們也藏得很好，可見這兩人早就習慣班柏比把研究生當成打雜的使喚。

我等了很久，久到開始認眞考慮要自己去做田調，管他什麼合作和國際靈俗會去死，而這時班柏比才睡眼惺忪地出現。是我要他來的嗎？不是。我需要他的幫助嗎？當然不需要。

「早安。」他從房間走出來，打了個呵欠，身上那件黑色晨袍看起來燦爛華貴，不知怎地讓人聯想到國王參加化妝舞會時會穿的禮袍，只是他那頭東翹西翹的金髮稍稍破壞了這個效果。

「你終於起床了。」

「早餐前不行，小艾。」我還來不及說下去，他就舉起一隻手。「算我求你。」

「我只是想跟你說咖啡的事。」我說。班柏比非常討厭在吃早餐前談正經事，或者應該說，任何跟工作有關的事。在劍橋的時候，只要我們倆當天都有去學校，就會一起吃早餐——自從他發現我經常懶得吃早餐，我們就一直維持這樣的習慣。聽到我不吃早餐的當下，他的反應驚恐萬分，好像我承認自己殺了人似的，立刻拉著我離開辦公室，來到他在校園裡最喜歡的咖啡館，那家咖啡館隱身在蒼鬱的橡樹林間，可以俯瞰康河。班柏比花了整整一個小時吃完他所謂的「清淡」早餐，包含雞蛋、炒番茄、幾片培根、塗滿奶油和藍莓果醬的吐司、洋梨烤燕麥，以及一大杯加了糖、甜到讓人很不舒服的黑咖啡。我以為他對早餐自有一套哲學，就跟那些愛喝茶的人一樣，認為藉此可以舒緩情緒、使問題顯得沒那麼嚴重，或是讓一天變得更美好之類的，可是我問他時，他只是眨眨眼睛說：「喔，小艾，早餐為什麼會**沒**那麼重要？」的確，自從養成吃早餐的習慣後，我早上不再頭痛，體力似乎也有變好，不過說真的，一頓飯而已，實在沒必要這麼小題大做。

「你說這是咖啡？」他打開錫壺。芬恩將錫壺、水壺和吐司一起放在爐架上保溫。

「對，顯然烏爾法有些咖啡豆。不過芬恩說這些豆子來歷不明。」

「這個冬天一定會很難熬。」他倒了杯茶。我在吐司上抹了厚厚一層果醬，吃了一顆鵝蛋。我雖然很餓，但剛才幾乎什麼也沒吃，一心只想著今天的野外工作。埋首於學術研究而忘記吃飯對我來說是常有的事。班柏比每樣東西都嚐了一點，連我認為不適合當早餐的燻魚也不例外，還說那道料理很有水準。

「我想去芬恩說的那座溫泉晃晃，」他喝完第三杯茶，心滿意足地伸伸懶腰，舒展筋骨，「洗掉旅途的風塵與疲憊。」

「我以為我們要討論一下今天的計畫。」我淡淡地說。「我已經等了一個多小時了。」

「是嗎？好啊，歡迎你跟我一起去。」

「不用了，謝謝。」

「你當然不用。」他伸手從我髮間扯下一片草葉。我的髮髻已經鬆了一半，就如往常一樣，一束束髮絲披散在臉側。

「我們連研究設計都還沒定案。只剩下三個月的時間，溫德爾，我們到底要怎麼合作？我們不是協議好了嗎？」

「我不記得有什麼正式協議，只記得你一直在瞪我，還有幾次企圖對我進行人身攻擊，不過我們倆有很多對話都是這種情況。」

我環抱雙臂。

「我的田調方法通常具有一定的彈性，」他吃了一口吐司，「我做事不喜歡太死板。」

我早就猜到他會這麼說。「關於這項研究，我傾向以自然觀察作爲主要的資料蒐集方式。研究範圍涵蓋了大約三千公頃的荒野，我已經畫好簡略的地圖，並將疑似有精靈出沒的地點標示出來。我打算不停重返現場，愈多次愈好，以觀察泛精靈於原生環境中的樣態。由於宮廷精靈善於躲避人類偵察，我們不太可能有機會以同樣的方式來觀測他們，因此，我們只能透過對村民進行民族學訪談來分析他們的習性和生活方式。拉芬斯維克有一位曾遭宮廷精靈凌虐的女孩，名叫歐瑟西．希德斯多特。若是有時間，我打算今天去拜訪她，順道去另一戶我認爲有棕精靈居住的人家。單是那女孩的事就是一項重大發現，因爲根據文獻記載，隱族只棲宿於大自然[7]，」我停頓了一下，「我希望達成兩個目標，第一，確認島上的精靈物種；第二，觀察他們與人類居民的互動。」

「何不把地圖交給麗茲和亨利呢？」班柏比跪下來抓撓影子的耳朵。「跋涉山野、探察荒原的工作交給他們就好，他們很擅長這種事。至於那位歐瑟西，我從你的田野筆記中得知她是個啞巴。你想從她那裡問出什麼?」

「你看過我的筆記?」我眨眨眼睛。

「昨天晚上看的。你認爲那棟房子裡的棕精靈是哪一種?」

「我猜是黑化妖[8]。」我回答。

「唉，眞無聊。」他說。「我討厭黑化妖，有夠乏味的生物。也許我們該分工合作，你去打聽那棟鬼屋的情況，我去向村長拜個碼頭。若要採訪當地居民，從管事的人開始比較符合禮數。」

「我們傍晚再去酒館好嗎?」我知道他如果現在就去，肯定要到半夜才會出來。不是因爲班柏比嗜酒如命，而是因爲他會跟大家聊個沒完。

「如你所願。」他揚起微笑。「就照你的計畫走，小艾。畢竟這次田調是你的主意。」

「你的意思是，屆時提交給大會的論文會由我掛名第一作者?」

「當然。」他語氣平靜，彷彿一直都是這麼想。但也可能不是。他的情緒全寫在臉上，

7 以寒光島精靈為題的論文很少，其中有篇是布蘭・艾孔寫的，但他的研究完全基於口述資料，加上他母親是寒光島人，很難説他到底有沒有親自登島進行實地考察。由於那篇論文缺乏學術研究精神，我不打算透露標題，總之就是一篇表面上在反駁丹妮兒・德葛雷的〈論家庭小精靈於北緯地區的重要性〉（《現代樹靈學》，一八四八年春季出版），實際上冗長又沒內容的文章。艾孔在學術生涯早期經常針對德葛雷進行批判，簡直到了執迷的地步。

8 過去二、三十年來，學術社群逐漸發展出「黑化妖」一詞，用以指稱那些居住在人類家中且行為變調、對屋主充滿惡意的棕精靈。

轉瞬間從調皮淘氣變爲直率眞誠，切換速度之快令人不安。班柏比從未試著用他迷惑克里斯提安的方式來迷惑我，我想他很清楚自己不會成功。

他喝完最後一口茶，拍拍影子，一派悠閒地走向門口。

「你要去哪裡？」我問道。

「我已經告訴過你了。我很快就回來，利用這段時間好好寫你的日誌吧。」

「你就穿這樣去野外蹓躂？」我對他的晨袍比比手勢。

「你不用擔心我，小艾。」他又露出那種愉悅的表情，似乎覺得很好笑。

「擔心你?!」我嗤之以鼻，但他的晨袍襬邊已然拂過門緣，消失得無影無蹤。

十月二十九日，傍晚

當然，他說謊。我早上的日誌都寫完了，他還沒回來。我決定按原本的計畫獨自出發，並依照溫德爾的建議，讓亨利和麗茲帶著地圖去探勘島上的火山地貌。他們應該有聽懂我的指示，但我仍忍不住想念起自己的學生。我很信任他們，他們能獲選爲研究助理，是因爲本身資質夠好加上態度勤奮，不是因爲有辦法忍受亂七八糟的鬼話與胡鬧。

天空漾著秋季特有的濃豔湛藍，海面上綴滿許多小漁船。行經雜貨店時，格蘿亞開心地對我揮手——她也應該這樣，因爲我可能讓她的月收入成長了一倍。不用說也知道，我沒有順道停下來和她聊天。

我敲敲那棟藍色房子的門，無人回應。兩隻山羊直勾勾地看著我，在柵欄後方咩咩叫表示抗議。

「有人在嗎？」我用寒光島語大喊，再度敲門。

窗簾好像動了一下。不到幾秒，屋裡就爆出淒厲的尖叫。

我立刻用手摀住耳朵，可是沒用。尖叫聲不斷竄進耳裡，聽不出是男是女，唯一能確定的是那嗓音盈滿痛苦和絕望，節奏跌宕有如冬日狂風，我能感覺到陣陣寒氣從門縫中滲出來。

太好了，我在心裡嘀咕。**那隻黑化妖在戲弄我**。

我把手放下，任憑刺耳的嘶喊於身旁繞旋，再次禮貌地敲敲門。

由於我並未表現出驚懼害怕的模樣，尖叫聲便逐漸停息。我對這隻黑化妖接下來要玩的可怕把戲沒興趣，便示意影子跟著我（牠對剛才的怪聲渾然未聞），繞到房子另一邊。

只見遠處有兩個人影：一名男子正在擠羊奶，而再過去一點，地勢朝海灘緩緩傾斜處，有個女人正獨自漫步。她的身影襯著碧藍的海浪，顯得格外孤寂。山羊憂慮地叫了幾聲，男人轉頭看到我，草草完成手邊的工作，朝我走來。

「我想你就是那位教授吧。」男人個子不高，皮膚黝黑，一臉落腮鬍看起來飽經風霜，流露出一種滄桑感。「看來歐黛跟你提過我兒子的事。」

我恍然大悟。昨天出現在窗前的那個生物不是黑化妖，而是調換兒。做研究做了這麼多年，我從未見過調換兒的舉止如此近似黑化妖，就連文獻中也未曾有過相關記載。調換兒是宮廷精靈所產下、外表畸形醜陋的後代，且往往體弱多病，會爲其所在的家庭帶來不幸，但他們的性情既不邪惡，也不凶殘。這個發現大大加深了我對這戶人家的興趣，很慶幸自己隨身攜帶著筆記本。

「我叫艾蜜莉·懷德。」我伸手致意。「你兒子是什麼時候被抱走的？」

他停頓了一下，握住我的手。「我是莫德·山姆森。我太太叫奧絲洛，她正在散步。我以爲歐黛有告訴你？」

「歐黛什麼也沒告訴我，這只是我的推測。」

「我明白了。」他凝視著我片刻。「她不喜歡你。」

「她不喜歡我。」這個男人身上有種特質，也許是眉宇間那抹憂鬱吧，像不透明的玻璃窗一樣晦昧，讓我忍不住附和他的話。

他的嘴角泛起淺淺微笑。我有種感覺，這個人臉上鮮少出現笑容，就連這樣的淡笑也不多見。「那是五年前的事。當時亞歷只是個嬰兒，剛滿一歲。」

我的興趣愈發強烈。寒光島精靈的行爲與我所知的精靈習性已開始出現歧異。「一歲，這倒是不太尋常。我知道精靈會偷偷抱走新生兒，但從沒聽說過他們也對年紀大一點的孩子感興趣。當然，蘇格蘭的波嘎除外，但他們不會留下自己的後代來代替被擄走的人類嬰孩。」

我突然意識到自己的口氣洋溢著滿滿興奮。莫德挑起眉毛看著我。「對不起。」這句抱歉連我自己聽了都覺得敷衍，但不知怎的，莫德又微微一笑。

「這些對我來說都不重要。」他開口。「不管你是不是眞的感到抱歉，會不會爲我們祈禱都沒關係。亞歷被抱走後，很多人都對我們表示同情和遺憾，說要爲我們禱告，這些話我們聽多了。你能幫助我們嗎？」

「這……」我猛然打住，但不知道爲什麼，他讓我覺得自己不用害怕對他坦白。「這不是我來這裡的原因。我來是爲了科學研究，想對島上的精靈物種進行編目。」

他點點頭。「但你人在這裡，而且顯然比神職人員更了解精靈的習性與生活方式，這讓我燃起一絲希望。我很想請你進來坐坐，只是怕家裡的狀況會讓你覺得不受待見，再說，我也不想嚇到你這隻帥氣的同伴。」

他拍拍影子的頭，影子也聞聞他表示認可。「沒關係，山姆森先生。」我說。「牠很習慣看到精靈，我也一樣。」

莫德一臉懷疑，但沒有阻止我進門。

屋內格局看不出有何異狀。普通的起居室和壁爐，再過去是簡陋的廚房，牆上掛著幾把鐵鑄平底鍋。沒聽見尖叫聲，也沒看到血手印。影子嗅聞空氣，發出一聲低咆。

「我知道，」我安撫影子，「跟緊我，親愛的。」說完我轉向莫德。「你太太大概什麼時候回來？」

「可能還要一陣子。散步能舒緩她的心情，她每天都會出門走走，直到雪季來臨。」他望向窗外，表情透著知曉冬雪將至的疲憊和篤定。「奧絲洛應該會喜歡你。她和歐黛向來不合。」

我有點驚訝，不由得微笑起來。「亞歷在閣樓。」莫德用手指指樓梯。

「了解。」想起班柏比稱這棟房子爲鬼屋，我忍不住皺眉。「你會冷嗎，山姆森先生？」

他低頭瞥了自己一眼，脫掉大衣，露出底下的外套。「我和奧絲洛老是覺得冷，即便是仲夏時節也一樣。」

我拿出筆記本，草草寫下初步觀察結果。在一定程度上，我知道自己看起來有多冷酷無情，但對科學的熱愛讓我整個人沉浸在學術世界裡，無暇擔心這些，況且莫德看起來也沒生氣。

我往樓梯的方向踏出一步，眼前的景象瞬間改變。每一道階梯都化成披著狼皮的血盆大口，森森尖牙在濃密的毛髮下閃閃發光。屋裡颳起一陣凜冽的寒風，夾雜著霜雪和松樹的氣味。狼群低吼咆哮，撕咬著我的大衣下襬。

我轉身望著莫德。只見他驚恐地後退幾步，但反應有些麻木，那點畏縮沒多久就消失了。

「你常看到這類幻象嗎？」我問道。

莫德眨眨眼睛，眼底閃過一絲惱怒。他蹙眉看著我，似乎預期我會展現出憐憫之情，最後卻發現自己迎上的只有冷靜和好奇。「我知道那不是真的。」他的臉色趨於柔和。

「我明白了。」我在腦海中想像著他的日常，住在這樣一個地方，被如此恐怖暴戾的幻覺困擾，日復一日，年復一年。

「山姆森先生，可以請你拿一根鐵釘和一些鹽給我嗎？」

他眨眨眼，似乎有些困惑，但還是去準備我需要的東西。他回來後我詢問道，掛在門上的那件小外套是不是他兒子的。他點點頭。

「謝謝。」我將那件外套收進背包裡。「我會還給你們，我保證。」

我踩上樓梯。莫德倒抽一口氣，沒跟上來。這樣正好，不然我也會阻止他。

影子邁步走在我身旁，無視於狼群啃咬著我的腳踝。我能看到幻象底下的階梯，影子則完全看不見幻象，至少我認為牠看不見精靈施放的幻象；也有可能牠看得一清二楚，只是不在乎。

閣樓裡有張小床和一張舒適柔軟的原色羊毛地毯。一個男孩坐在床上，臉色蒼白得有如映在初雪上的月光。我猛然停下腳步，因為他跟我過去見過的那些醜陋削瘦、智力和動物差不多的調換兒截然不同。那個男孩有一頭略帶藍色的半透明長髮，皮膚如冰霜般閃爍著微光，非常美麗，一雙眼睛犀銳又慧黠，散發出一種不可思議的優雅。

他有點讓我想起班柏比。雖然他們長得一點也不像，感覺卻彷彿有親緣關係，我說不上來。不是外貌特徵，比較像是缺少了什麼，在他們身上找不到人類的粗鄙與凡俗質地。

一想到眼前這生物是我有生以來盤問的第一個宮廷精靈，我的胃就扭絞在一起，有點難確定這種感覺究竟是興奮還是恐懼。

「你要我。」調換兒乖戾地說。

「正好相反。」我捲起大衣袖子。我早在進屋前就將大衣反穿，這麼做能幫助我識破精靈設下的幻象。「我只是繞過了你想玩的把戲。你的生母要是知道你這樣歡迎客人，她會開心嗎？」

「滾出去！」他大發雷霆，這不光是因爲我躲過了他的魔法，更是因爲他不喜歡我提到他的精靈母親。

「我有幾個問題要問你，」我繼續說道，「建議你準備好答案。我知道你讓你的養父母飽受煎熬，恕我無法寬容以待。」

我話才說完，又一陣冷風襲來。天花板上的橫梁嘎吱作響。

「你喜歡爲別人帶來痛苦嗎？」

「我不在乎。」男孩斷然表示。這是因爲他還是個孩子，因爲他擁有魔力，而他瞪著我的眼神中也透著小孩特有的倔強。「我不想待在這裡。我想回我的森林，和我的家人待在一起。」

「那爲什麼你的家人要把你送到這裡，讓你跟凡人一起生活？」我對這個問題的答案特別感興趣，因爲目前我們對調換兒的了解大多只是臆測，推想宮廷精靈習慣將人類嬰孩調包，將調換兒交給凡人撫養數個月或數年，接著再悄無聲息地換回來（前提是調換兒沒有死亡，這種情況並不少見），至於這類行爲背後眞正的原因，迄今仍是個謎。主流意見認爲，他們這麼做純粹是爲了娛樂消遣。

調換兒那張可愛的臉瞬間皺起。「如果你再不離開，」他往前傾身，「我就把恐怖的畫面塞進莫德腦子裡，讓他生不如死。我會讓奧絲洛夢見撕裂崩毀、烈火焚燒，聽見黑夜中迴盪著她所關心的每一個人的尖叫聲。」

一股惡寒漫過我的背脊。我努力保持淡定，默默抓起一把鹽，開始繞著房間撒。

「那是什麼？」他的怒火瞬間轉爲興味。他用手指捏起一撮鹽，聞了一下。「鹽巴？你爲什麼要這麼做？」

我停止動作，在心裡暗暗咒罵。鹽能束縛精靈，但也許在寒光島這招只對泛精靈有效，或是根本沒用。我抽出鐵釘。

「你殺不了我。」他說。

「沒錯。」我同意。殺死調換兒就等於殺死被其取代的孩子，這兩者永遠會被一種強大的魔法綁在一起，無論是時間還是距離，都無法斬斷這樣的羈絆。「但我可以傷害你。」

我對影子示意，牠立刻撲上前咬住調換兒的腳，分散了他的注意力。我趁機將釘子刺進他的胸口。

應該說，差點就刺進他的胸口。調換兒突然動了一下，導致鐵釘沒入他的側腹，緊接著便響起一聲比先前更刺耳、更難聽的尖叫，宛若冬季的嘶吼。調換兒似乎逐漸溶解，化爲一隻披覆著暗影和冰霜的生物，雙眼如火焰藍芯般熠熠閃動。一般認爲，所有宮廷精靈的眞貌都隱藏在表象之下，人形只是他們的僞裝。雖然很難取他們性命，但金屬器具所造成的傷口可能會迫使他們變回那個較爲脆弱而虛乏的自己。

這些我都知道，但僅止於理論而已。儘管我懷著堅定的決心，看到調換兒的眞面目依舊讓我整個人僵在原地，過了好一陣子才回神。

調換兒持續放聲哭號，此時我從背包裡拿出他的外套。「如果你回答我的問題，我就把這個給你。」幸好，我的聲音不像我的手那樣抖個不停。

「拿來！」調換兒尖聲大叫，蜷縮在角落裡。我猜他還是可以傷害我，只是難受到沒心思想這件事。當然，如果他眞的出手，我大可不給他外套。

精靈受到許多古老法則約束，其中有些賦予凡人極大的權力來掌控他們。凡人的贈禮，例如食物和珠寶，能讓精靈變得更強大，至於衣物則帶有特殊力量，能讓精靈將自身與凡界牽繫在一起，以宮廷精靈而言，就是能使他們重拾人類的皮相。

「現在我可引起你的注意了。」在我這麼說的同時，調換兒尖細的哭喊愈來愈弱，轉爲啜泣聲。「那就從你的父母開始吧。」

✦✦✦

到頭來，調換兒沒告訴我什麼，只是不停嗚咽碎念著森林和他心愛的柳樹，並提到精靈在地底和霜雪深處修建了許多小路，而月光還會以某種方式透進來，點亮那些蹊徑。這些事情都很有趣，但很快就令人感到厭煩。一個小時後，我知道了他的柳樹有幾根枝條，還有從他房間的窗戶可以看到幾顆星星，除此之外沒得到什麼資訊。這些就只是從一個自我中心的孩子眼中所看見的、粗淺的宮廷精靈生活，所以不是很有用。

這個調換兒若不是不知道，就是不記得自己爲何會被帶到拉芬斯維克，不過他確實相信自己會被接回去，還發誓到時一定要狠狠報復我。我受夠了他的抱怨和呻吟，便把外套遞給他。他立刻將外套披在身上，蜷縮於房間角落瑟瑟發抖，慢慢地，他逐漸恢復爲人形，一點一點回復重量與實體。

當然，離開前我教了莫德和奧絲洛如何保護自己，告訴他們可以將衣服反穿。這麼做無法消除幻象，但能減輕幻象對他們造成的影響。奧絲洛從外面散步回來後，非常親切地歡迎我，完全出乎我意料之外。然而，她的模樣著實令人擔憂，不僅過於消瘦、頭髮稀疏，還有著深深的黑眼圈。她幾乎每分每秒都在哼歌，有時似乎沉溺在自己的世界裡，對談話置若罔聞，直至莫德走到她身旁捏捏她的肩膀，她才回到當下。雖然我的身分是科學家，也很重視所謂的客觀性，但如果可以，我還是想幫助他們。只是我不曉得該怎麼做。

我很快回到小屋整理筆記。屋裡空無一人，但我能看到遠處山坡上有兩個小點，從斗篷的顏色來判斷，是麗茲和亨利沒錯。我瞥見小型望遠鏡的閃光，猜想他們正在勘察下方的岩層。至於班柏比在哪，我就不知道了。也許他在溫泉裡淹死了。

我決定親自過去一趟，以向我的新朋友表達敬意。你永遠不會曉得善待泛精靈將得到什麼樣的回應，但我還是希望能贏得他的信任。

溫泉邊空蕩一片，我照舊脫下靴子等待。我用水潑潑臉，飛快往後瞄了一眼，一頭浸入水中。

這是我來到拉芬斯維克後第一次洗頭。我又抓又搓，將之前沒發現的汙垢和落葉沖乾淨。洗完後，我把頭髮擰乾，重新綁好，彷彿滌去了一些源自農莊小屋的陰暗，感覺舒服多了。

午後那借來的短暫溫暖不時打斷冬天的腳步。陽光透過葉隙灑落下來，讓我心裡湧起一股滿足感。我把要給精靈的糖果擺好，邊吃午餐邊等。他不喜歡焦糖夾心，說那會黏牙，但巧克力他倒是一吃就愛上。我不得不寫信請哥哥寄更多甜食過來；要是去格蘿亞的店裡買，我一定會破產。

那隻棕精靈比平常更晚出現——我私下替他取了個名字叫阿坡，取自〈渡鴉〉作者愛倫坡之名，以向他先前身穿的那張破爛烏鴉皮致敬。他站在溫泉對岸，身軀與林地融為一體，只有他移動時我才看得到他。

「你好，」我禮貌地打招呼，「今天過得怎麼樣？」

「你的朋友來過。」他的語氣流露出一絲猶豫。

「班柏比？他做了什麼失禮的事嗎？」如果是，他就死定了。我花了好幾天的時間和這隻精靈建立起信任關係，不是要來讓他毀掉的。

阿坡搖搖頭。「他帶了薄荷糖給我，我喜歡薄荷糖。」

「然後呢？」

阿坡不斷投來焦急的目光，尖細的手指如雨點般落在濡濕的草地上，發出喀噠喀噠的聲音。「我不想再見到他！」他突然大叫。

「好，那就別見。」我安撫道。「我會叫他離你遠一點。」喔，我百分之百會。

「你可以命令王子？」他瞪大雙眼。我還來不及開口，他就接著說道：「我不想惹他生氣，他人很好，可是我很怕他。我母親常叮嚀我不要擋他們的路。她總是這樣告訴我，那些高個子，那些女王、國王和領主，他們會像踩蘑菇一樣將你踩在腳下，小傢伙，你要低下頭，守好你的樹。他問了我好多問題，我不能不回答。我不喜歡他問的問題。」

我不禁愣在原地。阿坡用了精靈語中的一個詞，這個詞有很多含義，可以指「領主」或「先生」，也可以是單純的敬語。但我知道，以他這樣有如對摺般、中間音節微微加重的發音方式來說，只有一個意思。

「你說他是王子？」我一字一字清楚地問。「你確定？」

阿坡點點頭湊上前，近得我能聞到他皮膚上的汁液氣味，和我那頂舊海狸皮帽的熟悉氣味奇異地混雜在一起（他把帽子拆開，織成了一件凹凸不平的外袍）。「他想知道門的事。」他小聲地說。

「精靈之門？」一陣顫慄竄過我的背脊。「能通往你們世界的那種門[9]？」

他點點頭。我坐下來，腦中思緒飛轉。我早就懷疑班柏比是精靈貴族，但沒想到他是——或曾經是——王室繼承人。不過，讓我震驚的不是這個。

他找精靈之門做什麼？純粹是因爲學術上的好奇嗎？

「他還有問你別的事情嗎？」

阿坡搖搖頭，使我的懷疑愈來愈深。「那你跟他說了什麼？」

他現在幾乎是坐在我大腿上，修長的手指以一種充滿占有慾的方式捲弄著我的斗篷。

「這座森林裡沒有門，我從來沒見過。也許門會隨著冰雪，隨著高個子移動；也許風從北方

---

9 所有樹靈學家都承認精靈之門的存在。這種門能通往單一特定的精靈家園，像是泛精靈居住的村落等。另外還有一種門據說可以直抵精靈世界深處，進入一個與人間截然不同的異境。關於後者，目前學界仍多有爭議，但根據目前對宮廷精靈的了解，個人認為可信度很高。

吹來時，他們會把門帶到這裡，然後又帶到其他地方。」他皺起眉頭。「他們很快就會來了。」

「我那位朋友聽到這個消息有什麼反應？」我緊緊攫住草地。

「我不知道，他後來就走了。我很高興他離開了。」

阿坡看起來心煩意亂，我便轉而提起剛才送給他的巧克力。我的善解人意，事實上有部分是出於擔心身上這件已經被阿坡摸到留下刮痕和孔洞的斗篷，還有斗篷下那條腿的安危。他快步跑去察看他的小糖果山，隨即消失在森林裡，回來時帶著一條暖呼呼的麵包。我們倆之間的老規矩和我對他的稱讚，似乎讓他的情緒鎮定不少。我告訴他我明天會再過來，只有我，沒有別人。

接下來的一個小時，我都在森林中漫步。我告訴自己，我是在勘察先前田調時注意到的、可能的精靈小徑，但事實是我需要走一走。阿坡無意間揭露了班柏比的眞實身分，我到底該怎麼看待這件事？並非所有精靈在與凡人互動時都別有用心，背後藏著什麼偉大的計畫，我也以爲他只是個帶有貴族氣息的半吊子。他選擇這個職業，探尋同類甚至親族的故事，是否另有原因？

更要緊的是，這重要嗎？我有我的精靈百科要操心，這本書能讓我的學術成就更上一層樓，只要不妨礙到我，我何必在乎班柏比有何意圖？

我隱約知道大多數人若發現身邊有位精靈王子，一定會有不同的反應，但我不在意。

影子走在我前面，低頭嗅著一堆雜亂的蕈菇。我查看地圖，發現這些蕈菇似乎從原來的位置移動到幾公尺外的地方。當然，也有可能是近日暴雨後冒出來的，但我認爲不是。以我受過專業訓練的眼光來看，菇群的形狀感覺不太自然，好像別有用途。也許這是精靈舉行集會的地方。

我沉浸在田調裡，心情漸趨平靜，接下來的幾公里路程都很愉快。若有人說他們的工作比在陽光照耀下的野林中尋找精靈足跡更快樂，我絕對不會相信。

影子突然往前飛奔，尾巴在稀疏的灌木叢中忽隱忽現。我跟在牠後面，來到一片空地，發現班柏比倚著大樹坐在陽光裡，一雙長腿伸得老直，臉用帽子蓋住。他似乎找到了森林中最綠意盎然的地方——一片小小的針葉林。

影子撲通一聲坐在他旁邊，他仍繼續酣睡。我踢了一下樹幹，讓針葉如細雨落下，這才讓他醒來。

「你整天就在這睡覺？」我質問道。

「親愛的艾蜜莉，」他像貓一樣伸伸懶腰，揉揉影子的耳朵，「今天過得還好嗎？」

「好極了。」他看起來沒有要起身的意思，我只好心不甘情不願地在草地上坐下。「村子裡那個傢伙不是黑化妖，而是宮廷精靈的調換兒。我不得不用鐵釘來審問他，而且還沒人幫忙。」

「我相信你一定沒問題，一如既往。」帽子從他額前滑落，我立刻一把掀起，突如其來的陽光讓他眨了眨眼睛。

「天哪，我到底又做了什麼，讓你得用那種蛇怪般的眼神瞪我？」

「我們明明講好要一起合作，但我卻聽說你踐踏了我的成果。那隻住在溫泉旁的棕精靈，我花了好幾天的時間培養起他對我的信任，但你去過之後，他就不太願意跟我講話了。」

「什麼？」他看起來真的很困惑。「我只是給那小傢伙一些薄荷糖，問了幾個問題，就這樣而已啊。」

「他好像很怕你，」我飛快補上一句，「只是他不肯說原因。不管怎樣，你不准再去那裡了。」

「遵命，小艾。」他饒富興味地看著我。「所以你才這麼煩心？如果那隻精靈不理你，這片樹林裡肯定還有其他棕精靈能讓你糾纏。」

我皺起眉頭，腦中高速運轉。畏懼班柏比才是明智之舉，這點我心知肚明。要是害怕不起來（當然，這個命題值得懷疑），至少該保持警惕，原因無他，就因爲他是精靈。我的懷疑不再只是懷疑，而是再眞切不過的事實。

「你來了之後就一直懶懶散散地混時間，什麼都沒做，」我對他說道，「還破壞了我和隱族之間唯一一個有意義的連結。你不曉得我有多努力，溫德爾，也不知道這對我有多重要。」

「但我是知道的。」他的語氣認眞到讓我嚇一跳。「如果我讓你有那種感覺，眞的很抱歉，小艾。我向你保證，我今天很用心做田調。」他低頭看看癱坐在草地上的自己。「多多少少啦。我走遍卡薩森林，還在山上發現了一座小湖，從湖邊的棲息痕跡看來是水妖——或者不論這個冷得要命的地方是怎麼稱呼這類生物，總之就是這樣。」

「水妖？」我的下巴差點掉下來。「什麼湖？我沒看到湖啊。」

「因爲你錯過了，親愛的。」他一臉得意，且未免太得意了。「就在你劃定的研究範圍外約莫八百公尺的地方。」

「帶我去看。」

「可是我才剛從那邊過來耶。」他呻吟道。「以一個學者而言，你的精力有點充沛過頭，算我求你，我們改天再去吧。對了，你不是去找我們那個新朋友調換兒嗎？結果怎麼樣了？」

他在轉移話題，但我承認，經歷過漫長的一天，我已經沒力氣爬山了。我把在農莊的所見所聞和訊問過程一五一十地告訴他。

「他讓他們生活在恐懼裡，溫德爾。」我如此作結。

「聽起來是這樣。」他似乎不太感興趣。「他沒有提到他父母的事嗎？」

我搖搖頭。「關於宮廷精靈爲何會偷偷抱走人類嬰孩，目前學界都還只有猜測。要是能直接問他們就好了。」

「是啊。」他淡淡附和。

「不然我還眞不曉得要怎麼釐清他們的目的。」我咬著牙說。

「你所謂的目的只有一個，還是很多個？精靈各族的習性和作風不盡相同，不可一概而論，調包幼兒的動機當然也不例外。」

我聽不出他是不是話中有話，所以決定就事論事。也許他是眞的不知道寒光島精靈爲何要抱走人類的孩子。事實上，他的態度如此超然，讓我心底泛起一絲懷疑。可是阿坡有什麼理由說謊捏造班柏比的身分呢？

「我想幫助他們，至少也該嘗試一下。」

「幫誰？」

我眞的很想抓住他用力搖晃。「莫德和奧絲洛啊！」

「喔，也對。那你打算怎麼幫？如果調換兒身亡，他們的兒子也會跟著喪命；如果我們想辦法把他趕出去，他一樣會死，結果並無二致。」他往後靠著樹幹，再次閉上眼睛。「再說，這麼做很不專業。我們是來觀察，不是來干涉的。」

「也許你可以去他們家看看。」我小心翼翼地望著他。

他睜開雙眼。「那又能怎樣？」

他的嗓音一如往常透出百無聊賴的氣息，但那語調底下好像潛藏著一點什麼，讓我感覺自己正逐步靠近危險。可是我不在乎。我很清楚，要是沒盡力解救莫德和奧絲洛，讓他們擺脫調換兒的毒害，我一定會後悔一輩子。

「我不知道。」我迎上他的目光。這話是真的，我不曉得他有何能力，又有何能耐。「也許你能從調換兒口中探問到更多資訊。寒光島上的精靈顯然不太喜歡你，至於爲什麼，老實說我還眞想不出原因。」

他放聲大笑。他只要一笑，雙眸就會變得極綠，讓人不禁懷疑那抹濃綠會不會像汁液一樣溢出來。「我差點認不出你了，小艾。眞沒想到你居然會關心這些村民，他們在你眼裡不是只是研究中的變數嗎？」

「我才不是**關心**他們！」我激動反駁，赫然驚覺我的怒氣反而證明他說的沒錯。從他的笑容就看得出來，他也明白這一點。

「我明天會去探望那些飽受折磨的農民。」他說。「這樣總可以了吧？」

「謝謝。」我站了起來，腳步有些不穩，一心只想逃離這段對話。「我們回去吧。我想看看你的筆記，也聽聽你的學生有什麼發現。」

「沒問題。」他可憐兮兮地看著我，好像希望我扶他起來。但我只是抱起雙臂。他發出誇張的呻吟，以一貫的優雅姿態起身，和我一起離開卡薩森林。

十月三十日

班柏比昨晚堅持要去小酒館，亨利和麗茲簡直求之不得，畢竟他們在野外忙了一天，自然想來點輕鬆的餘興節目舒緩疲憊。兩名研究生有如科學親善大使一樣充滿吸引力，受到鄉民與地方仕紳之類的人物熱烈歡迎，很快就和村裡的年輕人打成一片，開心品嚐在地釀造的啤酒。當然，班柏比同樣如魚得水。他用帶著迷人口音的寒光島語分享自己在異國的倒楣經歷，擄獲人心的速度之快，大概創下他個人最佳紀錄。沒多久，在場有一半的人都被他的故事逗得哈哈大笑，另外一半則在遠處對他議論紛紛，我無意間聽到幾名女子打算私下約他，目的顯然不是爲了學術研究。這是我在拉芬斯維克度過最愉快的一晚，班柏比的個人魅力如狂風般席捲整座酒館，讓大家基本上忘記了我的存在。我很高興能坐在角落一邊看書，一邊吃東西，不用跟別人交談。

班柏比似乎特別喜歡美麗的伐木工莉莉婭，他除了在舞臺上享受眾人目光外，還花了大把時間於爐火旁向她示好。當晚我的一大樂趣來源，恐怕就是看伐木工持續以平淡的口氣禮貌回應他的關注。後來，班柏比的眼神仍不停飄向酒館另一邊的莉莉婭，看起來非常困惑，似乎是第一次遇到有人這麼不領情。他投去的那些目光，也全都撞上了一堵以友善砌築而成、名爲忽視的高牆。

在場唯一跟我交談的人是索拉．古德里斯多特。她來到角落的桌子旁，吃力地在椅子上坐下。「不喜歡娛樂活動，是吧？」

「那些故事我已經聽過好幾次，這個有趣多了。」我指指手上的大部頭學術書。

「你還眞是冷漠。」索拉與芬恩不同，似乎不認爲「冷漠」是個負面詞彙。「不會被俊美的臉蛋迷惑，是吧？你看的那是什麼書啊？」

我說這是一本關於俄羅斯森林精靈「萊西」的專著，有些學者（那些傾向接受隱族存在的人）認爲，他們可能是寒光島隱族的表親。索拉似乎很感興趣，問了不少問題。

「可以借我看看嗎？」她問道。

「當然。」我有點驚訝地把書遞給她。「也許你讀完後，可以跟我分享一下你對威爾基的理論有什麼看法。」

她不屑地哼了一聲，翻著書頁。「我不用看也知道是胡說八道。無論今生還是來世，都沒有精靈能像我們島上那些以雪爲家的族類一樣。」

我眨眨眼睛。「你有遇過其他地方的精靈？」

「我遇過這裡的，光是這樣就夠了。」

「眞的嗎？」我腦中冒出成千上百個問題，不知該從哪個開始。索拉似乎看穿了我的心思，又哼了一聲。

「我不會在這裡大剌剌地談論他們。」她說。「不過，如果你在陽光燦爛、風和日麗的正午來我家做客，我會回答你的問題。那些我知道答案的問題。」

我二話不說，一口答應。索拉繼續看書，偶爾噴出輕蔑的鼻息，三不五時抬起目光打量班柏比。我問她是不是想靠近一點聽他講故事。

「喔，我比較喜歡坐在這裡欣賞這個畫面。」她咯咯輕笑。我也忍不住綻出笑容。她指指桌子底下蜷縮在我腳邊的影子，牠那雙黑色大眼掃視著酒館裡人來人往的喧囂場面，最後卻總會回到我身上，就像鐘錶一樣規律。「這隻狗眞特別，養很久了嗎？」

「有幾年了。」我回答。索拉問了許多和影子有關的問題，我把我們倆相遇的故事告訴她。這個故事是我之前編的，講述時我會盡量避免有所更動。畢竟版本太多很容易忘記。

我想必是在酒館裡玩得很開心，因爲隔天早上，我比平常晚了整整半小時才起床。醒來時，我發現屋裡空無一人，影子則吃完早餐，舒舒服服地在壁爐前打盹。班柏比的斗篷不見蹤影，亨利和麗茲的也是，桌上散落著他們吃剩的早點與食物碎屑。

我大爲驚訝。難道班柏比眞的有把我說的話聽進去？還是他又去盤問阿坡關於精靈之門的事？不論如何，我都很高興能享有片刻清靜。我端了一杯茶到桌旁坐下，準備整理筆記。

就在這個時候，班柏比的房門突然打開。我嚇得差點跳起來，只見一個滿臉雀斑的紅髮女孩從臥室探出頭。

「噢！」她緊張地傻笑幾聲，拉了一下身上的被子。「我以爲屋子裡沒人。」

「我也是。」

她似乎沒聽出我語調中的嘲諷，反而躡手躡腳地溜進客廳，臉上掛著淘氣的笑容，好像認爲我會加入她一樣。「他走了嗎？」

「對，簡直是奇蹟。」

那個女孩（我猜是索拉眾多孫女之一）全身上下只裹著一件被子，坐在我對面，慵懶地吃起剩下的早餐。她開始向我打聽班柏比的過往，特別是他的風流韻事，倘若我選擇拋開理智，這個話題我大概能講上三天三夜。我支支吾吾地回答，她很快就揚起一邊嘴角，露出自滿的微笑，以爲我不是被拋棄就是在吃醋，抑或兩者兼有。幸好，她被走到桌旁想吃點剩飯的影子嚇到，沒多久便匆匆離開小屋。

今天早上，外頭颳著大風，灰濛濛一片，還不時下起雨霰。由於天候實在太糟，我便只走到溫泉一帶探望阿坡，如今和他見面已成爲我的日常習慣。而上午剩下的時間，我都在研讀自己和班柏比的筆記，他的紀錄就跟我想的一樣粗略。到了中午，雲層散了一些，露出幾片小小的藍天，於是我戴上帽子，穿上大衣，備好相機，打算上山去尋找班柏比提到的水妖。索拉告訴我，寒光島居民將這類生物稱之爲「水馬」。

然而，才剛踏出小屋，我就瞥見班柏比邁步沿著小徑走來，衣領明顯歪到一旁，臉上寫滿沮喪。看到我的時候，他愣了一下，愧疚地別開目光。

「出什麼事了？」我已經開始害怕聽到他的回答。「你到底跑去哪裡？」

「看來我得退出這次田調了。」他說。「我睡太晚，你不高興；我太早起，你也不高興；我照你的話做，要我幹麼就幹麼，你還是不高興。小艾，不管我怎麼做，你都不滿意。」

「沒錯，說夠了吧。」我瞇起眼睛。「你去看調換兒了。」

「對，只是我恐怕也沒問出個所以然，因爲他根本沒有答案。他不知道他的父母何時會來接他，也不清楚他們當初爲何將他遺棄在這裡。」

他從我身旁經過，大步走進小屋。我掃視了一下小徑。「那兩個研究助理呢？」

「我想最好讓他們帶著滿口袋的錢，暫且待在小酒館裡。」

我一點也不喜歡他講這句話的語氣。「敢問你這麼大方的原因是？」

他拿影子當擋箭牌，一邊充滿愛意地對牠示好，一邊慢慢回答：「我帶他們去莫德的農莊了。」

「天哪。」我瞪大眼睛看著他。「你為什麼要這麼做？那可不是外行人能對付的生物！」

「教育他們是我的責任。對新秀學者而言，親自研究調換兒的機會非常寶貴。更何況，小艾，你把他講得好像幾乎無害一樣。」

「我從來沒說過他無害！如果你認為……」

「好吧，但你至少有這麼暗示，而且你只用一小根鐵釘就控制了那個東西！你全身上下每個細胞就跟我一直以來想的一樣，令人生畏。」

「比起鐵釘，更重要的是對精靈習性與行為模式的了解。這需要花上多年時間，透過大量閱讀與田野經驗，才能累積出足夠的知識。」

他看了我一眼，臉上的表情難以判讀。「要是我預先知道那個調換兒是什麼東西、擁有什麼樣的力量，我絕對不會讓你一個人去那裡。我對朋友還沒這麼壞。」

「反正我也不需要你的幫忙。」我厲聲反駁。「我自己就處理得很好。」

他把臉埋進掌心。「昨天你因為我沒幫忙而生氣，今天又因為我幫忙而莫名其妙對我發火。你是我這輩子見過最矛盾的人。」

這句話讓我有點洩氣。任何有理智的人聽到自己被溫德爾・班柏比貼上「矛盾」這個標籤都會呆愣在原地。「我想我是該表現得更友善一點。」我不太情願地說，來到桌旁坐下。「好吧，那我們現在該怎麼辦？」

「我不知道。」他坐在我對面，屈起一條腿，將手臂擱在膝頭，另一隻手轉動著一只空茶杯。「我不知道調換兒讓他們兩人看見了什麼幻象，只知道他們面如死灰。不過食物和美酒似乎讓他們的情緒稍微平復了一點。明天我會讓他們休息一天。」

「我想，我應該要事先提醒你的。」我坦承道，一絲罪惡感盤據在我心頭。「昨天我離開時，那個調換兒的心情不太好。」

他一臉惱怒，無言地歪頭看著我。

「他讓你看到什麼幻象？」我連忙開口，轉移他的注意力。

「喔，沒什麼。就是寒冷和冰雪，還有該死的狼嚎。」茶杯在桌上轉了一圈，發出喀喀聲。「我只想說，我見過比那小子更糟糕的精靈。莫德和奧絲洛看到你沒跟我一起去，好像很失望。你知道自己有能力激起他人的情感嗎？」

「只有對自戀狂和遊手好閒的人有吧，我想。」

他往後靠著椅背，嘴角勾起一抹微笑。「你知道嗎，小艾，如果你可以偶爾試著讓別人喜歡你，你的人生會輕鬆很多。」

「我試過了。」我的音量比平常更大聲。他的話狠狠刺痛了我，程度絕對超乎他所能想像。我試了又試、試了又試——至少以前是這樣，但從來沒有結果。

「好吧，無論如何，這次你都突破了自我極限。我實在不懂，你怎麼有辦法在一週內讓幾乎全村的人都討厭你。做田調必須跟村民交談，搞成這樣不會讓我們的研究變得比較容易。」

我發出挫敗的嘆息聲，伸手抓梳過頭髮，讓更多髮絲從髮髻上散落下來。他說得對，而我討厭這樣。「我什麼都沒做，只是不知怎地冒犯到歐黛，其他人似乎也因爲這樣而生氣。」

「到底怎麼回事？」他用膝蓋頂著桌緣，讓前面兩根椅腳蹺起。

我眉頭緊蹙，開始講述先前在酒館的悲慘經歷。他聽完後皺起臉，搖搖頭。

「喔，小艾。」他說。「小艾，你來之前沒做過功課嗎？」

「沒做功課？」這句話讓我大爲光火。「你到底……」

「我指的不是隱族。我知道你肯定翻遍了整座劍橋校園，爬梳過每一份相關文獻，也可以想像你恐嚇那些可憐圖書館員的畫面。我指的是在這片宜人的嚴寒荒原上生活的人類居民。」

他打開雙搭釦公事包，從裡面抽出一本書扔給我。「這是什麼？」這本書好像是用寒光島文寫的。

「一本小說。」他又丟了一本過來，我差點漏接。「裡面有些淫褻的內容，恐怕不太合你胃口。另外那本講的是一場非常無聊的貿易戰。至於這本，」他拿出第三本書，也是以寒光島文寫的，「是他們最後一位女王的傳記。這本還不錯，書裡寫到她射中了一名追求者的腳。當然是意外啦。」

「謝謝。」我環起雙臂。「不用再說了，我明白。」

「眞的？你看得懂寒光島文？」

「我的程度還可以。」我說謊，因爲我不想聽他吹噓。班柏比精通多種語言，光是想到就令人惱火。不過這也難怪，無論碰上什麼樣的人類語言，精靈都會說。他們能穿過凡人築起的實體障礙，也能跨越我們的文化隔閡。

「島上民風好客，這對他們來說很重要。」他解釋道。「如果你有花點時間和心思去了解當地民情，一定會知道這件事。你會冒犯到歐黛，是因爲你堅持要付晚餐錢。」

「就這樣？」我張大嘴巴。「這就是她討厭我的原因？」

他嘆了口氣。「要不是你渾身帶刺，她搞不好早就原諒你了。不過，若說有誰能讓別人想找藉口生氣，那肯定是你。然後你又在沒徵詢她同意的情況下貿然闖進村子裡問東問西，更是錯上加錯。」

「眞不敢相信村民跟我說話需要經過她的同意。」

「他們當然不用。至於你，不管怎樣都應該先問過她才對。」

我雙手抱頭。可惡，班柏比又說對了。「那現在該怎麼辦？」

「你得讓她好好款待你，把你當成客人。」他回答。「而且要做到讓她不會發現是我要你這麼做的。」

「我完全不曉得該從何著手。」

「我知道。」他讓椅腳落地發出悶響，同時拋給我一個關心的眼神。「我沒說我不幫你，只是我們必須小心，以免被歐黛識破。我們得先解決這個問題，才能展開進一步研究。昨晚在酒館時，只要話題轉到隱族，村民都避而不談。我和你是朋友，這表示我從他們那裡也問不到什麼。」

我無奈地呻吟。「你就不能像往常一樣靠魅力來得到你想要的東西嗎？」

「也是可以，但這麼做需要時間。我們有得浪費嗎？你不是很愛提醒我，我們只有幾個星期的時間能做田調。」

我低頭盯著雙手。索拉願意搭理我，但我不能單以一個人的口述證據作爲研究基礎。

我一直都很厭惡這類人際社交的事。我寧願去訪談十二名該死的調換兒，也不願在這繁雜的社會習俗與常規間遊走。我心想，既然我老是把對話搞砸，乾脆從現在起閉上嘴巴，避免與他人交談好了。

「親愛的艾蜜莉，我從沒見過你這麼氣餒。」班柏比的言行舉止間流露著關懷，還有一點別的什麼，可是我還來不及細究，它就消失了。「我們去散散步吧？你可以列出一大堆要求來逗我開心，我也可以趁你去騷擾泛精靈時找個好地方小睡一下。」

「我想去看看那座湖。」我邊說邊起身。我現在最想做的就是忘掉剛才那些對話。「你之前說你找到了一條小路？」

班柏比不情願地呻吟起來，但我已經踏出門外，他只得穿上大衣，跟了上來。

十月三十一日

我醒來時，周遭一片黑暗，寂寥無聲。看來班柏比對早起只有三分鐘熱度。也好，這樣我就有足夠的時間安靜寫日誌了。我打開百葉窗，開始提筆寫下這些文字，窗外那落著陰影的白色風景默默地回望著我。

昨天，我和班柏比沿著一段陡峭的山路來到湖畔。眼前的景色讓我大爲震撼，久久無法動彈。只見高聳的巨岩間有一潭如絲絨般的藍，而北極海在我們身後澎湃騰湧，上頭漂著滿滿浮冰，從那個高度眺望，海冰甚至多到有些過頭。「過頭」感覺就是這個地方的代名詞，我一邊這麼想，一邊加快腳步跟上班柏比；他漫不經心地踢著散落各處的火山岩石塊，似乎沒有意識到周遭環境散發出來的狂野氣息。山風拽著我的髮髻，散落的髮絲於風中狂亂飛舞，拍打著我的臉。

我們在湖邊結霜的淤泥上發現幾枚形狀怪異的腳印，我拿出相機記錄影像。雖然只找到一些疑似水馬的足跡，但回到小屋後，我的心情好了許多。有鑑於芬恩提醒過我們快要變天了，地平線上逐步進逼的沉厚雲層也證實了這一點，我決定妥善利用當日僅存的陽光，再次前往東部山區進行勘察。班柏比看起來一點也不累，卻還是以筋疲力竭爲由，留在小屋休息。

我獨自在山野間漫步，結果錯估了距離，回程時天已經黑了。無數繁星有如灑落於夜空中的珍寶，在我頭頂上閃爍著晶亮的光芒。我忍不住停下腳步，抬頭仰望星宿。我很喜歡看星星，只是在劍橋很少有機會這麼做，那裡的夜晚總是遭樹林與塔樓掩蔽，被煤氣燈暈染得昏黃矇朧。我拖著疲憊的腳步爬上山徑，回到小屋，發現麗茲和亨利已經從酒館回來，早早上床睡覺了。

我從狂風呼嘯的黑夜中踏進屋內，差點認不出眼前這間農舍。熊熊火焰在壁爐裡劈啪作響，客廳佇立著幾盞先前從未見過的油燈，看得出來位置都經過精心設計，將整個空間照得燦亮通明。地上鋪著幾張羊毛地毯，窗邊垂掛著窗簾，壁爐架上則擺放著一些精緻漂亮、看起來沒什麼用的裝飾品。其中一樣我認出是班柏比辦公室裡的東西——一面小珠寶鏡，於火光中閃動著燦亮的光芒；另外還有一尊用鯨骨雕刻而成的聖母像，以及一幅畫在漂流木碎片上的小巧海景圖，應該都是拉芬斯維克的手工藝品。

班柏比正坐在爐火旁縫補窗簾。他告訴我，大部分的家具都是他從克里斯提安那裡借來的，包含他手上這件窗簾，他打算補好後掛在廚房裡。

我驚訝到根本沒聽清楚他說了什麼。「你在縫窗簾？你？」

「我們家的人都很有做針線活的天賦。」他只這麼回答，手指飛快動作，靈巧到不可思議。

我說小屋原本的樣子已經很好了，他卻表示這裡陰暗濕冷、了無生氣，只適合給蝙蝠和那些埋首書堆又不愛交際的石像鬼住，而他寧願把眼睛挖出來，也不想再忍受這麼糟糕的居住環境，更何況我們還要住上好幾個星期。我認真思考是否該把影子的牽繩解開，讓牠用沾滿爛泥的腳爪毀了班柏比的傑作。不過坦白說，就連我也看得出來，原本簡陋的居住環境大幅改善，感覺既溫暖又安全，空氣中還瀰漫著一種不知從何而來的舒適和愜意。晚上剩下的時間，我沉浸在書本的世界裡，完全無視班柏比；而他最最討厭的就是這樣，被人晾在一旁。

✦✦✦

很不幸的，上次寫完日誌後，事情就出現翻天覆地的變化。

早上芬恩遲到了。一開始我並未感到擔憂，因為外面的天氣狀況確實不好。我拉了把椅子來到窗前，一邊泡茶，一邊望著白雪緩緩飄落。我並沒有忘記對阿坡的承諾，但也不是很想一頭栽進雪堆裡，雖然目前的降雪量看起來不到三十公分就是了。

我坐在窗邊，一種說不清的恐懼在心底逐漸滋長，感覺方圓幾公里內只有我孤身一人。我猛地站起身，一把推開班柏比的房門，任門板砰一聲撞上牆面。

床上傳來一陣含糊不清的嘟囔聲，幾縷金髮忽隱忽現。我感到鬆了一口氣，但這點寬慰轉瞬即逝。「小艾？搞什麼鬼？」在班柏比啞著嗓子發出睏倦的呻吟時，我已然踏出臥室，邁步穿過走廊。

麗茲和亨利的房間空無一人，我就知道。不僅如此，他們的斗篷和行李箱都不見了。我衝回班柏比的臥房，再度猛力推門，將窗簾倏地拉開。

「天哪。」他躺在枕頭上喃喃抱怨。「如果你都是這樣叫人起床，那我就要請克里斯提安幫我裝個門鎖了。」

「他們走了。」

「什麼？」

不久，屋外響起一陣敲門聲，班柏比這才終於起身去應門。我知道不會是那兩名學生，結果也真的不是。芬恩站在門外，憂心忡忡地望著我們。
「謝天謝地，」他開口，「有傳言說你們今早搭比雍．古德蒙森的船去羅亞鎮了。今天天氣惡劣，不太適合出海。」
「傳言有一半是真的。」我和班柏比交換了一個眼神。「看樣子麗茲和亨利已經潛逃了。可是他們究竟去羅亞鎮做什麼？」
「每兩天就有一艘商船從羅亞鎮出發前往倫敦。」芬恩不安地變換站姿，看起來有點內疚。「也許他們想搭那班船吧。」
「也許？」班柏比看著芬恩的眼睛。
「我昨天可能……呃，有聽到他們和比雍在酒館裡討論這件事。」芬恩說完又連忙補上一句：「我不曉得他們打算今天出發。」
「謝謝你，芬恩。」我以沉痛的語氣說道。我們從他手裡接過早餐，今天只有麵包和乳酪，他沒時間做別的，風雪來襲讓他多了不少家務要忙。農莊裡好像有幾隻綿羊不見了，還有一棟附屬建物的屋頂因不堪積雪重壓而坍塌。
班柏比不停地來回踱步。在我稍稍恢復鎮定的同時，他卻好像愈來愈激動。「這下可好，屋裡的木柴快用完了。」
典型的班柏比。他的學生可能就在那一刻被冰冷的大海吞噬，但他只關心自己過得舒不舒服。我把內心想法說出口，他卻不耐地揮揮手。「我見過比雍，他是個老行家，絕對不會去執行自殺任務。」
我默默觀察他片刻，這是我第一次看到他這麼崩潰。「你曾在身旁沒有僕人隨行的情況下出過國嗎？抱歉，我是指沒帶著學生。」

「從來沒這種必要。」他瞇起眼睛望著我。

「了解。」要不是擔憂研究進度，我應該會繼續調侃他取樂。「接下來該怎麼辦？我們時間有限，如今又少了助理幫忙蒐集資料。」

「我們一定能想辦法應付過去。」他心不在焉地回答。我看得出來，他一點也不擔心資料蒐集的問題——他都那麼習慣捏造研究資料了，怎麼可能會擔心？他是在煩惱這下子誰來幫他泡茶洗衣服。

「從現在開始，我們必須捲起袖子親力親為。」我加重語氣，強調「我們」這兩個字。

班柏比聞言，只是癱坐在扶手椅上，一副快要昏倒的樣子。

吃完早餐後，我發現用來洗漱的水沒了，於是便穿上靴子，打算到後面的小溪汲水。外頭的雪已經停了，天空泛著柔和的蛋殼白，群山覆著皚皚細雪，彷彿在羊毛毯下入夢酣眠。樹林間不見任何色彩，灰白的枝椏框著無盡的幽暗，看起來別有一番風情，彷彿落雪篩去了雜蕪，揭露出森林的本質。

然而，這種平靜感很快就消散無蹤。溪流表面結了一層厚到無法鑿透的冰。我在嘗試鑿開冰面時不小心滑了一跤，弄得全身都是雪。我靈機一動，裝了滿鍋子的雪回到小屋，放在爐火上。班柏比站在柴房外，看起來好像努力想解開一道艱難的數學方程式。出於某種原因，他用靴子把積雪撥開，好讓自己能站在結霜的草地上。儘管穿著厚厚的斗篷，他依舊冷得全身發抖。老實說，我有點同情班柏比，他讓我聯想到某種溫帶地區的樹木或灌木，被迫移栽至某個北方的花園裡生長。我拿起斧頭掂掂重量，將一段原木放在樹樁上。

「也許我們該去找芬恩來幫忙。」班柏比建議。

「我知道怎麼劈柴。」我將這把帶著寒光島風格、令人有點不安的斧頭高舉到靠近肩膀的位置。

然後用力揮砍。粗鈍的斧刃擦過木頭邊緣，那段原木瞬間噴飛，撞上一棵樹，讓枝葉上的積雪如小型雪崩般嘩啦落下。斧頭砍進了樹樁，我一時失去平衡，跌坐在地。

「天哪，這過程未免也太暴力了。」眼前的景象似乎讓班柏比大為震懾。

「不應該是這樣的。」我拖著身子站起來，拍掉背上的雪，感覺雙頰有如火燒。

「我沒有要幫忙喔。」他後退一步，舉起那雙修長優雅的手。「我一定會砍斷自己的腳，或是被你砍斷。」

「喔，拜託。」我真的不想再試一次。憤怒讓我忍不住拾起那個壞習慣，出言挑釁他——挑釁精靈王子！「難道你們都不用木柴生火來讓屋裡保持溫暖嗎？」我故作天真地問道。「我是說在你的家鄉。」

他惡狠狠地瞪我一眼。「幸好在都柏林我們有僕役來處理這些雜務。」

「遺憾的是，這裡可不是都柏林。我再這樣亂劈下去也不是辦法，你非幫忙不可。」

「我不要。你就用你的殺人眼神怒瞪那段木頭吧，它會自己裂成兩半的。」

「天啊！」我沮喪地舉起斧頭往地上揮砍。不幸的是，班柏比這個矛盾的傢伙，同時上前想拿走我手中的斧頭。我及時調整揮斧的方向，以免砍斷他的手臂，但他的衣袖就沒那麼幸運了。

「該死！」他按住自己的臂膀。起先我還以為他在演戲，卻發現他腳下的雪逐漸變成粉紅色。

「我就知道。」他惡聲惡氣地說，鮮血不停從指縫間冒出來。「我就知道你總有一天會把我害死。眞希望你砍的是我的腳，這是我最喜歡的斗篷耶。」

「別管什麼斗篷了！」我推著他走向小屋。「快進去！你在流血！」

「就算到了室內，血還是會繼續流好嗎！你這個瘋女人。」

不過他還是任由我拉著他走進小屋，在一路上留下紅色小腳印似的斑斑血跡。讓我慌上加慌的是，稍早放在爐架上融化的那鍋雪因爲重心不穩而翻倒，壁爐裡的火完全熄滅，只剩下幾塊殘木餘焰未盡。剛才蜷在壁爐旁小睡的影子已經醒了，正坐在煙霧中打噴嚏。

我脫下班柏比的斗篷，發現傷口深可見骨，遭斧刃劃開的皮肉有如碎布般鬆鬆地垂掛著，令人不忍直視。由於手邊沒有水能清洗傷處，我只好暫時先用圍巾替他包紮。等到包紮完時，班柏比的手臂已經浸染在大量鮮血中，臉色非常蒼白。

「待在這裡別動。」我說。

「喔，一定要嗎？我們再去砍柴吧。」

「閉嘴。」我急得像熱鍋上的螞蟻。兩名學生失蹤，室內溫度驟降，水鍋整個翻倒，屋裡還到處都是血跡。我不得不用掉僅剩的木柴，花了比平常多一倍的時間才重新生起火，接著融化更多的雪，全程戰戰兢兢，很怕不小心又把鍋子打翻。令人同樣擔心的是，溫德爾變得很安靜，不像平常那樣愛耍嘴皮子。我再次檢查他的傷口，赫然驚見地上有一灘血。

「你怎麼還在流血？」我反射性地質問道，莫名感到惱火。

他放聲大笑，將頭靠在沒受傷的手臂上。「小艾，你可是差點把我的手砍斷耶。」

「快告訴我該怎麼做！」我搖晃他的肩膀。

「我不知道。」他的聲音很虛弱。「我之前從沒受過傷，不是很在意這些。」

我罵了一串髒話，腦海中閃過我所知的關於愛爾蘭精靈的一切，像翻書一樣快速翻過一個又一個故事。其中有個傳說描述一位因戰負傷的精靈領主受到人類女孩的照顧，之後他將女孩的頭髮變成黃金，讓她得以用長出來的每一寸新髮買一棟新房子，過上女王般的生活。另一個故事則講述一名精靈少女化身為一棵樹，樵夫砍到一半發現樹木開始啜泣，才意識到自己鑄下大錯。精靈在凡人照護下恢復健康的故事很多，但沒有一個提到治療的過程和方法，而之所以有這些故事流傳，是因為人們樂於聽到精靈需要凡人的幫助，並因此提供豐厚的報酬。

「我想傷口可能需要縫。」他再度開口。

「你有辦法自己縫嗎？」

「沒辦法。」他的語氣肯定到我完全不打算進一步質問。我將用來包紮的圍巾綁緊，扶他上床休息，然後飛也似地跑出小屋。

我先到克里斯提安家瘋狂敲門，可是無人回應。他們可能是到某座羊圈尋找走失的綿羊了。於是我又跑到村子裡，砰一聲推開酒館的門。我看起來一定很恐怖，因為烏爾法立刻皺起眉頭，而和他一同站在櫃檯旁的歐黛則失聲驚呼：「天哪，艾蜜莉！是誰把你傷成這樣？」

歐黛上前握住我的肩頭。我一時反應不過來，只能呆呆地看著她，似乎讓她更加擔憂。在意識到她指的是我手上的血跡後，我強打起精神，向她解釋情況。

她靜靜聆聽，像高山一樣沉穩。「烏爾法、索拉、莉莉婭，跟我來。」她用寒光島語說。

「好。」索拉邊說邊拄著拐杖站起來。「終於啊。」

我不太記得回小屋的路上發生了什麼事。印象中，歐黛挽著我的手臂柔聲安慰：「他會沒事的，別擔心。他一定會沒事。」接下來大家就圍在溫德爾床邊。只見床單被鮮血浸透，他雙眼緊閉，膚色有如陳年死灰，一頭金髮在蒼白的臉孔襯托下顯得格外耀眼。

烏爾法將藥草加進水裡，歐黛則替溫德爾清洗傷臂，以同樣冷靜仔細的態度將傷口縫合起來。當索拉踱著重步走到房門口時，歐黛已經縫好了。老太太將手貼在溫德爾額頭上，咯咯笑了起來。

「怎麼了？」我大聲問道，耳裡嗡嗡作響。

「沒什麼。」索拉回答。「你一定是割破血管了。他流了很多血，但不至於沒命。吃點東西後很快就會康復的。」她對我眨眨眼。「他睡著時更英俊，對吧？不會注意到他那張聒噪的大嘴巴。」

她拖著腳走進廚房，鍋碗瓢盆的鏗啷聲隨之響起。我猜一定是有人跑去通知格蘿亞，因為沒多久，她就提著一籃蔬菜、肉和乳酪出現，以一貫歡快隨和的態度跟我打招呼。廚房裡的嘈雜與喧嚷變得更響亮，但班柏比依舊躺在床上動也不動。

我再次翻尋記憶，想起了一名愛爾蘭精靈王子遭水妖囚禁於湖底，最後被精靈公主解救的故事。那個公主是用……用……

用地上世界的象徵物拯救了王子。我立刻衝出門，在腦海裡將這個傳說和其他談及精靈魔藥的故事交叉比對——可以的，這個辦法或許行得通。除了在院子裡劈柴的莉莉婭外，沒有人注意到我離開。她將斧頭扛在寬闊的肩膀上，對著我的背影喊了些什麼，但我已經跑到半山腰了。

我低頭從枝椏下走過，降雪後的荒野以一種奇特的方式屏住呼吸，森林裡一片靜謐。我吃力地往前走，掙扎了一會兒，因爲有些地方積雪很深，很快我的靴子裡就全都是雪。

不久我便找到了，就在那裡——那棵清瘦且不喜霜寒的紅柳，是這片林間唯一一棵我確定同樣生長於愛爾蘭的樹。我扯下一把枯葉，以最快的速度跑回小屋。班柏比獨自一人躺在臥房裡，臉色依舊蒼白，昏睡不醒，其他幾位女性則在廚房裡忙得團團轉，發出吵雜的聲音。

我的目光從班柏比身上轉向手中的紅柳葉，突然有些猶疑。也許沒必要病急亂投醫，用這種取自民間故事的偏方？然而，他臉上的神情不知怎地又讓我心裡湧起一陣恐懼。從某些角度看，他彷彿失去了實體，就像那名調換兒一樣。我腦中糾結的思緒逐漸舒展開來，想起精靈公主泡的茶——沒錯，茶。故事中，王子變得虛弱不是因爲溺水，而是因爲離開了自身所屬、充滿綠意的世界。我拿起水壺倒了杯熱水，走到床前，把紅柳葉揉碎加進水裡，將杯子湊到班柏比唇邊。

這時，門口傳來些許動靜。我轉過頭，只見歐黛望著我，臉上掛著奇怪的表情。

「爲什麼……」她的視線落到班柏比身上。他枕著枕頭，身影淡入淡出，彷彿有什麼東西以一種微妙的方式模糊了他的輪廓。我立刻一個箭步走到他們中間，擋住她的視線。

我不知道自己爲何要這麼做，畢竟他的祕密與我無關。但不管怎樣，我的動作還是不夠快；歐黛站在原地動也不動，有如一頭聽見樹枝斷裂、充滿警戒的小鹿。我們就這樣僵持了一陣子，她的臉色漸趨冷硬。我以爲她會跑走，或是打掉我手中的茶杯，但她只再次展現出那與生俱來的沉著果斷。

「不對，」她往前一步，「不是這樣。」

她抬起溫德爾的下巴，任他的頭髮散落在枕頭上。她的手輕輕搖動，接著停住，而溫德爾抿了一口茶，喝了下去。

「這不是……」我看著她。「我是說……」

「你顯然是個凡人，」她繼續餵他喝茶，沒有抬頭，「而他也沒有傷害你。我想這是好事。」

「他不會的。」我停頓了一下，再度開口：「而且他不知道。我是說，他不知道我知道。」

她噘起嘴，一時之間什麼也沒說。「這不是很完美嗎？」

我眨眨眼睛，驚訝地發現她的嘴角揚起一抹微笑。

「他們很自以為是，」她繼續說道，「對自己設下的遊戲和花招愛不釋手。這大概是我今年聽到最有趣的事了。我幾乎不認識這個男人，但若說他是那一族的，我絕對不會懷疑。」

我不禁發出如氣泡般斷斷續續的笑聲。溫德爾忽地喃喃說了些什麼，於是歐黛把杯子遞給我，默默轉身走回廚房，留下我望著她離去的背影。

我又餵溫德爾喝了一口茶。他緩緩睜開雙眼，推開我的手，一臉痛苦地用袖子遮住嘴。

「天哪，那是什麼？用斧頭沒把我砍死，所以就改用毒藥，是嗎？」

我突然哭了出來，連我自己也嚇了一跳。

班柏比凝神望著我，我從未見過他如此驚詫。「小艾！我只是……」

我跑出房間，困窘得一秒也不想多待。我靠在壁爐旁，努力控制自己的情緒，而影子則焦急地用腳掌撫抓我的腿。

「到底怎麼了，孩子？」索拉在廚房裡喊道。

「沒事，沒什麼。」我語帶哽咽地回答，連忙走到屋外。我打消在嚴寒中哭泣的念頭，開始幫忙莉莉婭將劈好的木柴拖進室內。不到幾分鐘，她已來回走了兩趟，把木箱裝滿，而我跑到第三趟時，班柏比已經起床，在廚房裡和歐黛及索拉有說有笑。

「烏爾法人呢？」我問道，但其實一點也不在乎。

「在後面修補牆洞。」歐黛回答。「我得跟克里斯提安談談才行。他不該讓客人住在這麼簡陋的小地方，你們到現在還沒凍僵眞是奇蹟。」

「在我住過標榜爲『阿爾卑斯寧靜之地』的瑞士地下聖堂後，任何住所都算不上小地方。」班柏比充滿魅力的幽默話語又引起一陣笑聲，同時巧妙化解了歐黛對克里斯提安的輕侮，迴避了這個話題。我們坐下來享用了一頓佳餚，有燉羊肉、淡菜，以及用磨碎的苔蘚製成的精緻煎餅。歐黛的目光不時飄向班柏比，頻率高得離譜，但他就跟我意料中的一樣，似乎不覺得有何奇怪。

「哎，別提什麼付不付錢的喔。」歐黛轉向我，嗓音中透著堅定。我結結巴巴地答應，而可能是我的語氣（或是邋遢的模樣）讓她心軟了吧，她還捏捏我的手。

「小心點。」她又囑咐我。這句話顯然有好幾層含義，但我無法確定她指的是什麼。

不久後大家都離開了，只剩下他們的歡聲笑語在空氣中迴盪。

班柏比轉過來，一臉疑惑地看著我。他還來不及開口，我就搶先說道要去溫泉旁找阿坡，因爲我答應要幫他清理家門前的積雪，還沒兌現承諾。事實上，我心裡也一直惦記著這件事。

我匆匆離開小屋，影子緊跟在後。

寫到這裡，我覺得很難爲情。通常我在寫研究日誌時會盡量保持專業態度，然而，在這次野外考察期間，我卻發現自己一直難以達到這個標準。顯然都是班柏比害的。我想，和精靈一起共事，難免會有界線模糊的問題。

十一月十二日

現在我心裡有兩個拉芬斯維克：一個存在於溫德爾受傷前，一個存在於溫德爾受傷後。

過去幾天，來訪的村民絡繹不絕，以致我幾乎沒有時間寫日誌，或是去溫泉邊找阿坡。他們不僅帶來了食物和援助，也帶來了隱族的故事。

「我想是因爲歐黛可憐我們。」我表示。「大家都很可憐我們，畢竟我們已經證明了自己根本無法在這座島上生存。」

「喔，小艾，」溫德爾開口，「這無關憐憫。歐黛之所以原諒你，是因爲你願意接受她的幫助。」

「她幫的是**你**。」我指正。溫德爾搖搖頭，好像覺得我很遲鈍一樣。

「記得你當初爲什麼會冒犯到她嗎？」

「因爲我沒有徵詢她的同意就擅自訪談村民。」

他又搖搖頭。「這可能是其中一個原因啦，但重點是，你不讓她把你當成客人款待。若你總是將他人的好意拒於門外，他們不再釋出善意也是意料之中。」

「我不懂這和你的手臂有什麼關係。」我低聲咕噥，只想快點結束這段對話。令人訝異的是，他沒有繼續和我爭論，只是笑了一聲，自顧自地去泡茶了。

不到短短一天時間，我對寒光島人的了解就比先前整個研究過程所累積下來的還多。兩個星期下來，我已蒐集到大量的資料和素材，別說寫一章了，寫成一本書都沒問題。

總體而言，寒光島人與泛精靈之間的互動依循歐陸地區的既定模式。凡人會留下贈禮給他們，最常見的形式是食物；家境優渥、有錢有勢的人則會留下飾品等小玩意兒，其中又以鏡子和音樂盒最受歡迎。有些凡人會與泛精靈訂定協議，就像我和阿坡一樣，但由於精靈性格善變、難以捉摸，一般認爲這種交易非常危險，只有愚蠢或走投無路的人才會這麼做。除此之外，寒光島的泛精靈不會住在人類家裡，這也是他們與歐陸地區的泛精靈間最主要的差異。

至於島上的宮廷精靈，完全是獨一無二的存在。

他們最大的特點就是神祕莫測，很少有人見過他們。整個拉芬斯維克只有索拉說自己曾看過，而且還是很久以前跟學校同學在樹林裡玩時，遠遠地窺見過一次。寒光島的宮廷精靈會隨霜雪遷徙，一年中大多時候都住在四季如冬的內陸及群山林立的北部地區。他們喜愛音樂，會在荒野精心舉辦舞會，尤其偏愛結冰的湖面。若聽見他們的樂曲於凜冽的寒風中飄蕩，必須立刻摀住耳朵，或是自己放聲高唱，否則就會遭其樂聲淹沒，無意識地被飢渴的他們牽引至精靈國度。

他們特別喜歡誘引戀愛中的年輕人。那些受精靈舞蹈吸引的人，隔天往往會被人發現獨自在外遊蕩，雖然還活著，卻只剩下一具空殼。不過，這種情況並非自古皆然，據說寒光島的宮廷精靈過去雖對凡人有些冷漠，但還稱得上平和。沒有人知道他們的行爲是何時開始改變的，只知道這樣的狀態已延續了好幾個世代。

歐瑟西是拉芬斯維克當前唯一倖存的宮廷精靈受害者。不過去年冬天，有另一個男孩被擄走，前年冬天則是兩個女孩，三年前還有一個十五歲的孩子也受害。遭綁架的受害者返家後會不斷想回到冬季荒野，並趁監護、看顧他們的人不注意時跑出去，於寒夜中四處遊蕩，最後在離村鎮不遠的地方被發現，身上只穿著一件單薄的襯衫或直筒洋裝，整個人凍僵。那些「高個子」似乎沒興趣把他們帶回去。

很明顯，島上的宮廷精靈愈來愈受到拉芬斯維克吸引，然而背後原因不明。他們宛如詭異的吸血鬼榨乾凡人的靈魂，而拉芬斯維克過去有二十多個冬季都無人遭其毒手，直到近年才開始出現受害者。當地流傳的故事也反映了這一點。此外，寒光島西部與南部有許多村落都流傳著同樣的說法：每個世代都會有一名年輕人被「高個子」帶走。據說該名年輕人若不是相貌出眾，就是擁有過人的天賦，甚或兩者兼具，特別是音樂方面的才華（就連對民俗學僅略懂皮毛的學者也多少知道這一點）。然而，過去四年，拉芬斯維克就有五個人被擄走。

至於在地的民間傳說，不出所料，大多都是人類遇見泛精靈的故事。截至目前為止，我已經記錄了十幾則故事，有的僅是零碎片段（也許是長篇傳奇的一部分），有的則長達好幾頁。以下節選幾個我認為最有意思的故事，屆時我會從中挑選一篇，收錄至精靈百科。

〈樵夫與貓〉

※備註：據說這是起源於拉芬斯維克最古老的民間故事，但有位村民認為，這個故事是從村子以東約十六公里外的畢亞村流傳過來的。這則軼聞沿襲了民間傳說中一個常見的模式：精靈經常以迂迴的方式來幫助凡人，若人類不知感恩，他們會立刻拋下先前的慷慨大度，展開報復。

森林邊緣的小屋裡住著一名樵夫。他買不起像樣的房子，生活只能勉強糊口。年輕時，他有次喝了整晚的酒，結果迷了路，誤入深山。這場意外導致他臉部毀容，右手也因嚴重凍傷而截肢。

少了一隻手，樵夫工作起來自然吃力不少，有時不得不低頭向哥哥借錢。他哥哥非常富有，衣食無缺，總是不放過任何一個能羞辱他的機會，怒罵他有多愚蠢。

樵夫家附近有一條時有時無的小路，沿著這條小路往前走，可以看到一棵精靈樹。那棵樹高大而古老，樹上的葉子無論哪個季節，都是燦爛的金色與紅色，就連冬天也是枝葉扶疏、茂密繁盛，樹幹上的木節則有如一扇扇小窗，能讓精靈往外窺探。這棵樹雖然可愛，卻也可厭，因其終年不受陽光照射，樹上的枝椏冰冷濕黏，地面也被露水浸得滿是泥濘。

村裡的牧師經常去找樵夫抱怨這棵樹的事。當時教會不僅公開反對精靈，還派了一大群可憐的牧師去執行注定會失敗的任務，試著要精靈悔改歸主，甚或殺害他們。但樵夫很怕精靈，不敢砍這棵樹，牧師只好失望地回去了。

某個冬夜，在與牧師發生了一次令人格外沮喪的爭執後，樵夫決定去看看精靈會不會幫他；如果不會，他就打算砍掉那棵樹，好讓那名討厭的牧師閉嘴。

樵夫沿著那條時有時無的小路往前走。只見精靈樹於黑暗中昂然聳立，絢爛奪目，金色光芒在雪地上投下無數宛若金幣的光點。這時，樵夫聽見遠方傳來鈴聲和餐具碰撞的聲響，他立刻跪下，請求精靈賜給他一隻新的手。他等了許久，始終沒有得到回應，只聽見音樂縈繞不歇，精靈開始享用晚餐。樵夫失望地離開了。

隔天早上醒來時，他發現床尾坐著一隻白貓。這隻貓很漂亮，有雙奇特的藍眼睛，可是牠不讓樵夫觸碰。樵夫明白，這是精靈送給他的禮物。雖然沒得到一隻新的手讓他很灰心，但他也知道，瞧不起精靈的禮物是很危險的。

然而，隨著日子一天天過去，樵夫對這隻貓愈來愈沒耐心。無論他走到哪裡，白貓都緊隨在後，甚至跟著他踏進樹林，一雙怪異的藍眸緊盯著他不放，就連家裡的食物都被牠吃光。有天晚上，白貓狼吞虎嚥地吃掉了哥哥送給他的美味火腿，只餘下骨頭。樵夫氣惱地拿石頭丟向白貓，將牠趕進森林。第二天早上，他發現那隻白貓又坐在床尾望著他。樵夫的哥哥大肆嘲笑他的窘境，牧師更因爲他養了一隻怪貓而訓斥他一頓。總而言之，那隻貓帶給樵夫的除麻煩之外，什麼都沒有。

之後，樵夫的母親不敵長期病痛而離世，留下了一小筆錢給他。沒多久，樵夫的青梅竹馬便不再嫌棄他臉上有疤又缺一隻手，答應跟他結婚。儘管她自私又愛慕虛榮，樵夫還是很愛她。她和那隻貓處得不好，白貓總是對她嘶嘶哈氣、出爪抓她，還將她編織的衣物一針一線地拆開。最後，樵夫的妻子再也受不了白貓，跑回自己的村子躲在父母家，拒絕跟丈夫說話。

樵夫爲此勃然大怒，抄起步槍追著白貓跑進森林，在林間射殺了牠。隔天早上他從睡夢中醒來，赫然驚見白貓坐在床尾看著他。

樵夫意識到自己必須採取極端手段。他拿起斧頭踏進樹林，假裝要去工作，而白貓一如往常跟在他後面，發出響亮的呼嚕聲。一走到僻靜的地方，樵夫便高舉斧頭，將貓砍成兩半。

第二天早上，再沒有白貓坐在床尾望著他。樵夫高興地扛起斧頭，沿著那條時有時無的小路前進。他打算毀掉那棵精靈樹，以報復精靈毀掉他的幸福。然而，他才剛砍下第一斧，就聽見遠處傳來悠揚的音樂聲。奏樂的不是住在樹上的淳樸精靈，而是那些高個子精靈，他們在呼喚他。樵夫嚇壞了，他拚命摀住耳朵，接著又像溺水的人一樣抓住樹幹，但雙腳仍不由自主地往樂聲的方向移動。

這時，那隻白貓從幽暗的樹蔭下走出來，告訴樵夫，其實牠一直在保護他。當他哥哥厭倦了施捨，在送給他的食物裡下毒時，牠吃掉了那些食物；當他太太偷拿他的錢去賭博時，牠將她趕出了家門；而每次樵夫走進樹林，牠都會保護他不受高個子精靈傷害，用呼嚕聲壓下他們的樂聲。可是現在牠死了，再也不能保護他了。

樵夫從此杳無音訊。精靈樹依舊矗立在原地，但那條時有時無的小路已經對凡人封閉，或許再也找不到了。

〈樹骨〉

一名事業有成的捕鯨人獨自住在海灣旁。他的成就很大程度上歸功於他的「家伴[10]」，他們發誓會保護他不受高個子及其他邪惡精靈的傷害，條件是每逢新月期間，都要讓他們去住他家。捕鯨人覺得這個交易很划算，反正他每個月都會出一次遠門，到鎮上賣漁獲。

去城鎮的路上必須穿越一座森林，林間有許多精靈棲居，但從未找過捕鯨人麻煩。有一天，快走到一半時，突然有隻奇怪的白狼擋住他的去路。他這輩子從沒見過這麼大的狼。白狼放聲嚎叫，更多的狼也隨之現身，而且一隻比一隻更大。捕鯨人嚇壞了，立刻跳上馬逃回家。害怕的他完全忘了自己與家伴的協議，匆匆跑進屋裡，正巧撞見他們圍在餐桌前，準備坐下來吃晚餐。那群精靈瞬間消失，僅餘一個聲音在暗處斥責：「我們再也不會在這裡吃飯，你也不會再得到我們的保護了。你根本無須躲避狼群，這麼做等於是二度背叛。你不僅不相信我們對你的承諾，還破壞了一場美好的宴會。」

捕鯨人很氣自己鑄下大錯。他延後下一次進城的時間，一拖再拖，直到他不得不在挨餓與穿越森林間做出抉擇。於是，他帶著倦意和憂慮，踏上那條熟悉的路。果然，快走到一半時，那隻白狼又出現了。這一次，狼群追著他跑進森林，沿著一條精靈小徑來到一棵高聳的大樹前。這棵樹的樹皮和那群狼一樣潔白，儘管當時接近初冬，樹上的枝葉依舊蒼鬱，盛開著花朵。

捕鯨人失聲驚叫。只見枝幹上掛著一具具陰森恐怖的屍體，全都是旅人、動物和鳥類的遺骸。狼群褪下狼皮，露出底下的精靈真身，命令捕鯨人將下次捕到的鯨魚骨帶來給他們。

捕鯨人哭著離開。他知道那些精靈的作爲背後一定有什麼可怕的緣由，可是少了家伴保護，他無力拒絕，只能聽從他們的要求。

隔月，他帶來了三副鯨魚骨。精靈將鯨骨和其他骨頭掛在一起，捕鯨人注意到，整棵樹只有半邊枝幹懸吊著骨頭。鯨骨掛好後，大樹發出一聲響亮的呻吟，往北傾斜了一點。精靈

10 一個可愛的寒光島用語，簡單說就是「家人」的意思，用以形容凡人與棕精靈之間共伴互助的關係。寒光島的棕精靈和其他國家的棕精靈一樣，有時會依附於一個家庭，提供該戶人家專屬的魔法服務，且多以屋宅範圍內的岩石為棲所。就歐陸地區常見的情況來看，這種情感連結似乎會隨著世代更迭而消失（例如義大利北部的棕精靈會挑一個喜歡的凡人並與之建立關係，一旦對方身故，他們往往會選擇離開，不會繼續跟他／她的子孫同住），但是否必然如此，還需要進一步研究才能確定。

吩咐捕鯨人將下次捕到的鯨魚骨也帶來給他們。

一個月後，捕鯨人帶來了四副鯨魚骨。精靈將這些骨頭掛在樹上，大樹再次發出呻吟，又往北傾斜了一點。捕鯨人心裡惴惴不安，認爲樹中一定囚禁著多年前因發瘋而遭到臣民監禁的精靈王。精靈命令捕鯨人將下次捕到的鯨魚骨再帶來給他們。

捕鯨人乞求他的家伴幫忙，但他們都不予理會，只有最年長的一名女精靈除外。她的身高只到捕鯨人的腰部，灰白的頭髮長長地拖在身後，纏著一大堆樹葉和泥巴。只有他答應娶她爲妻，她才願意幫助他。捕鯨人渾身打顫，覺得十分反感，卻還是同意精靈提出的條件，因爲瘋狂的精靈王比什麼都可怕，他知道要是讓精靈王脫身，整座寒光島都會遭殃。

那名精靈帶著捕鯨人來到她的家族墓園，挖出死者的骸骨。他們躡手躡腳地穿越森林，找到那棵白樹，將遺骸埋在樹下。隔月，捕鯨人帶了七副鯨魚骨過去。精靈和從前一樣，將骨頭掛在白樹上，可是這一次，白樹沒有發出呻吟，也沒有傾斜。他們怒不可遏，命令捕鯨人將下次捕到的鯨魚骨帶來，還要加上他那匹馬的骨骸。

隔月，捕鯨人帶來了十副鯨魚骨，以及一具原先葬在精靈墓園裡的靈馬遺骸。精靈將骨頭掛在樹上，不過還是一樣，白樹既沒移動，也沒發出聲音。精靈將矛頭轉向捕鯨人，認爲他一定耍了什麼詭計，但他們還來不及上前，靈馬的屍骸就高聲嘶鳴。死去的精靈從泥土中探出骷髏手，自四面八方伸向邪惡國王的僕從，掐住他們的脖子。原來那些埋在樹下的精靈遺骸一直牢牢抓著樹根，以免白樹傾倒，將精靈王從牢獄中釋放出來。捕鯨人鬆了一口氣，把精靈僕從的屍首掛在白樹南邊的枝幹上。

捕鯨人依約娶了精靈新娘，雖然她還是一樣瘦小乾癟、長得不太可愛，但捕鯨人從未違背對妻子的誓言，她也生了三個健康強壯的孩子來回報他，這些孩子能用美妙的歌聲吸引鯨魚游出深海。捕鯨人積攢了許多財富，最後頤養晚年，滿足地離開了這個世界。

〈象牙樹〉

※備註：我之所以收錄這個特別的故事，部分原因是它跳脫了常見的模式。我推測這則故事若不是遭人故意刪減，就是才流傳沒多久，尚未被打磨成更完滿、更討人喜歡的形貌。

從前從前，有一位美得出奇的年輕女孩，她的金髮在冬日陽光照耀下會轉爲雪白，而她的歌聲甜美得連山上的風也會安靜下來聆聽。她的鄰居都在背後議論紛紛，說她有精靈血統。除此之外，她的母親也是個可人兒，卻不幸因難產而死，當時負責接生的產婆發誓，她母親的身體融化了一半，只剩下骨骼。至於她的父親則身分不明，想來她一定是從父親那裡繼承了精靈血脈。

女孩想嫁給一名在村裡備受尊敬又年輕英俊的木匠，但她有精靈血統的謠傳卻讓木匠很怕她，也不敢冒犯她。於是木匠找了個藉口想讓她打消念頭，說他的妻子必須準備一筆可觀的嫁妝。他知道女孩是個孤兒，身無分文，平常都是靠舅舅接濟才有辦法生活。

女孩和當地所有的淳樸精靈都是朋友，經常和他們一起於林間奔跑，特別是在下過初雪之後。她從未在初雪上留下任何足跡，因爲唯有呼吸著凡間空氣的人才會留下腳印。有一天，她遇到一名陌生的精靈，對方沒有身體，只有兩隻黑眼睛，冰霜如漩渦般在他的斗篷上打轉。其他精靈警告女孩不要和他說話，但她卻不以爲意。沒有身體的精靈帶著她走進森林深處，來到一棵非常美麗、樹皮光滑如骨的白樹前。精靈告訴她，這樣的嫁妝一定會讓她的心上人非常高興，他想必能利用這些樹幹和枝椏雕鑿出許多不可思議的工藝品。

女孩躊躇不前，因為她知道，這棵白樹肯定是精靈樹，而砍伐精靈樹是天大的罪孽。然而，被愛沖昏頭的她終究是難以抗拒誘惑，很快便拿起斧頭開始揮砍。還沒砍到第三斧，周遭就颳起一陣大風，樹葉紛紛落在她身上，而葉子碰到她的那瞬間，她就發瘋了。她回到家中，披上舅舅的海豹皮斗篷，收拾好行囊，一副要去山區的模樣。此時，木匠正好來訪——他是個虛榮的年輕人，儘管不打算和女孩結婚，卻很享受有她這樣的美人傾慕——發現她要離開，連忙上前阻止，但女孩碰了他一下，他的心臟便瞬間被寒冰凍結，當場喪命。

村民發現了木匠的屍體，一行人便騎著馬、乘著雪橇，帶上獵犬去追那女孩。最終，他們看到了女孩的身影，只見她依舊執著地向著荒野前進，眼神盈滿瘋狂。他們對她開槍，射殺了她。

✦ ✦ ✦

我之所以將後面兩則故事並列，是因為拉芬斯維克的村民普遍認為，那棵讓女孩發瘋的白樹就是捕鯨人傳說中那棵囚禁著精靈王的樹。不僅如此，有些耆老甚至堅信這棵樹就在卡薩森林裡。索拉發誓，她年輕時曾在打獵途中偶然撞見這棵樹，並表示願意為我們指路。

我跟班柏比說我打算去找這棵樹，因為我真的很想拍到照片，放進精靈百科。他大力反對，顯然認為我會拉著他一起去。坦白說，這的確是我的本意，光是想到他在綿延無盡的雪地裡舉步維艱、連打個瞌睡都不行，我就覺得好笑。不過我也沒興趣跟他吵，就隨他在屋裡大發牢騷。他本該坐下來好好寫論文摘要草稿，卻老是跑去泡茶，不然就是站在窗前抱怨這個地方有多冷。眞的很難想像他會投入時間和心力做學術研究。我愈來愈相信，他當初肯定是用了什麼精靈魔法才拿到博士學位。

十一月十四日

今天我去了格蘿亞的雜貨店，爲我們的尋樹之旅準備補給品。根據索拉的估算，單程大約要走三個小時。村子裡覆著皚皚白雪，有些被來自海上的暴風雨融化了，但克里斯提安向我保證，近日的降雪不過是冬天這個老頭又在清喉嚨，等他真正在拉芬斯維克落腳，我就會知道了。

我抱著雜貨踏出店外，不由自主地望向對面的農莊。窗簾一如往常緊閉，綿羊群擠聚在田野一隅，黑煙則有如傷口感染後滲出的膿液，從煙囪裡緩緩飄升。

正要踏入農莊大門的莫德在進屋前對我揮了揮手。我驚愕地發現他的頭側一片青紫，連忙折回店裡詢問格蘿亞。

她淺色眼眸中的歡快頓時黯淡下來。「那天晚上，他出去救他太太。」她說。「她差點跌進海裡，幸好他及時把她拉回來。」

「我明白了。」我回答道。一個男人在那種情境下落得滿頭瘀青，怎麼想都很怪異，但我和格蘿亞都沒說出口。我回到小屋，把這件事告訴班柏比。

「喔，不然你以爲會怎麼樣？」他已經完全拋下筆記，坐在爐火旁摩挲影子的耳朵。「那個調換兒顯然是想把他們倆逼瘋。我不知道這個可悲的傢伙以爲養父母投海自盡後，是誰會來照顧他的需求。他們應該現在就殺了他，一了百了。」

「就算這樣會殺死他們的親生兒子也沒關係？」

「他們的兒子此刻可能正在受折磨，或許永遠無法回到他們身邊。沒人知道。」說完他又搔搔影子的耳朵。我很氣惱，不曉得該怎麼說服他關心莫德和奧絲洛的處境。

「不幸中的大幸是，」他再度開口，「莫德與奧絲洛不太可能成爲那群凶殘冰雪精靈的獵物。似乎只有純眞痴情的人才容易受他們迷惑，而我很確定他們夫妻倆對於愛情已經沒那麼天眞爛漫了。」

他看到我臉上的表情，發出一聲誇張的嘆息。「跟他們說，要對他好一點。」

「什麼？」我完全沒料到會聽見這樣的答案。

「他們不能只是把調換兒關在閣樓裡。要安撫這種小鬼，唯一的辦法就是寵溺他，就像你對阿坡那樣。」他用手指敲敲膝蓋。「眞是的，小艾，我還以爲你會想到耶。」

「所以在愛爾蘭，那些孩子被偷抱走的父母都會這麼做？」我看著他。

「只有那些聰明的父母才會。」他揉揉鼻子。「拜託不要再叫我過去了，我受不了小孩，不管是人類還是精靈的都一樣。」

十一月十五日

找到了，我們找到了那棵樹。出發時，我原以爲這趟旅程若不是科學上的勝利，就會是徹頭徹尾的災難。

殊不知，兩者其實不衝突。我早該想到的。

早晨天色昏暗，挾著霜晶的寒風如利爪劃破空氣。不出所料，約好的時間已經到了，班柏比還沒起床，而且怎麼叫都叫不醒。我開始擔心自己得把他拖下床，問題是，我不確定他有沒有穿衣服。

「我現在明白你爲什麼有辦法僞造黑森林研究報告了，」我說，「因爲你根本不顧旁人死活！」

「只是因爲我懶惰，小艾。」毛毯底下傳來他含糊不清的回應。「你知道那片該死的森林有多茂密嗎？你也很清楚那些群居型物種一個下午能走多遠，畢竟都是些可怕又自我中心的精靈。」

「我想這點你心裡有數。」我淡淡地說。終於，他一邊爆出如火山雲般的牢騷和抗議，一邊離開被窩。我們就這樣出發了。

到頭來，一切不費吹灰之力。

先前幾次進行田調時，我偶然發現了一條河，而那棵傳說中的樹正巧就位於這條河的下游處，索拉說過個彎就能看到。我們以相當緩慢的速度沿河下行，因爲目前的積雪還太淺，不適合穿裝有踏雪板的雪鞋，而且融化的雪水形成了許多凍寒的小冰流，還有細雪如羽毛搭成的小橋橫跨其上。幸好我們在出發前買了寒光島在地的鋪毛雪靴，雙腳依舊乾爽，只是沿途地勢多變，不太好走。

班柏比率先看見了那棵樹。

他猛地停下腳步，皺起眉頭。只見前方的樹林間透出一抹白光，那種白和周遭的雪不太一樣。影子開始低聲哀鳴。

「是那棵樹嗎？」我繼續往前走，結果又踩破一片薄冰，忍不住咒罵一聲。我將樹枝撥到一旁，倒抽了一口氣。

毫無疑問，眼前這棵樹就是我們要找的那棵。它簡直就像直接從故事裡走出來踏進這座森林似的。這棵樹矗立於一片圓得出奇的空地中央，彷彿周圍的樹都自願往後退一般。它的樹幹高聳挺立、細瘦如骨，只比我的身體寬一點，繁密纏結的枝椏似拱頂懸在上方，彷彿一個身材瘦小的人撐著一把多層巨傘。

不過，這棵樹最奇怪的地方是樹葉。在屬於秋季的火紅與金黃中，雜糅著夏季的翠綠，還有無數甫張開粉色小嘴的花苞點綴其間；一串串成熟沉甸的紅色果實垂掛著，大小和蘋果差不多，表面如水蜜桃布滿細毛，看不太出來是什麼水果。

我感覺到胸口湧現一股微光般的喜悅，因爲這棵樹顯然充滿精靈特質，如此清晰可辨（雖然從客觀的角度來看非常駭人），而且我先前從未見過這樣的事物。噢，我好想了解關於這棵樹的一切。

「你到底在幹麼？」我對站在河邊不動的班柏比大喊。「過來告訴我你怎麼看，是不是真的有精靈王被困在這裡。」

透過樹林間的縫隙，我只能窺見他一部分的身影：一縷金髮、扶著樹幹的手，還有黑色斗篷褶邊。「艾蜜莉，」他說，「快離開那裡。」

一種如夢似幻的感覺籠罩著我，讓我差點邁出腳步，但我下意識做出反射動作，握住口袋裡的銅幣。每當有精靈想施法迷惑我，我都會用這個方法來抵禦。

這是溫德爾第一次對我這麼做。是他，不是那棵樹，從他的聲音就聽得出來。我心裡突然湧起一股強烈的憤怒，使我一時視線模糊，同時也驅走了剩餘的魔力。

「我不要。」每一個字都像一把匕首，從我口中射出去。

他似乎往後退了幾步。「算我求你，小艾。」他用平常的聲音說。「拜託，快過來。」

「爲什麼？」

他若有所思。「你不信任我嗎？」

這句話讓我愣了一下，就那麼一秒。「當然不信任。」

他惱火地喃喃低語，搓著手臂來回踱步。我緊握著口袋裡的銅幣，轉向那棵樹。儘管我很氣溫德爾，他的反應還是讓我忍不住繃緊神經。我謹愼地繞著樹慢慢走，拍了幾張照片。我不但完全沒碰那棵樹，還睜大眼睛留意飄蕩的樹葉，畢竟葉子可能會落到我身上，以某種可怕的方式蠱惑我。其樹枝於風中顫動、相互摩娑時，發出了一種詭異而高亢的聲響，聽起來就像有人吹著走音的口哨。

「哇，以一棵樹來說，這聲音還眞是再普通不過了呢！」班柏比語帶嘲諷地大喊。「沒什麼好擔心的！」

「你有沒有想過，」我邊說邊從背包裡拿出捲尺，「我也許比你想的更有能力？我寫了數十篇論文，看過上百份分析報告，還跟精靈交手過無數次，從會幫忙做家事的小精靈、凶惡的妖精，到自視甚高、充滿優越感的精靈貴族，我都親身接觸過。」

「你之所以有今天的成就，最主要是因為你聰明，這點我毫不懷疑。但你有沒有想過，其中運氣又占了幾成？」

我攥緊拳頭，沒有回答，只是繼續測量樹根和樹冠，然後拿出田野筆記，開始做紀錄。我用靴子掃去積雪，發現底下有層如地毯般薄薄的樹葉。在我埋首工作時，班柏比的抱怨和跺腳聲之大，簡直跟一大群馬隊沒兩樣。

「你不如直接告訴我你在擔心什麼。」我語氣平靜地說。老實說，我滿腦子都想著做研究，根本沒空理他。

「我不能說。」他咬著牙迸出一句。

「不能還是不想？」

「我真的、完全、絕對不能告訴你。」

「少誇張了。」

「我沒有。」他發出我這輩子聽過最誇張、最戲劇化的怨嘆。影子似乎受他的表演啓發，也嗷叫得更大聲了。

我的目光又回到那棵樹上。我幾乎能「聽見」溫德爾有多焦急，但無所謂，隨他去。我從背包裡拿出一支金屬鑷子，小心翼翼地摘下一片結霜的樹葉。那片葉子很可愛，形態類似楓葉分成幾裂，顏色和樹木枝幹一樣潔白，表面還覆著一層短短的白色絨毛，看起來就像某種小動物。我將葉片放入金屬盒——我習慣用這個小盒子來蒐集此類樣本，其中有許多已經成爲劍橋樹靈學與族裔民俗博物館的藏品。好巧不巧，一陣冷風於此時吹來，擾動了我方才觀察的那叢樹葉。我立刻以最快的速度跳到一旁，但其中一片葉子仍拂過我裸露的指尖。寒意猛地來襲，彷彿我將手探入了融冰裡。

「可惡。」我低聲咕噥，連忙握住口袋裡的銅幣，痛楚瞬間減輕了不少。

「怎麼了？」班柏比問道。他的聽力太敏銳了，眞是不方便。

「沒什麼。我以爲你已經走了，原來還在啊。」

「好了，我受夠了。」他說。「影子，去把你那個有自殺傾向的主人帶過來。」

我哈哈大笑。「影子只聽我的話，你以爲……」

這時，影子忽然從樹叢裡衝出來，撲到我身上。我往後跌坐在雪堆裡，還沒反應過來，牠就咬住我的斗篷，開始拖著我往前走。

「影子！」

牠似乎沒聽到我尖聲叫喊。我就這樣被一路拖行過雪地和樹根，臀部還用力撞上石頭，痛得要命。最後，影子順著緩坡用力一拽，讓我像笨拙的雪橇一樣滑到班柏比跟前，摔得四腳朝天。

「影子！」我氣喘吁吁地站起來厲聲大喝，覺得自己被背叛了。影子垂著頭，全身上下每一處都流露出狗狗特有、令人難以招架的愧疚。但牠仍舊站在我和白樹之間。

「乖狗狗。」班柏比抓住我的手，將我拖上河岸。喔，我一定要殺了他。我拚命扭動著想掙脫，讓他踉蹌了一下，但他不僅沒有摔倒，還以平時盡力隱藏、令人惱火的優雅姿態穩住自己。我又使勁一拉，讓他轉向我，接著抓住他另一隻手臂，作勢要把他推進河裡。意識到我想做什麼的當下，他那雙綠眼盈滿氣憤、瞪得好大，同時幾縷金髮散落，遮在眼前——眞是太不公平了，他在生氣時看起來也很俊美，而非像普通人那樣臉部漲紅，眼睛變得像顆小圓珠。若說剛才我還不算下定決心，那麼此刻我心意已決，絕對要把他推進河裡。

就在這個時候，大地應聲崩裂，霜雪和泥土四處飛濺，灑落在我們身上。盤繞錯結、如骨頭般光滑潔白的樹根猛然從地底鑽出來，緊緊纏住班柏比，將他拖向那棵白樹，一切宛若一面詭異的鏡子，映照出我方才的經歷。

「溫德爾！」我立刻撲上前，努力想扯開他身上的樹根。那些樹根顯然對我和影子一點興趣也沒有，任由影子對其又咬又踩，直到部分樹根鬆脫。但土壤裡馬上又竄出了更多。

「那棵樹爲什麼要抓你？」我喊道。

「你覺得呢？你這冷血的瘋女人！」他死命刨抓地面，放聲大吼，緊接著罵出一連串我猜是愛爾蘭語的髒話。

我抽出小刀刺向樹根，同時腦中飛快閃過一篇篇故事、日誌和文本。「你不能……你不能說？」

「對啦！」他那綠得不可思議的眼睛惡狠狠地瞪著我。此時的他已快被拖到樹幹下，那裡有個像嘴巴一樣大開的黑洞，周遭的樹根如白色蠕蟲般不停扭動旋繞。

「哦。」我輕聲說道。雖然小刀沒什麼用，我還是刺個不停，過程中好像不小心戳到他一下，因爲我的思緒又飄向別的地方。「你不能告訴我你是精靈——這一定是你遭流放時被施加的魔法束縛之一，對不對？我聽說過類似的案例……對了，是高盧調換兒的故事。愛爾蘭神話文本《烏爾斯特聯篇》[11]中不是也有提到這個主題嗎？布萊斯頓的理論說……」

「天啊，」他呻吟，「這種時候她還想談理論，看樣子我死定了。」

那些樹根不停將班柏比往下拽。我抓住他的肩膀用力拉，結果滑了一跤，側身摔倒在雪地上。影子緊咬著他的袖子不放，最後卻扯破了衣服。我們倆對眼前的情況完全使不上力。

「好吧，那你要我怎麼做？」我大喊。「我知道你的眞實身分，溫德爾——只要我說出來，你就不必自己開口了！你現在不能用魔法嗎？有什麼我能幫忙的嗎？」

「有，麻煩你不要自以爲是地發表意見，這樣我才能專心！」他越過周遭急速揮舞的樹根大吼。「我已經很久沒這麼做了，連記不記得怎麼做都不知道。還有，能不能叫你這位有尖牙的朋友別再咬我的斗篷了！」

影子不停嚎叫著撲向逐漸消失的班柏比，我使盡全身力氣才把牠拉回來。我不曉得自己期待溫德爾做什麼，但肯定是一些花俏又令人印象深刻的事。然而，實際情況帶給我的不是驚喜，而是驚嚇——他整個人縮進地底不見了。當然，我看過棕精靈和地妖這麼做，但他們畢竟是棕精靈和地妖，生來就與樹葉和苔蘚爲伍；他們不是溫德爾。接著，他做了比這更怪的事——從一棵位於河流對岸的樹中走出來。我感到一陣混亂，因爲我的大腦想說服眼睛相信他是從樹後面走出來的，但他當然不是。

影子咬住我的斗篷又開始撕扯，但我早已邁開腳步。我們就像噩夢中的新娘和幫忙拉裙襬的隨從一樣，跑過絕大部分都已結冰的河面。靠近對岸的冰面出現裂隙，但沒有完全裂開，班柏比立刻伸手抓住我，免得我跌進河裡。

他努力想拉我上去，但我仍堅持轉頭觀察對岸的奇景。白樹本身全然靜止，如夢似幻，底下的樹根則帶著無能爲力的狂怒拚命扭動。河水太深了，它們無法鑽進河底。

「我想要一塊樹皮。」我突然開口。

他難以置信地看了我一眼。「這是爲了論文！」我解釋道。「我們需要實例，溫德爾。得要有證據，不然你覺得大家要怎麼理解……」

「我們當然可以回去那裡，然後你就可以看著那東西敲碎我的頭骨，把怪物塞進去。」他說。「到時就讓我坐在臺上當活生生的實證，你覺得怎麼樣？」

「那棵樹對我沒興趣，如果我一個人去……」

「你到底是怎麼了？」他握著我的肩頭用力搖晃。「你確實有一大堆缺點，我很樂意之後一一列舉，但愚鈍不是其中之一。」

這句話讓我下意識拾起精心磨練出來的老習慣，握住口袋裡的銅幣。體內湧動的那股奇怪慾望逐漸消退，我當然知道要是回去，一定會被白樹攫住，而溫德爾就得來救我。

我把手從口袋裡抽出來。除了無名指仍微微顫抖外，先前碰到樹葉時的那股寒意並未在我的指掌間留下任何痕跡。我將手插回口袋，以免被溫德爾發現。

「精靈王想從你身上得到什麼？」我不是在提問，只是在腦海中翻閱那些古老故事，說

---

11 事實上，法國和不列顛群島就有好幾個故事提到類似的魔法。其中兩則愛爾蘭傳說可能源自同一個故事，內容描述一名凡人少女因追求者無意間碰到她的十字架被燒傷，才發現原來對方不是普通男子，而是流亡在外的宮廷精靈（不知道為什麼，愛爾蘭民間故事裡的精靈常被十字架燒傷）。由於她說出事實真相，打破了魔法的束縛，男子從此得以隨心所欲地在別人面前展露自己的精靈本色。

出內心的想法。「當然了——他想占據你的肉身，畢竟他現在的形體是樹。」

「大概吧。」他冷得全身發抖，我都有點同情他了。「站在樹根上時，我就感覺到他探向我。他已經活了非常久，而他的族人之所以將他禁錮在樹裡，是因為……呃，我不知道。反正他認為自己受到不公不義的對待，數百年來，他一直在那棵樹裡想著復仇、謀殺等諸如此類的事。」

我很納悶溫德爾的態度為何如此漠然，畢竟他自己就是遭到流放的王室成員，但他顯然一點都不同情這位精靈王。

「真有意思。」我看著蠕動的樹根，一邊在腦中拚湊精靈百科條目，暗暗心想之後一定要好好研究一下這種囚禁方式，看其他隱族傳說裡是否有類似情節。「難怪島上的精靈對他避之唯恐不及。」

「他非常強大。」溫德爾目不轉睛地盯著白樹。「無論他在策劃什麼樣的殘忍暴行，只要我協助他達成目的，他就會讓我享有這般力量。」

「你不會是想回去那裡吧？」我心頭掠過一絲驚恐。「你被蠱惑了。」天哪，如果真是這樣，那我該怎麼阻止他？

「不。」溫德爾似乎不只是在回答我的問題。他轉過身，眼底透著一種奇怪的憂鬱。「我沒有，我們回去吧。」

✦
✦
✦

漫長而乏味的回程路途中，溫德爾默默無語，完全不像平常的他。不曉得他是不是因爲我知道他的眞實身分而感到不安？不，當然不是。他就算被剝光衣服在倫敦遊街示眾，也不會覺得不自在。

一踏進小屋，他就癱倒在扶手椅上，近乎不省人事。我脫下他的靴子，發現他的腳白得發青，臉色也很蒼白，而且手指顯然動不了。他的眼眸黑如濃墨，不見一點綠意——這個現象很有趣，我原想進一步探究，卻還是壓下了內心那股學術衝動。直到我生起熊熊爐火，又幫他蓋上三條毯子，他才變回那個熟悉的溫德爾，開始用抱怨的口吻提起晚餐、茶和熱巧克力。要不是眞的很擔心他，我才懶得理會這些拐彎抹角的要求。我用歐黛早上送來分我們吃的燉菜和阿坡最近做的點心，爲我倆準備了一頓豐盛的晚餐。我甚至還違背自己的心意，將最後一塊羊奶乳酪讓給他。我本來想自己吃掉的，因爲我愈來愈喜歡羊奶乳酪了。

「你們這支血統也太弱了吧。」我幸災樂禍地說，畢竟不是每天都有機會能證明自己比精靈王子更強健。「愛爾蘭精靈應該只能接受陰沉的暴風雨、偶爾下霜，以及更多暴風雨。愛爾蘭還有其他天氣型態嗎？」

「不是所有精靈都是石頭和鉛筆屑做的。」他從馬克杯後方瞪我一眼（最後我還是幫他泡了熱巧克力）。

吃完晚餐後，他便坐在椅子上睡著了，於是我扶他到房間休息。沒多久，另一個被他擄獲芳心的女孩出現在門口，顯然兩人事先約好要見面。對方有著一頭黑髮，長得非常漂亮，大概也是索拉的孫女吧。我抱著娛樂的心態，等不及要讓那女孩看看她的情人健行短短幾小時後的模樣，而且還是走那種不怎麼難的路線。畢竟寒光島人最看重的似乎就是堅韌和耐力，光是想到班柏比的吸引力會因此大幅下滑，我就覺得很好笑。

十一月十六日

我以爲溫德爾今天會睡到很晚才起床，果然不出所料。他醒來時，我已經吃過早餐，從阿坡那裡回來了。昨晚再度降雪，而且是眞正的大雪，所以我又去爲阿坡的樹居鏟雪。今晨，我被門口傳來的怪聲驚醒，那陣敲擊聲既沉重又帶著節奏，使我心底閃過一絲驚懼，腦海中浮現出古代凜冬君主前來要求締結不平等條約的故事，後來才發現是芬恩好心幫我們鏟去臺階上的雪。有些地方雪深及腰，足以讓人受困其中，伴隨著如波浪般層疊的皚皚降雪，在清澈無雲的天空下顯得格外耀眼。

早餐時間過後，歐黛踩著裝有踏雪板的雪鞋，帶著一團蜂蠟和一籃蠟燭來到小屋。那些蠟燭散發出一種強烈的氣味，聞起來好像什麼腐爛的東西混著檸檬香。

「每天晚上點幾根，放在窗前，」她說，「這樣那些高個子就不會靠近了。」

「了解。」我回應道，接著詢問蠟燭的配方，好寫進論文裡。那些蠟燭是用魚油、檸檬汁、發酵海藻、滿月時採摘的玫瑰花瓣和渡鴉碎骨製成（分量詳見附錄）。在我聽來，這種鎮宅護身物有些不切實際，畢竟還有其他效果更好的人類製品，例如大多數精靈都討厭的金屬等，不過像這樣充滿詩意的材料和配方實屬少見（倒是有許多江湖術士以這種手法詐騙民眾，從中牟取暴利）。歐黛向我保證，只要點了這種蠟燭，高個子的樂聲就不會傳進屋裡。

溫德爾終於起床，我把蠟燭拿給他看。「這是蛇油。」他語帶不屑地說。

我點點頭，感到放心不少，因爲他證實了我的猜測。蠟燭還沒點燃時的氣味就讓我覺得

反胃，不敢想像燃燒時釋放出來的煙霧會有多可怕。

他建議我還是把蠟燭擺在窗戶旁，以討歐黛歡心。不過，撇開蠟燭不談，蜂蠟倒是很實用，畢竟隱族會以音樂來蠱惑人，將耳朵塞住是個很好的防護措施。

「你要跟我一起去探訪歐瑟西的家人嗎？」我問道。

「不了。」他回答。「我今天應該會去找歐黛。」

我一臉懷疑地斜眼看他。歐黛打算召集大家幫忙鏟雪，我無法想像溫德爾做這種粗活。

「幹麼？鏟雪是能難到哪裡去？」他吃著早餐，皺眉望著我。

我懶得跟他說我覺得會很難，反正絕對不是他那雙柔嫩貴手做得來的。事實上，再見到他的時候，他正和克里斯提安、歐黛及其他幾位村中要人聚在一起，一邊喝著香料酒閒話家常，一邊盯著芬恩和其他年輕人清理街道與碼頭上的積雪。

訪談歐瑟西一家讓我獲知許多資訊，只是幫助不大。她的父母希德和凱媞都帶著同樣堅毅而和藹的面孔，表情透出淡淡的陰鬱和憂傷，有問必答，但這是一個只有開頭和結尾的故事——你們的女兒是什麼時候被隱族帶走的？聖誕節後兩天，當時她在採蘑菇。她失蹤了多久？直到夜晚月亮升上山頂才回來，也就是一個多星期。她是在哪裡被找到的？有個獵人發現她在山坡上遊蕩，籃子裡裝滿奇怪的蘑菇，於是他拿起一朵細看，沒想到卻在他掌心上融化。

訪談過程中，歐瑟西面無表情地坐在壁爐旁的椅子上，眼神飄來飄去，不時望著我。每當她的目光落在我身上，我都會忍不住顫慄，感覺就像有人透過廢棄空屋的窗戶窺探我一樣。當然，我問了一些和她身心狀況有關的問題。除了不能言語外，她也無法自理，如果要她把手伸進火裡，她也會照辦。事實上，她左手掌間那道疤痕就是她母親要她去拿平底鍋時留下的，她完全忘了爐子上的平底鍋有多燙。她唯一會主動做的事就是在漫漫冬夜跑到外頭遊蕩，邁步越過雪地，連斗篷都沒穿。因此當前這段期間，從第一場初雪到春天融雪爲止，她每晚都會被綁在床上，以免發生憾事。

與我相比，凱媞和希德提問的次數有過之而無不及，但我能帶給他們的安慰少之又少。我不知道有什麼方法可以治療他們的女兒，也沒聽過其他像她這樣的案例。

下午，美麗的莉莉婭來到小屋幫我們劈柴，在此我要很感激地說，這件事如今已成爲日常。我在窗前看著溫德爾試圖和莉莉婭調情——他的金髮在微風中飄動，一雙綠眼不時注視著她，難以別開目光。他甚至還要莉莉婭教他劈柴的訣竅，而儘管他完全沒進步，她依舊耐心指導。自始至終，她都保持著一種歡快卻淡漠的態度，時而砍柴，時而敷衍地回應他，或是擦去漂亮額頭上的汗珠。有一次我笑得太厲害，溫德爾立刻轉身望向窗戶，沉著臉瞪我一眼。聽索拉說，莉莉婭和鄰村一個女孩正在交往，兩人過得非常幸福，但我覺得沒必要讓溫德爾知道這個消息。反正不管怎樣都是他自己的錯，誰叫他自以爲世上所有女人都抵擋不住他的魅力。

我整天都在看書寫筆記，溫德爾則踩著輕快的腳步走來走去，對學術研究毫無貢獻。不過他的確有驚呼地毯好髒，並把它們拿起來抖一抖，還掛上了幾張他從格蘿亞店裡買來、沒什麼用處的羊毛掛毯。簡單幾個小動作帶來了驚人的效果，讓整個空間瀰漫著溫馨舒適的氛圍，我先前從沒住過這麼舒服的地方，不知該作何感想。說到底，我們只是暫時住在這裡，這麼費心裝飾有意義嗎？我向溫德爾拋出這個問題時，他只以自身特有的唯我論調調說，如果我得這麼問，表示我永遠不會明白他的答案。

「走吧，去酒館。」天黑後他提議。

「不了，謝謝。」我從樹靈學日誌上抬頭瞄了他一眼。當時我正潦草地寫著筆記，編纂精靈百科的參考書目。「我想早點休息。」

「你可以待一下就回來啊。看來你寧願坐在這裡埋頭看書？」

「沒錯。」我回答。他搖搖頭，不是出於厭惡，而是純粹的疑惑。

「好吧，你這個怪人。」他脫下斗篷，在另一張椅子上坐下，讓我大感訝異。

「你不用留下來，我一個人好得很。」

「我知道，我有注意到。」

我聳聳肩，並不介意他留下來。事實上，我已經習慣有他在身邊打轉，不只是在這裡，連在劍橋時也一樣，他總是在我辦公室門口探頭探腦。他拿起破爛的針線包，一條腿孩子氣地壓在身下，往後靠著椅背，開始縫他的斗篷。

我不太知道該如何與他人進行私人性質的對話。幸好我很少有這個想望，不過有時也會覺得懊惱，很氣自己缺乏這種人類技能，而此刻就是最好的例子。有多少學者有機會扣問宮廷精靈的統治階層？一個也沒有，或者應該說，沒有一個人能活著講述這段經歷。

可是我開不了口。我以為只要能說服自己，我的興趣和好奇純粹是為了求知，我就做得到，但事實並非如此。畢竟他是溫德爾，我唯一的朋友（天啊）。

「小艾，」他頭也不抬地開口，就在我又往他的方向偷瞄一眼之後，「你若不是在思考要怎麼殺了我並做成標本展示，就是還在擔心我被施法蠱惑。你的個性矛盾到就算同時出現這兩個念頭，我都不會意外。也許你能消除我的緊張感，有話直說。」

「我只是想知道你到底在幹麼？」我用一如往常的質問來迴避這個話題。

「你覺得呢？我的斗篷被你和你那隻毛茸茸的幫凶蹂躪得慘不忍睹。」他又縫了幾針，用手撫摸布料，翻來翻去。我看不太出來他在做什麼。「縫好了。」

他試穿了一下，滿意地點點頭。若要說跟先前有什麼不同，那就是這件斗篷變得更加華麗，下襬還有一道優雅的波浪狀褶邊，彷彿那些紋飾是以他自己的影子剪縫而成的。他注意到我臉上的表情，挑起眉毛。

「你想要的話我可以幫你改斗篷，還有那件……」他微微皺起臉。「那件洋裝。」

我低頭看看身上的羊毛直筒洋裝。「我的衣服沒問題啊。」

「不適合你。」

「明明就很適合。」

他抬眼望著天花板，喃喃說了些什麼，我聽不太清楚，只知道他確實講了「紙袋」兩個字。但我無所謂，因爲我一點也不重視自己的外表，更不在乎他對此有何看法。

「你之前說你們家的人都很會做針線活。」我在他重新坐定後開口。

「啊，對。」他說。令人驚訝的是，他似乎不像平常那樣急於談論自己。「好吧，我想我得做好被嘲笑的準備。其實呢，我有一點棕精靈血統，來自母系家族那邊。」

我盯著他，臉上的笑意逐漸擴展開來。「只有一點點。」他嚴肅地強調。

「Oíche sidhe，夜精靈。」我說。夜精靈是愛爾蘭家居精靈，和許多同類一樣，個性親切友善，會趁著深夜偷偷溜出來打掃房子、整理環境和進行修繕工作。廣爲流傳的民間故事〈金烏鴉〉即源自愛爾蘭，內容描繪出夜精靈討厭混亂和失序的典型形象。我會將這則故事最知名的版本收錄在精靈百科裡，並附在這本日誌後面。

「王子有泛精靈的血統，」我再度開口，「這種情況很常見嗎？」

「你是怎麼……」他一臉疑惑。「啊，我知道了，是阿坡告訴你的。小艾，你要小心點，不然那傢伙會愛上你，不讓你離開。」他繼續縫手上的衣服。「不，這不常見。」

「你是因爲這樣才被迫流亡嗎？」

「你想知道事情的經過嗎？」他揚起眉，似乎覺得我的問題很有趣。

「當然想，」我壓抑不住聲音中的熱切與渴望，「每一個骯髒齷齪的細節都想知道。」

「唉，可惜這樣的細節很少。」他說。「十年前，我父親的第三任妻子——我母親是他第二任妻子，而第一任妻子不孕——比較想看到自己的親生骨肉繼承王位，至於接下來發生的事，你已經知道了。」

我點點頭。冷酷無情是許多宮廷精靈共有的特質。「你有兄弟姊妹嗎？」

「有五個，都比我年長，也都被她處死了。只有我一個人遭到流放。」

「因爲你年紀最小？」我皺起眉頭。

「不是，」他回答，「只是因爲結果就是這樣。」

我懂他的意思。無論起源自哪裡，精靈故事中都沒有絕對、必然的勝負。總是會有一個漏洞、一扇門，只要你夠聰明，就能找到那個出口，扭轉故事情節。溫德爾的邪惡繼母不能殺他，因爲這麼做會關上最後一道門，抹除她失敗的可能性。

「所以你想殺了你的繼母，」我說，「奪回本該屬於你的王位。這就是爲什麼你在找一扇可以通往精靈世界的後門，一扇她不會派人把守的門。」

他驚訝地看著我，旋即發出一串短促的笑聲。「那個小叛徒，我早該猜到他會把一切全告訴你。」

「別生他的氣。」我急忙央求。溫德爾只是聳聳肩，輕彈手指，作勢將阿坡的事拋諸腦後。

「對，我想殺了她。」他坦承。「但無關王位，奪權不過是達到目的的手段罷了。」

他揉揉被淚水潤濕的眼睛。我心裡很慌，因爲我根本不曉得該怎麼安慰哭泣的人，差點就把自己的手帕扔給他。

「我不知道你能否理解我的心情，小艾，我冷血的朋友。」他擦擦鼻子。「但我承認，我非常想念故鄉。只要我繼母還在那裡，我就回不了家。她絕對不會同意，而她在宮廷裡的盟友也一樣。所以，我唯一的辦法就是奪回王位，掌握權勢，好讓他們再也無法將我逐出王國。」

我靠在椅背上反覆思索，髮髻又一次鬆落，於是我乾脆解開，讓頭髮披散在肩上。「到目前爲止，你還沒有成功。」

「我很清楚你們凡人發展出各式各樣的理論來解釋精靈世界的運作方式，」他說，「但事實上，大多數精靈知道的不比你們多多少，因爲我們根本不在乎。又何必在乎呢？只要法力夠強，兩三下就能顚覆自然法則。萬事萬物並非亙古不變，不同的世界很可能漸行漸遠或消亡，或者像重疊的影子一樣，變成同一個地方……不過，我們知曉祕密通道的存在，那些被遺忘的密道可以通往我們的世界，就像你說的後門。我走遍凡界尋找這樣的門，但沒錯，目前爲止還沒找到。」他一隻手攥拳撐著頭，凝視著火光。「現在你明白爲什麼在國際靈俗會打動贊助人對我來說這麼重要了吧。我需要錢繼續找，德國黑森林那場小風波讓贊助人對我的考察計畫興趣大減，我們的論文可以重振我的事業，讓我擁有足夠的資金探尋歐陸其他地區。」

我思緒飛轉，腦中的圖書館又開始運作，快速翻閱各種文獻典籍。我提出一個又一個問題，要他細數過去曾踏足的每一個國家、村落和森林。談話過程中，我不由自主地寫起筆記（學者的老毛病），直到他失聲驚呼：「你到底在幹麼？」

「如果要幫你，我就得做筆記。」

「如果什麼？」他對著我眨眨眼睛。

我惱怒地瞪他一眼。「不論是人類或者其他種族，你還有認識誰比我更了解精靈嗎？」

「沒有。」他不假思索地脫口。

「這就對啦。」我說。「我應該能找到通往精靈世界的門，至少我想試試。我一定能做得比你更好。天哪，十年耶！都十年了還沒找到。」我忍不住哼了一聲。身爲精靈，一個喜歡在黑暗荒野中將不幸的凡人引入歧途的物種，而且還是貴族，居然找不到回家的路，想想實在有點好笑，卻又帶著淡淡的哀傷。

「你爲什麼要幫我？」他臉上又露出難以解讀的表情。現在我不再認爲他是爲了掩藏心思而刻意爲之，只是有時他的感受太過陌異，我無法憑直覺辨識。

這是我第一次停頓下來思考這個問題。「我不知道。」我誠實回答。「大概是出於求知慾和好奇心吧。我畢竟是個探險家，溫德爾。雖然我自稱科學家，但探索才是科學的核心所在。

我想了解不可知的一切，親眼目睹凡人從未見過的事物——勒貝爾是怎麼說的？揭開世界之毯，墜入浩瀚星空。」

「我早該猜到的。」他揚起微笑。

他的語氣似乎有些難過，可能還在思念那充滿綠意的精靈家園吧。我低頭繼續專心寫筆記。

「有段時間，我認為你一定有精靈血統，」他再度開口，「因為你太了解我們了。不過那是我第一次見到你時的想法，很快我就發現你和其他凡人一樣駑鈍。」

我點點頭。「我就和其他凡夫俗子一樣，身上流著人類的血。但你說我了解精靈？那可就錯了。」

「是嗎？」

「精靈無可理解。他們隨心所欲地生活，行為充滿矛盾。他們小心守護自己的傳統，卻又未必時時遵循傳統。我們可以對精靈種族進行編目，記錄他們的所作所為，但大多數學者都同意，我們不可能真正了解他們。」

「凡人就不同了，凡人很好懂。」他把頭斜靠在椅子上望著我。「然而比起人類，你更喜歡我們的陪伴。」

「不可能做到的事，就無所謂做得不好。」我稍稍握緊手中的筆。

「你沒有做得不好，小艾。」他又笑了。「你只是需要幾個像你一樣凶悍的噴火龍朋友。」

我翻開空白頁，很慶幸火光掩藏了從心底湧上臉頰的暖意。「你的王國是哪一個？」

「哦，就是你們學者所謂的『狼之森』，」他說，「在愛爾蘭西南部。」

「太好了。」我喃喃低語。精靈王國是以其主要特徵（據統計，最主要的類型爲林地，其次是山脈），再加上首位將其記錄下來的學者所選的形容詞來命名。愛爾蘭有七座精靈王國，例如大家熟知的薔薇之森就是其中之一。至於狼之森則是暗影與怪物橫行的國度，也是愛爾蘭七大王國中唯一一個只存在於故事中的王國——這當然不是因爲學界對它沒興趣，只是許多學者都在深入狼之森後就此消失無蹤。

「只有你會這麼說。」他表示。「別擔心，你可能已經注意到了，我不像其他族人那麼惡毒。當初我甚至沒想到我繼母會在暗中策劃那場陰謀。令人遺憾的是，當時的我還不太習慣獨立自主，包含思考在內，而我繼母助長了這樣的情況——她總是安排一大群僕人來滿足我的需求，還有數不清的派對供我娛樂消遣。」他攤開修長的四肢，懶洋洋地坐在椅子上，沉著臉凝望爐火。

「跟我聊聊你的世界吧。」我如飢似渴地往前傾身。

「不要。」

「爲什麼？」

「因爲你只會把我講的東西寫成論文，我不想成爲其中一條參考文獻。問我別的。」

我哼了一聲，以筆尖輕敲紙頁。「好吧。如果衣服反穿，你會消影嗎？我一直很想知道。」

「要來試試看嗎？」他露齒一笑，陰鬱的情緒瞬間如煙消散，變得朝氣蓬勃。

「喔，好啊。」我忍不住發出竊笑（眞不像我），拉開他的斗篷翻至另一面，讓他套上裡外翻轉的斗篷。

「哎喲！」他突然失去笑意。

「怎麼了？」我急忙抓住他的手臂。「溫德爾？你沒事吧？」

「我不……我不太舒服。」

他讓我幫他脫下身上的斗篷，癱坐在椅子上，直到我幫他泡了一杯熱巧克力又生好火，他才開始笑我。

「王八蛋。」我的咒罵讓他笑得更厲害。我跺著腳回房間，今晚我已經受夠他了。

十一月十七日

我在冬夜的寂寥中醒來，距離破曉還有幾個小時。落雪啪嗒啪嗒地打在窗戶上，影子蜷縮成一團貼著我的背，呼呼打鼾。這是牠最喜歡的姿勢。

我點燃床頭桌上的提燈（儘管我表示反對，邊桌和提燈依舊在本週稍早進駐我的臥室），將手伸到火光下。

就在那瞬間，我看到了什麼——我的無名指上有道黑影，而且只有在我思緒飄忽、不去想它時，才能用眼角餘光瞥見。我的手冷若寒冰，不得不伸到提燈上方取暖，過了幾分鐘才暖和起來。

我將手攥成拳頭貼在胸口，一陣令人不快的顫慄竄遍全身。我掀開棉被想去找溫德爾，向他承認自己的愚蠢。但這個念頭才剛冒出來，旋即消逝無蹤。即便是書寫這些文字的當下，我也必須緊握著銅幣，以免細節從記憶中溜走。每當我想開口告訴溫德爾，腦海中就會湧現陣陣迷霧；我知道，若他問我是否被施法蠱惑，我一定會說出很有說服力的謊言。

「該死！」我罵道。

我掏出銅幣按在手上。我不曉得禁錮於樹中的精靈王究竟對我施了什麼魔法，唯一能確定的是，我落入了他的圈套。有些精靈咒法的效果會隨著時間或距離而淡去，必須不斷重施才行。只能祈禱我中的是這種類型的魔法了。

要是雙腳下意識地帶我回去找那棵樹，我就得砍掉這隻沾染魔咒的手。

剩下的清寂夜晚，我都在咒罵自己，於羞愧和憂慮所帶來的痛苦中度過。最討厭的是，溫德爾警告過我別靠近那棵樹。倘若我陷入狂怒，甚或變成樹木，他一定會很得意。

冬日曙光一掠過積雪，我便換好衣服，穿著裝有踏雪板的雪鞋走到溫泉邊。影子跟在我身後。牠不需要穿雪鞋，也不用做任何防護來抵禦嚴寒酷暑或暴雨狂風。

隨著凜冬籠罩大地，森林變得迥然不同，不再像蓋著絲綢被的國王一樣，於華美的秋日盛裝中打盹，而是繃緊神經，警醒等候。這樣的時刻讓我想起高提耶以林地爲題的著作，還有林地精靈的吸引力。具體而言，森林具有過渡性質，高提耶稱之爲「中間界」，其根系深深扎入大地，枝椏卻渴望探向天空。儘管高提耶的研究主題有些重複，內容也很乏味（許多來自歐陸地區的樹靈學家都是如此），她筆下的文字卻透著一股氣質，唯有和精靈相處過一段時間的人才能體會。

看到溫泉讓我心情大好。我恐怕得說，如今我已將所謂的體統拋諸腦後，養成了到泉邊洗澡的習慣，因爲在小屋裡燒水實在很不方便。洗完澡後，我站在溫熱的岩石上一邊保持平衡，一邊用帶來的毛巾火速擦乾身體，穿好衣服。

通常我都會等阿坡出現再幫他清除樹上的積雪，這樣才有禮貌，可是他今天遲未現身，完全不像平常的他。我踩著雪鞋吃力前進，在他居住的樹前停下腳步。只見阿坡的樹由裡到外燒得焦黑，就像被閃電擊中一樣，雪地上也散落著幾根斷裂的枝幹殘骸。

一陣意想不到的悲痛感倏然湧上心頭，打亂了我的思緒。但還是有一線希望，也許阿坡只是跑進樹林裡迷路了。這個論點有西班牙森林仙女「安哈娜」的傳聞證據支持：安哈娜是一種樹棲泛精靈，平常很少離開自身所扎根的土地，若逼不得已必須移動到領地之外，就可能永遠找不到回家的路。我立刻衝進樹林，呼喚著那名手指細長如針、體型矮小的朋友。這可不是件容易的事，畢竟我不知道阿坡的眞名，也不能用精靈語叫喊，以免招來其他的非人生物。値得慶幸的是，阿坡聽到我的聲音後，沒多久就從樹根底下爬了出來。

「我迷路了。」他扭絞著細長尖利的手指，身上那件引以爲傲的斗篷（也就是我的舊海狸皮帽）在溫泉水的刷洗與熱氣蒸熨下變得破舊不堪，沾滿了炭灰。「他們在夜裡出現。我試著躲開，因爲我不想跳舞，可是他們不喜歡這樣，所以就燒了我的樹。」

幸好，我不需要問他說的是誰。從他的表情就看得出來，他指的是那些「高個子」。

「好了，沒事了。」我安撫他。「我帶你回家。」

他猶豫了一下。「要用什麼來換？」

我懂他內心的憂懼。我必須提出交換條件，而且不能太隨便，好與他的需求等價，這就是精靈社會的運作模式。沒關係，我已經準備好答案了。

「你要回答三個和高個子有關的問題。」

阿坡皺起臉。我知道他不喜歡對像我這樣的「探事人」透露自己的私事和祕密，但由於這些問題頂多涉及到精靈世界，無關他個人，負擔沒那麼沉重，因此他同意了。我帶著他穿越樹林，他在我身後不發一語，就好像我是希臘神話中的奧菲斯領著奇怪的尤麗狄絲，或是艾孔領著奇怪的德葛雷[12]。

回到溫泉旁後，阿坡對著他那棵可憐的樹大聲哀嘆。我用眼角餘光瞥見他消失在一扇小門後方，沒多久，雪地就被他從樹居裡舀出的炭灰染黑了。

「我破壞了我們的約定。」他遞給我一條燒焦的麵包，悶悶不樂地說。「母親一定會對我很失望。」

我向他保證，我們的約定沒有受到任何影響，因爲麵包燒焦的程度不嚴重，外皮稍微刮一下就可以吃了。他在我身旁坐下，心情明顯好了許多。

「他們沒有弄壞我的斗篷，」他伸出修長的手指撫摸海狸皮，語調透著一絲自豪，「只是變得有點髒。」

我告訴他那件斗篷還是非常漂亮。他開始用溫泉的熱氣熨燙斗篷，將它掛在低垂的樹枝上，接著轉向他的樹，從某道我看不見的縫隙中拿出一把小鏟子，動手刮下樹幹裡的炭灰。他一邊工作一邊嘀咕，聲音中雜糅著恐懼與惱怒。我從他的語氣聽出一些端倪，便告訴他我晚點會再回來問那三個問題，隨即提步離開。

✦ ✦ ✦

12 當然，這裡我指的是德葛雷與艾孔失蹤案。一八六一年，德葛雷前往奧地利研究刁蠻的羊腳山精，從此音訊全無。艾孔拚命尋找她的下落，沒想到隔年，他也在一次搜救行動中失蹤（當時大家都認為德葛雷是遇上惡劣天氣不慎墜谷，但艾孔堅信她是被精靈擄走）。多年後，不少住在貝希特斯加登阿爾卑斯山區的村民都聲稱，在冬季暴風雪期間曾聽見艾孔大聲呼喊：「丹妮兒！丹妮兒！」然而，這是否能證明他們其中一人或兩人依舊被困在阿爾卑斯山某處，外界仍有許多猜測。詳見恩斯特・葛拉夫以民族誌角度撰著的《當民俗學家成為民間傳說：艾孔與德葛雷之謎》。

我以最快的速度奔下山坡，一路上又是滑倒又是跌跤。轉動門把之際，我已經滿臉通紅，氣喘吁吁，鼻水流個不停。

我匆匆跑進小屋，差點撞上溫德爾。「芬恩還沒送早餐來。」他穿著晨袍站在桌前，一副淒涼悲苦的模樣，一頭凌亂的金髮徹底展現出他的懶散。「喔！我們的森林甜點師做了麵包。」他的目光掃過我的背包。「你有看到果醬嗎？」

「有人被他們抓走了。」不知怎的，我居然克制住內心的衝動，沒有用阿坡的麵包打他的頭。「村子裡的人。」

「嗯，我想也是。」他說。

我愣了一下，沒有浪費唇舌問他是怎麼知道的，一如我不會浪費心力質問阿坡為什麼要人類幫忙鏟雪，即便我明明就看到他踮著腳靈活地走過雪地。「什麼時候的事？」

「昨天晚上。」他的回答完全沒幫助。「在你問之前，我得先說：不，我不曉得是誰被抓走。老天，我真的很討厭那些愛唱歌的精靈，你都沒聽見嗎？嗯，看來歐黛的神奇蠟燭還是有效。那些該死又刺耳的噪音！真想叫人把我的鐘琴和魯特琴拿來，然後吊死那些自命不凡、開口玷汙這些樂器的吟遊詩人。」他看著我。「果醬，小艾。」

我的情緒想必全寫在臉上，因為他後退一步，舉起雙手擺出防禦的姿勢。我拋下麵包轉身跑出小屋，再次踏入凜冽的冬風裡。

我砰一聲推開酒館大門，只見將近一半的村民群聚於此，歐黛正在用寒光島語回答眾人的問題。在這樣的危急時刻，沒人對外國來的局外人感興趣，大家基本上完全無視我的到來。我一邊暗暗埋怨自己的寒光島語不夠流利，一邊東張西望，好不容易才在人群中瞥見芬恩的身影。他把我拉到一旁說明情況，翻譯給我聽。

被擄走的是莉莉婭。當然是她了，既是村裡的美人，劈柴砍樹對她而言也像呼吸一樣容易。他們說她和她的愛人——住在賽洛村、名叫瑪格麗特的裁縫之女——在回拉芬斯維克的路上一起被抓走了。她們騎的馬於黎明前漫步回到馬場，鞍具歪斜，上頭空無一人。這匹馬被牽到馬廄中時，其他馬兒都驚慌失措，這是高個子曾接擱過牠的徵兆。村民組成了一支搜索隊嚴陣以待，索拉和幾個幫手正在照顧莉莉婭的母親約翰娜，她丈夫去年才因溺水意外身亡，如今又出了這樣的事，令她傷心到近乎昏厥。

芬恩小聲問我，我學識淵博，又對精靈這麼了解，有沒有辦法做點什麼。不幸的是，歐黛恰巧於此刻結束對眾人的談話，走到壁爐旁加入我們。看到他們倆眼底那抹急切的盼望，我只能答應，說我會好好想想。

離開時，歐黛懇求我和溫德爾商量一下。從她臉上的神情就看得出來，她並沒有愚蠢到希望一名精靈無償提供援助，而是願意盡己所能，滿足對方提出的交換條件。莉莉婭和瑪格麗特兩人才剛滿二十歲，她們的失蹤讓大家憂心忡忡，沉重的低氣壓籠罩全村。

回到小屋後，我發現溫德爾已經換好衣服，吃過早餐（克里斯提安派了一位農場工人送食物過來），但離準備好展開搜索還差得遠。我把在酒館裡獲悉的情況一五一十告訴他，他很有禮貌地靜靜聆聽，但我懷疑他只是被我稍早的不滿情緒嚇到，而非突然良心發現。

「歐黛願意支付報酬來換取你的協助。」我直截了當地說。

「哦？」他似乎覺得這句話很好笑。「她是打算用金錢交易呢，還是想送我一隻由牛所生、毛在月光下會變成白銀的綿羊之類的東西？」

「我想，無論你要什麼，只要她有能力提供，而且不會危害到她自己和旁人，她都很願意給你。」我用上與精靈協商的慎重口吻和他談判，他似乎聽出來了，露出既膩煩又覺得可笑的表情，輕蔑地挑起眉毛，將目光轉向爐火。

「溫德爾，拜託你直說行不行？」我放下謹慎，換上平常的態度。「你是不是受到什麼禁制，不能干涉同類的行爲？」

「不是。」他若有所思地說。「況且他們也不是我的同類，小艾。你們凡人想出的這些愚蠢分類就像替風取名字一樣沒用。如果你想知道眞相，那我就告訴你，我不知道自己是否有能力拯救這對年輕的戀人，也不想賭上自己的性命去嘗試。你爲什麼想冒這個險？你根本不在乎這些人。」他慢慢露出驚訝的表情。「還是你在乎？我覺得你好像很同情莫德和奧絲洛。難道我冷血的朋友開始關心這個村子裡的人了？」

我張開嘴想如他所料地反駁，說我的動機純粹是爲了學術研究，能調查這種古怪儀式的機會可說是千載難逢，或許還能讓我們進一步了解精靈。這些都是眞的，可是不曉得爲什麼，我心裡感到一種無以名狀的孤寂。

我看向窗外的院子，只見莉莉婭留下的斧頭還卡在樹樁上。她現在幾乎每天都會來幫我們劈柴。我立刻別過頭，不忍心再望著眼前那片淒涼的景象。

對，我對他們有感情。我並非毫無人性。但是，倘若沒有科學與學術價值，我還會單純爲了他們展開搜救行動嗎？

不，我不會。

人生中有許多時刻我都選擇了理性而非同理，我選擇了封閉內心、隱藏自身情感，選擇了追求知識。我從未對這些決定感到後悔，卻很少像此刻這樣赤裸裸地直面這些抉擇。

「我們何不假裝一下就好？」溫德爾開口。

我疑惑地眨眨眼睛。「我們哪裡都不用去，」他繼續說道，「就乘著雪橇到稍微遠一點的地方，在杳無人煙的荒野中紮營，住一兩個晚上，再帶著奇異怪誕的故事回來。我相信我們倆一定能編出一套令人信服的說詞。村民聽到我們失敗應該不會太難過，他們肯定心裡有數，知道那兩個女孩找不回來了。他們會感謝我們的嘗試，而我們也會欣然接受，然後去巴黎參加國際靈俗會，博得讚譽和美名，因爲我們是第一批親眼見證寒光島宮廷精靈的學者。我會拿到贊助，而你會聲名大噪，很快就會拿到你想要的終身職。你知道最近誰被任命爲遴聘委員會的委員嗎？」他抱起雙臂，微笑看著我。

我迎上他的目光。若說我沒被他的提議打動，那是騙人的。這個計畫執行起來很簡單，輕輕鬆鬆就能瞞天過海。只是我個性實際，非得在排除這個主意前清楚表明我的顧慮。「你都有僞造研究成果的前科了，」我說，「這種誇張的說法不會啓人疑竇嗎？」

「啊，這時候你就派上用場了，親愛的小艾。你聲譽清白，沒有人會相信你參與了這場大騙局，或者應該說任何騙局。你能在最短的時間內洗刷我的名聲。」

我相信他說的話，沒多久就做出了決定。也許我並沒有、也沒辦法像我理當做的那樣在乎兩名年輕女孩的命運，但我也不會將榮譽看得比學術發現重要，將空洞的讚美看得比啓迪與智識重要。這件事關乎精靈百科，卻也關乎另一個層次更高、超越書籍本身的事物，也就是最初促使我編撰這部百科全書的動力。

「我們還不確定莉莉婭和瑪格麗特是不是眞的失蹤了。」

他發出一聲呻吟，將臉埋進掌心。我靜靜等候。

「如果你想這麼做，」他的聲音從指縫間傳來，「我會幫你。」

我仔細打量他。我已經逐漸習慣和精靈締約，光從他的嗓音就聽得出來他在跟我訂定協議，只是這次很特別，是單方允諾。我無法理解他這種行爲背後的動機。

「我想。」我回答。「要我講三遍嗎？」

「你是該這麼做，可惡的傢伙。」

我照做。

「太好了。」他沒好氣地說。「喔，別指望我幫忙收行李。這件事我是明知不可爲而爲之。要是旅糧和物資不夠，這趟瘋狂的遠征我就不去了。」

十一月十八日

旅糧和物資綽綽有餘。

全村的人齊心協力，慷慨解囊，很快就募集到一切所需。今天早上九點，我們已備齊兩匹馬和一輛雪橇，上頭載滿了糧食、木柴、毛毯及各式各樣的野外生活用品，分量夠我們用上好幾天。除此之外還有許多贈禮，有位婦人更設法抽出時間幫影子織了一件外套，讓我心裡莫名慌亂，有些不知所措；畢竟以影子的體型來說，她得花上好幾個小時才能完成。我和溫德爾在小屋裡哄著倔強的影子穿上那件有花朵圖案和俏皮兜帽的新衣服，玩得很開心。影子一直垂著頭，似乎覺得很難堪，這情形一直持續到我們兩個放棄折磨大狗，不再逼牠穿上如同刑具的羊毛寵物外套為止。接下來一個小時，影子都故意不理我。

幸好，自從莉莉婭和瑪格麗特被綁架後就沒下過雪，深入荒野的那條小徑一路暢通，幾位船員也認爲，未來一天左右都會是晴朗的好天氣。村民替我們張羅糧食和物資的同時，我和溫德爾把握行前最後一次機會，徒步來到溫泉邊。

雪地上散落著阿坡從樹幹內鏟出的炭灰，可是樹木本身依舊不見起色。看到這棵可敬的老樹一夕之間變成空殼，溫德爾不滿地大聲嚷嚷。

「那些冷血的冰塊混帳，」他咕噥，「無禮又該死的妖物。」我和阿坡還來不及開口，他就伸手觸摸那棵樹。樹木瞬間痊癒，變得茁實健康，於蒼白冬日的映襯下顯得格外蒼綠，生氣盎然。阿坡感激地大叫，顫抖著跪倒在溫德爾跟前，但溫德爾連看都沒看一眼。阿坡連忙遞給他一條烤得金黃漂亮的麵包作爲謝禮，而溫德爾只是粗聲粗氣地說：「麵包我吃膩了，給我一些能讓人在這鬼地方保持暖和的東西吧。」

「他有辦法弄到嗎？」我望著阿坡匆匆跑回他住的那棵樹，忍不住納悶。一陣雜糅著金屬碰撞聲、刮擦聲和類似冒泡聲的奇怪噪響從樹居中傳來，溫德爾只是擺擺手，繼續生悶氣。

不到一個小時，阿坡再次出現，手裡提著一只柳枝藤編籃，上頭還蓋著一條做工粗糙的羊毛毯，底下飄出令人好奇的熱氣。溫德爾毫不客氣地接過來，完全沒看藤籃裡裝了什麼。我一把搶過籃子，發現裡面有六塊糖霜蛋糕，就像寒光島人會在特殊場合或節日活動吃的那種。這些糕點做好後會自己持續蒸炊，直到上桌食用爲止。

阿坡回答我的問題時似乎心情不錯，一雙黑眼睛微微泛著淚光，手指充滿愛意地撫摸著樹根。我提出的問題很簡單：高個子把那兩個女孩帶去了哪裡？（極光泛白的地方。）高個子最害怕什麼？（火。）

「你浪費了一個問題。」溫德爾在我們離開時說道。「他們是冰雪屬性，還能怕什麼？」

「多謝你寶貴的意見。」我沒好氣地說。「不過容我提醒你，現在講這些已經沒用了。你覺得極光泛白的地方是哪裡？」

「不知道，但我等不及想找出答案。你沒問第三個問題。」

「你的觀察力還眞敏銳。」事實上，除了直覺告訴我第三個問題之後會變得很重要外，我也不太清楚自己爲什麼沒繼續問。我相信內在的直覺——如果你花夠多的時間研究精靈，就會發現他們的行爲遵循古老的故事經緯，並能感受到這種模式在你面前開展。第三個問題往往是最關鍵的問題。

兩匹毛髮濃密、健壯耐勞的寒光島馬拉著滿載必需品的雪橇在村子裡等我們。兩匹都是白馬，總覺得這好像是什麼預兆，至於是好是壞，我說不上來。這些馬兒習於在冰雪紛飛的曠野中跋涉，甚至翻山越嶺，普通的馬完全無法與之相比。

出發前，歐黛給了我一個擁抱，親吻我的雙頰。我面紅耳赤，嘴裡喃喃自語，驚訝到不知該作何反應。她接著把溫德爾拉到一旁，悄聲對他說了些什麼。他坐上雪橇，皺起眉頭。

「怎麼了？」

「歐黛似乎認爲一有麻煩我就會丟下你不管，」他回答，「不然就是會親自把你呑掉。她想給我一點好處來換取你的安全。」

「希望你答應了。」我泰然自若地說。「錢你留著，銀羊歸我。」

他翻翻白眼。又一輪無聊的道別後，我們終於出發了。

雪橇以穩定的速度順順滑過雪地。我們沿著道路行進了一個小時，兩名男子騎著馬走在我們前面，他們是第一批搜索隊的成員，負責帶我們去察看莉莉婭和瑪格麗特偏離大路的地方，沿途只見卡薩森林如流水漫過山坡，於車轍和馬蹄印上投下藍色的陰影。出發前，我和溫德爾婉拒了歐黛欲請村民隨行護衛的提議，這兩名男子便在此和我們道別，讓我倆獨自前行。

我們沿著雪地上清晰的踩踏痕跡前進。森林似乎爲我們開闢了一條小徑，彷彿兩側樹木都往旁邊歪斜，讓路給先前經過的某樣人事物。旅途中只有部分路段被障礙物擋住，有一次是一棵高大的樺樹。我發誓，從遠處望過去，那棵樹分明矗立在空地一側。四周的枝幹嘎吱作響，發出陣陣呻吟，感覺就像周圍的樹木再次慢慢聚攏，如鋸齒狀傷口逐漸癒合一樣湮滅我們腳下的小徑。

每當遇到上坡，我就跳下雪橇和影子一起走，讓馬兒喘口氣。我回頭看著自己在雪地上留下的足跡，心裡湧起一股純粹的滿足，視之爲我置身於這座陌生國度留下的印記。影子在我身旁輕鬆地大步跑跳，沒有留下任何腳印。牠向來如此。

溫德爾裹著兩件毛毯坐在雪橇上，一個勁地抱怨天氣有多冷。他的鼻子因爲擤鼻涕而變得通紅，而每當我望著沾滿細雪的樹林，著迷於林間的美麗和靜謐時，就會被他擤鼻涕的聲音打斷。最後我實在受不了，要他吃一塊阿坡做的蛋糕。他默默接受這個提議，讓我鬆了一口氣，不必費力將蛋糕塞進他的喉嚨裡。

溫熱的蛋糕柔軟得像剛出爐一樣，讓溫德爾心情大好。剩下的午後時光裡，他沒有蓋毯子，也沒有圍圍巾，而是在雪橇旁邁步前進，臉頰泛著溫暖的紅暈，雙手不經意地拂過這棵樹或那棵樹的枝椏。凡是被他觸碰過的林木都在一瞬間變得翠綠繁茂，無數紅莓、銀柳、毬果和綠寶石般的樹葉散落在雪地上，以繽紛的色彩和質地在純白世界中迸出清脆的聲響。原本的山野荒徑很快就變成了一條裝飾華美的大道，彷彿正要歡迎將領帶著軍隊凱旋歸來。爲度過漫長冬季而蟄伏的鳥兒也悄悄鑽出巢穴，一邊吃著莓果，一邊歡快地啁啾鳴叫；一隻體型瘦長的狐狸叼著椋鳥飛快跑過小徑，不屑地瞟了我們一眼，溜進天鵝絨般的暗處。

我看著溫德爾華麗張揚的表演，努力克制自己內心的敬畏。這是我第一次看到他恣意施展魔法，讓我有點緊張不安；我意識到自己習慣忽略這部分的他，或至少視而不見。爬上一道陡坡時，我轉過身，只見一片斑斕色彩在沉睡的大地上鋪展開來，縱使寒風如狼群撕咬著枝葉，樹木仍傲然挺立。

傍晚時分，我們來到一處山隘。從雪地上混亂的馬蹄印和靴子踩踏的痕跡就看得出來，第一批搜索隊便是在這裡停下腳步。我們沿著一道散發出不祥氣息的馬蹄印繼續往前走一小段，很快便看見兩側高峰像火山一樣尖聳，大過世上萬物。那些覆著寒冰的山巒與繁星的距離，肯定比與我們這些渺小如灰塵的旅人更近。

「不曉得她們此時是不是獨自在荒野中徘徊？」我說出內心的疑惑。

溫德爾聳聳肩，一副漠不關心的模樣。他又戴上圍巾和手套，但臉頰還殘留著一抹紅潤和暖意。「要不要停下來過夜？我快餓死了。」

我又逼他走了一個小時，直到抵達山隘中心。儘管溫德爾重重地嘆了口氣，但他還是走來幫忙我卸下行囊，並在山緣凹處搭建帳篷，讓我們有個擋風遮雨的地方。生火準備晚餐時，又傳來他的陣陣嘆息。我們用融化的雪水燉煮肉乾、香料和蔬菜，他目不轉睛地盯著，好像從來沒看過鍋子一樣，直到我問他這輩子有沒有自己煮過一次飯（他連在凡界都優尊處優慣了，在精靈王國裡肯定被伺候得無微不至），他才氣沖沖地說，他不覺得這有什麼差別。在我看來，答案很明顯了，便任由他在旁邊耍脾氣。燉菜雖然有點燒焦，但吃起來仍舊是一大享受，因爲可以一面欣賞溫德爾時而燙到、時而將湯汁濺得一身的掙扎模樣。用完餐後，他悶悶不樂地回到帳篷裡，用歐黛提供的毛毯把自己裹好，接著拿起針線，開始縫補斗篷上的小破洞，同時嘴裡還一邊喃喃自語，看起來就像古怪又性別倒置的命運女巫，正將未來織成掛毯。我覺得他這麼做一點意義也沒有，除了狐狸和鳥兒外，根本沒有人會看到我們，但縫衣服似乎能提振他的精神，或至少讓他閉嘴，所以我硬是壓下想開口的衝動，什麼也沒說。

十一月十九日

今天，我既爲踏入未知的科學領域而感到興奮，又擔心我們來晚了——或者更糟，連開始的機會都沒有。莉莉婭和瑪格麗特不像我們帶著行囊，移動速度自然快得多，但我還是忍不住擔憂，也許我們已在不知不覺間落入精靈的圈套，如今注定要在蒼茫的荒野間遊蕩，追逐無法企及的幻影，一事無成。

「這不是圈套。」溫德爾那雙綠眼盈滿肯定，讓我的恐懼頓時煙消雲散。「這裡只有死氣沉沉的嚴寒和綿延無盡的貧瘠荒原。」

他似乎無法欣賞眼前這片赤裸裸的美，無視於令人震懾、充滿野性的山脈和壯闊的冰川，時間以凍結的流水之姿攀附在岩石上，宛如一條條細小的絲帶。過去兩個晚上，極光都在夜空中翩翩起舞，波浪般的綠色、藍色與白色交織起伏，讓天幕宛若一片冰冷的海洋，他卻連看都沒看一眼。在第二晚，他用魔法喚來三棵柳樹和濃密又帶刺的翠綠冬青樹籬，讓它們像床簾一樣將帳篷圍起來，抵禦寒風。

「哇，你看！」我坐在篝火旁仰望著絢爛的光彩，忍不住驚呼。我承認，我很希望他能和我一起欣賞這片美景，但他只是嘆了口氣，讓我有點失望。

「我想看的是渾圓如蘋果的丘陵和綠意盎然的森林，」他說，「並不想看這些極北之境的小玩意兒。」

「小玩意兒！」我氣得大叫。本來想罵他一頓，可是他凝視著火光的表情眞摯而惆悵，我這才意識到他不是想惹我生氣——他只是想家。他一直都很渴望回到故鄉，而這個環境嚴酷又陌生的地方將他的思念磨成了利刃。

就和往常一樣，我不曉得該如何應對這類情況。問他問題會減輕他的悲傷，還是讓他更難受？我應該（天哪）試著擁抱他嗎？最後，我只是叫他多設點圍籬，擋住刺骨的寒風，因爲我知道他喜歡像這樣使用他的法力。於是他變出一道籬笆，上面綴滿了鮮豔的莓果，讓我想起聖誕樹；除此之外，我腳邊還多出一叢完全沒必要的雪花蓮，但我默默忍了下來。

我小心翼翼地將左手掩藏在手套之下。其實我不想這麼做，我更想把手套脫下來，對著溫德爾的臉揮舞我無名指上那圈愈來愈清楚的黑影。現在我知道那是什麼了——是一枚戒指。我心底瀰漫著一股前所未有的恐懼，但我沒辦法告訴他，也無法給出任何可能讓他懷疑的暗示。無論那是什麼魔法，它都牢牢掌控著我。更令人擔憂的是，有時連我也會忘卻自己中了咒法。只希望這件事不會影響到這趟遠征與搜救行動。

我用眼角餘光留意溫德爾的狀況。只見他蹙眉望著篝火，暗影下的漂亮眉毛間有一道皺紋。眞希望他能抓住我，然後……然後……

我的頸子瞬間漲紅。他有什麼理由那麼做呢？

我說我要去洗手間，溫德爾一如往常地嘲笑我，但我不在乎。我始終認爲，就算身在荒野，也該盡可能維持個人尊嚴。我讓他和影子留在營地享受溫暖的篝火，獨自走了好一段距離，終於找到一棵夠大、足以讓人蹲在後面的樹（我們已經離開了森林，周邊只剩零星幾棵看起來病懨懨又有點淒涼的樺樹）。我以最快的速度上完廁所，踏著積雪匆匆走回營地。

如今回想起來，我不知道自己的觀察力夠不夠敏銳。當然，我隨時保持警覺，進行田調時我一向如此，但也許是陌生的地景和覆著白雪的晦暗高山，讓我誤以爲這裡不會有生物突然現身湊近，更別說是精靈。畢竟在我的職業生涯中，精靈總是讓我聯想到綠色植物、水和生命。

幸好，我的反應很快。瞥見光線在林間閃爍的那一瞬，我停下腳步，緊握住銅幣。那是一抹灰濛濛又毫無暖意的光，看起來就像星星一樣。一陣風吹過樹林，捎來細微的鈴鐺聲。我不爲所動——多虧過去累積的經驗，我很清楚該如何閃避精靈魔法。但我的頭還是有點暈，倘若沒有金屬物保護，我很可能會被蠱惑。

他們是群居型精靈。一發現我沒被音樂吸引而走近，他們就變得很感興趣，上前將我團團包圍。我當下立刻意識到自己身陷險境，因爲他們是「暴格」，所有外表醜陋、智力低下、心懷惡意的泛精靈都被歸到這個有爭議的分類。暴格普遍生性貪婪，卻喜歡蕭瑟荒涼之地，因此有人認爲他們很享受飢餓感。遇到活物時，他們會以各種令人不快的方式來吞吃對方，其中最常見的是用其隨身攜帶的小灶火將肢解後的屍塊逐一烤熟。

以泛精靈而言，暴格不算矮，有些甚至長得和人類一樣高。眼前這群暴格的身高大概到我的肩膀，一具具骷髏骨架上披著類似皮膚的東西，看起來彷彿用冰塊雕成的精怪，輪廓有稜有角。他們不時遁入又遁出雪堆，類似阿坡隱身消失在樹居裡那樣，因此我並未看清楚他們的樣貌，只能瞥見一個個沾滿霜雪、蒼白泛灰的身軀，穿著月光織成的斗篷，手指像阿坡那般尖細如針，還有一口相稱的利牙。有些暴格拿著鈴鐺，有些則捧著裝有灰藍色灶火的小罐子，他們會沿途折斷細小的樹枝作爲柴薪，讓火苗維持不滅。這群暴格繞著我打轉，一邊互相耳語，一邊上下打量我。他們的聲音有如寒風捲起陣陣雪浪，我完全聽不懂。暴格的習性與行爲模式非常接近動物，目前尚不清楚他們是否具有人類所謂的語言能力。

我內在的學者已經用精靈語擬好問題。我想知道他們能不能理解我說的話，也想多花點時間和他們相處，以便進一步觀察研究。就在這個時候，其中一隻暴格突然從我肩膀後方探出頭，用冰冷而鋒利的手掐住我的脖子，俯身咬了我的耳朵一口。

我聞到一絲雜糅著松煙和血腥味的氣息，猛地往旁邊一閃，吐出一句破力咒[13]。我曾前往清寂淒涼的荒野角落，以賄賂的方式向蟄居於該處的古老精靈探問破力咒，目前已經學會了其下兩種咒語。

其中一句咒文毫無用處，是我在昔得蘭群島進行田調時偶然學到的。當時我正在追查一位傳說中的女巫型精靈，當地人不知道她究竟是女妖，還是某個因失寵或遭罷黜而逃亡的宮廷精靈朝臣。我至今仍無法確定事實眞相爲何。一日黃昏，我在沙灘上遇見了她。她穿著破破爛爛的淺色服裝，看起來跟一堆漂流木沒兩樣。她問我可不可以暫時收留她，我自然一口答應，帶她回到我下榻的旅館，讓她睡我的床，我自己則打地鋪，就連她要我幫她洗腳，我

13 有關破力咒的描述，最早可追溯至安娜貝爾·勒瓦瑟的記載。這是一種非比尋常、極為強大的精靈魔法，而且不僅限於宮廷精靈，泛精靈和凡人也可以施放（但後者的威力明顯弱很多）。破力咒真正的起源至今仍是個謎，只知道是某位法力高強的精靈魔法師（這個詞有點尷尬，因為每個精靈都懂魔法；總之我指的是那些特別擅長使用法術的精靈）在某個時刻發明了這些咒語，並告訴少數幾位摯友和盟友，一說可能是由英格蘭南部知名精靈魔法師翠藤·史密斯所創。正如勒瓦瑟在訪談一位垂死的宮廷精靈時發現的，破力咒最奇怪的地方是倘若不常使用，就會忘個精光。也許這就是此類咒語之所以如此神祕又鮮為人知的原因，連精靈也不甚熟諳，否則那些渴望權力的統治者怎麼會到現在都還沒用來對付敵人？（不過其中有些咒文不太實用就是了。）

也照做。她的腳很小，彎彎的，像貝殼一樣。衣衫襤褸的她穿著好幾件可能曾經很精緻的長袍，外面還披著連帽斗篷和數條披肩，整個人包得緊緊的，我始終無法看清楚她的長相。她問我想要什麼作爲回報，我表示自己在尋找破力咒，尤其是那些對我來說有用的咒文。我並不指望她能給出什麼答案（很少有精靈知道這類咒語），沒想到她二話不說就教我一句。她離開後，我才摸索出咒語的作用，心裡免不了失望。這句咒文只有一個用途，就是找回遺失的鈕釦。我很少用到，也不懂爲什麼有人會費盡心思發明這種魔咒。我的結論是：精靈就是這個樣子。

以眼下的困境來看，召喚鈕釦沒什麼用，幸好我學會的第二種咒文可以讓施咒者暫時隱身，這就實用多了。當然，跟尋釦咒相比，習得隱身咒的過程相對輕鬆：經過幾次審愼明智的判斷和賄賂，我找到了一棵有小矮人棲居的樹，並用一歲的牛犢和那名老朽的小矮人交換咒語。

總之，在我唸出隱身咒的瞬間，那群暴格憤怒地尖叫，不停胡亂摸索想抓到我。不幸的是，咒語的效力很快就消失了。

至少當下我重拾了自尊。我相信，只要給我時間，我一定能自己應付這群妖精，跟他們講道理，以公平合理的交易來換取自身安全。我曾這麼做過。可是當前情況危急，光有信念和能力無法令人寬心，我也沒有高傲到明明援兵近在咫尺，還要爲了自尊去冒生命危險。於是我放聲大叫：「溫德爾！」

暴格絲毫不在意我扯開喉嚨吶喊，顯然他們早就習慣迷路的旅人大聲呼救。其中一隻抓住我的斗篷，來回使勁扭扯，宛如一頭野獸要將我拽倒在地。但我也不用再呼喚溫德爾了。

他從一棵樹後面走出來，也可能是從樹幹裡，我沒看清楚。溫德爾伸手探向那隻抓著我的暴格，啪一聲扭斷它的脖子，全然出乎我的預料。我踉踉蹌蹌地從他和那具支離破碎的屍體旁退開；一看到我頸間的勒痕，溫德爾整張臉霎時蒙上陰影，眉宇間透著一種超越憤怒的情緒，讓他看起來有如某種猛獸。那群暴格像樹葉一樣四散開來，但他們太好奇也太愚蠢，完全沒想到要逃跑。

「你有沒有受傷？」

「沒有。」我不知道自己怎麼有辦法硬是擠出這句回答。我之前也看過溫德爾生氣，可是這次他的怒火似乎如電光竄遍全身，在他體內奔湧翻騰，威脅著將一切焚燒殆盡。

他揮揮手，一棵顏色深暗、醜陋駭人的樹便從積雪中拔地而起，樹身布滿尖刺，枝幹鋒利如刃。那些樹枝猛地往外伸展，將暴格穿刺成串。他們懸在半空中無處可逃，只能拚命扭動尖叫，而溫德爾以完美、冷靜而殘忍的方式將暴格一一撕成碎片，讓斷肢、心臟及其他我認不出來的器官散落在雪地上。他不疾不徐、有條不紊地奪去暴格的性命，任憑他們嚎叫掙扎。

我僵在原地動彈不得。當然，這跟看著人類死去不同（這些雪精靈嚥下最後一口氣後，就會像故事中的女巫一樣融化），但也已經夠糟了。他有如一隻貓面對眾多受傷的小鳥，不打算一次解決，就這麼讓鳥兒流著血拍打翅膀，一隻一隻地殺。當用來串刺的樹枝不堪重壓而斷裂，一隻暴格趁隙逃跑，他竟然放聲大笑，嗓音中不帶一絲人性。他讓那隻暴格以為自己成功脫逃，接著才冷靜地施展魔法，瞬間移動到對方面前，將之開膛剖肚。

解決最後一隻暴格後，他體內那股瘋狂而專注的怒火幾乎是立刻消散。他甩掉斗篷，對著在我眼中早已化成水的血跡驚叫，然後氣沖沖地走到附近的清泉邊刷洗，留下我呆呆地望著最後幾具抽搐的屍體。頃刻後，我意識到自己不能繼續坐在那裡，也沒辦法面對他，於是站起身，搖搖晃晃地踏入荒野。

我來回踱步，走了大約半個小時，喉嚨裡含著膽汁，雙眼則因莫名冒出的淚水而刺痛。慢慢地，非常非常緩慢地，我的身體變得不再顫抖。我逐漸冷靜下來，能以理性的態度來看待一切。

我的問題很明顯——我還沒有眞正將溫德爾當成精靈。要是我全然接受這個事實，他的舉止就不至於那麼懾人。爲了我的理智，也爲了我倆的安全，我最好盡快調整自己對他的看法。

我回到營地，發現他又在縫斗篷。我看不出他的斗篷哪裡破損。不曉得他這種習慣與執著是否反映出他的天性，想透過其他方式讓當前的生活樣貌更整潔、更有家的感覺。

「你回來啦！」他抬頭看著我，似乎鬆了一口氣，而且語調一如既往，彷彿一個小時前那種恐怖狂烈的暴戾不過是打個噴嚏而已。要不是我早有預料，也習慣了他的喜怒無常，肯定會嚇得魂飛魄散。

我並不是說這一點都不可怕。

「我只是出去走走。」我脫下靴子，窩在毛毯裡。「不用擔心。」

「你確定？」他注視著我。「我回來時發現你不見了，想說剛才是不是嚇到了你。對不起，我一時情緒失控。」

我眨眨眼睛，很訝異他居然會自我反省，完全不像平常的他。「沒什麼好道歉的，你只是在保護我——手段是有點激烈沒錯，但要是因爲這樣責怪你，未免也太蠢了。」幸好我的聲音只是微微顫抖，深呼吸幾次就恢復正常。

他看著我的眼神有點奇怪，似乎很佩服，又夾雜著些許哀傷。難道他希望我嚇得尖叫，從他身旁跑開嗎？不會吧。

「小艾，我親愛的噴火龍，」他說，「我認爲我得想個辦法向你賠罪。恐怕我已經這麼做了。」

我順著他的目光看過去，只見枕頭上擺了一件我從沒看過、形狀古怪的羊毛織品。

我一把抓起那件衣服，滿肚子火。那是我的毛衣！「搞什麼……你到底……」

「我很抱歉，」他沒有抬頭，手中的針線不停來回穿梭，閃爍著微光，「但你不能要我和那些勉強稱得上是衣服的東西生活在一起，這樣很不人道。」

我抖開毛衣，目瞪口呆地望著眼前這件衣服，差點認不出是同一件。對，顏色一樣，但羊毛本身似乎變得更細緻、更柔軟，卻依舊保暖，版型也不再是寬鬆的方形輪廓，變得只是微鬆，同時又能清楚勾勒出我的身型。

「從現在起，你那雙髒手不准靠近我的衣服！」話才一出口，我就意識到自己罵得太過分了，瞬間漲紅了臉。但溫德爾一點也不在意。

「你知道有些人爲了讓精靈王打理他們的衣櫥，不惜獻出自己的長子嗎？」他平靜地剪斷一根絲線。「在老家，每個朝臣都想占用我幾分鐘。」

「精靈王？」我看著他，坦白說不是很驚訝。這或可解釋他所施展的魔法。根據相關故事記載，精靈國王或女王可以汲取並運用領土本身的力量。這種力量雖然強大，但還是有其局限，譬如有些傳說就描述精靈君主中了人類的詭計，而溫德爾的流亡當然也是例證。

「哦，那個啊。」他把針線塞回針線盒裡。「嗯，我只當了一天的國王。加冕典禮結束後就發生了行刺未遂的事件——接下來你也知道，我親愛的繼母逼得我不得不逃到凡界。」他躺下來，閉上眼睛。「那可眞是多事的一天。對了，你另外一件斗篷我也改過了。」

「天哪。」但他已經沉沉睡去，所以我沒辦法繼續嘮叨，只能默默對他生氣。我腦中閃過一個念頭：他該不會是故意這麼做，好讓我氣得忘了內心的恐懼吧？

十一月?日

我真的不想用誇張的文字來玷汙這幾頁日誌，但現實情況是，這可能會是我寫下的最後一段話。我不曉得自己還有多少時間、還能握住這枝筆多久，所以我的敘述會盡量簡單扼要。

昨晚（如果是昨晚的話；身在精靈世界中無法判斷究竟經歷了多少時日），我被一陣噪音吵醒，溫德爾召喚來的那棵詛咒之樹不斷刮擦著帳篷，而暴格臨死前的哀號在空氣中迴盪，彷彿那棵樹將他們的尖叫聲蒐集起來，像紀念品一樣保存著。聽到這個聲音後，就很難再睡著了。

我摸索著掏出懷錶，發現還不到六點。距離破曉還有很長一段時間。

我環顧四周尋找影子，發現這隻叛徒蜷縮在溫德爾身邊。不過一聽到我的動靜，牠便立刻抬頭。溫德爾整個人埋在毛毯堆下（明明大部分的毯子都蓋在他身上，他還是一直抱怨很冷），唯有一簇金髮從兩疊毛毯間的縫隙探出來。

我走到帳篷外，想早點生火吃早餐，只見兩匹馬兒背對著悶燃的炭火，緊緊依偎在一起。

極光在天空中流淌。

我僵在原地。綿長如緞帶的白光一路開展，探向地面，愈往下愈細，綠色與藍色的光芒卻絲毫不受影響。就像手指沾著顏料拖過畫布那樣，彷彿有什麼力量將銀白的燦爛光芒拉向大地，落在起伏的山脈之外，看起來距離營地不到兩公里遠。

有好一段時間，我什麼也沒做，就只是靜靜站在原地，腦中思考著各種計畫和可能性。

選定路線後，我又思忖片刻，接著回到帳篷裡換好衣服，習慣性地將筆記本塞進口袋。我拿出藏在書包底部的金鍊項圈——這件事我一直設法瞞著溫德爾，不讓他發現，而他長久以來也始終沒懷疑過影子，讓我覺得很有趣。

我將項圈套在影子頸間。影子坐了起來，靜默無聲，用牠那不可思議的方式讀懂了我的心思。

溫德爾完全沒有動靜。考量到他的習慣，我想他大概還要好一陣子才會醒來。我將自己的毛毯蓋在他身上，想讓他睡得舒服點。現在除了他的金髮外，還能看到他一側的手肘、顴骨和有著長長黑睫毛的眼睛。

我用手指輕輕梳過他的頭髮，一方面是因爲我一直有股愚蠢的欲望想這麼做，另一方面是爲了表達歉意。畢竟我這一去，很可能不會再回來，就算回來，他也絕對不會原諒我，但經過昨天那場插曲後，我實在不能冒險帶他同行。溫德爾就像其他精靈一樣難以捉摸，若是有宮廷精靈敢動我一根寒毛，我眞的不曉得他會不會再次發狂暴怒，讓我們陷入難以脫逃的險境。他曾坦言，他也不知道自己是不是那些冰雪精靈的對手。儘管擁有強大的法力，他畢竟只有一個人；又有鑑於他完全缺乏自制力，光一個他就很容易鬧得太過火。

不行，這場行動需要的是冷靜和理性，所以我只能靠自己。

我穿上雪鞋，帶著影子出發，以牽繩讓牠緊跟在我身邊，不超過三步的距離。我只回頭瞥了一眼——其中一匹馬用一種如釋重負的憎惡眼神望著我，讓我有點惱怒，不管怎麼說，我至少沒有強迫牠遠離溫暖的炭火。那棵殘暴的樹宛如寵愛子女的母親般斜倚在帳篷上，肥美得令人作嘔，不知怎地看起來似乎還洋洋得意。眼前的這番景象已足以消弭我心頭的疑慮。

我們不停往前走，踩過積雪上的冰殼，能聽見雪鞋在我腳下發出輕柔的嘎吱聲。寒風不時拂過坡地，捲起朦朧雪霧，驚擾沉眠的群山。極光則有如銀色雨點陣陣落下，墜入兩座嶙峋陡峰間的谷壑。

我慢慢意識到，我們明明已經走了很久，卻好像完全沒有前進，目的地仍在遙遠的彼端。我們不停在魔法世界外徘徊，得找個方法進去才行。於是我鬆開牽繩，讓影子離我四步遠，然後是五步遠。慢慢地，極光愈來愈近。

我們就這樣踏入了另一個國度。

確認來到精靈的界域後，我便收緊牽繩，將影子拉到身旁。隨著我們逐漸深入異境，影子的體型也愈來愈巨大，最終變得比原來大了一倍。牠的口鼻幾乎與我胸口等高，形狀也變得更尖，像狼一樣，腳掌碩大無比，但牠依舊平靜如常地跟在我後面，黑色眼眸裡盈滿信任。

我小心翼翼地登上最後一道山坡，接著壓低身子，來到一塊巨大的火山岩後方蹲下，探頭東張西望。

只見下方有座結冰的湖泊，輪廓呈完美的圓形，就像一隻晶亮閃爍的大眼，映著明月和繁星的倒影。湖畔小徑的兩側佇立著許多冰製燈柱，上頭懸著掛燈，透出和極光一樣的冷白色光芒。沿著小徑望去，可以看見零星四散的長椅和攤販，攤位上方垂懸著明亮鮮豔的藍色與乳白色遮篷。食物的香氣隨風飄來，能聞到煙燻魚、火烤堅果糖和香料蛋糕的氣味。這是一座冬日市集[14]。

眾多精靈腳步輕盈地滑過結冰的湖面，從一個攤位逛到另一個攤位。他們的樣貌並不像我想像的那麼奇怪。事實上，如果正面直視，他們看起來就跟人類一模一樣，只是有點太過美麗和優雅；若斜著眼看，便會發現他們的形體皆由寒冰與結霜的灰燼塑成，纖細如刀的身軀有時甚至會融入風景，成爲環境的一部分，就像我在阿坡身上觀察到的那樣。他們大多有著絲滑柔順的潔白髮絲，質地與人類的頭髮截然不同，比較像雪狐或野兔的毛，就連眉毛也是如此；有些精靈的手背上覆著同樣的纖細毛髮（或是毛皮），在袖口下若隱若現。

我沒有聽到音樂。冰上的精靈顯然都隨著同一首曲目翩翩起舞，但影子的存在讓我聽不見他們的樂音。當然，我心底其實有點希望能像神話英雄奧德修斯一樣將自己綁在船桅上，只爲了聽聽海妖的歌聲。可是我沒有船，也沒有船員能阻止我被樂聲迷惑，把自己淹死。

我很想拿出筆記本和相機。這麼做似乎很冷血，因爲莉莉婭和瑪格麗特很可能正在冰面上逐漸消亡，但我已發誓要誠實記錄一切，直到最後一刻。有好一段時間，我只是靜靜望著那群精靈，腦中未曾思及那兩個女孩。我想到布夏在埃及羅塞塔發現一塊奇怪石板，還有伽達默爾透過樹林間的縫隙窺探哥布林之城的情景。他們當下的感受就是這樣嗎？敬畏中夾雜著驚嘆和難以置信。我想，當一個人的職涯全都在努力追求一個目標，並爲之建構出各種幻貌，想像著親歷的當下會是什麼感覺和模樣時，一旦這些搭築起來的虛構框架轟然倒塌，此人就會陷入一陣茫然，腦袋一片空白。

最後，我強迫自己將思緒拉回到失蹤的女孩身上。沒多久，我就在茫茫精靈海中找到了兩個美麗又可怖的凡人。她們就在市集裡，一起於結冰的湖面上滑行。漂亮的瑪格麗特將頭靠在莉莉婭肩上，原本應該是兩個相愛的普通年輕人，如今動作卻像牽線木偶一樣僵硬，臉上的笑容平淡而茫然。莉莉婭不時抬起頭，帶著笑意的臉龐微微皺眉，透出一絲困惑。我心裡萌生一線希望，也許她們還有救。

我沒有試著溜進市集，這麼做沒有意義。我只是掛上空洞木然的微笑，漫步走上前去。多虧幸運之神眷顧，我找到了一對精靈伴侶。起先我就像孩子跟在父母後面一樣亦步亦趨，好讓其他精靈以爲是這兩名族人帶我來的。他們對我露出笑容，我也微笑回應，假裝沒看見他們眼底飢渴的欲望。事實上，那些目光讓我喘不過氣，感覺很不舒服，好幾次差點站不穩；有那麼一刻，我甚至忍不住發抖，闖進精靈市集簡直跟走進滿是老虎的森林沒兩樣。

影子緊隨在側，以各種微妙而隱晦的方式保護我，我則專心數著牠呼吸時吐出白霧和走路時搖晃尾巴的次數。以前我常用這招來轉移注意力，以免被魔法蠱惑，現在則是用來阻止自己尖叫著跑回荒野中。

所有精靈都對影子視若無睹，就連牠純粹出於厭惡而轉頭撕咬他們身上的華服時也一樣，瞄都沒瞄一眼。像是一名身穿海灰色長袍的男性精靈，他的衣服上鑲著裝有風暴雲的珠寶（他們在斗篷下穿的都是繫有腰帶的長袍），影子猛地咬住他的腳後跟，讓他嚇得跳起來，

14 除了俄羅斯外，幾乎所有已知的宮廷精靈（及不少泛精靈）都很喜歡市集和市場；在民間傳說中，這類市集經常被描繪成精靈世界與人類世界的間隙，也難怪這麼多偶遇精靈的故事裡都有這般場景。精靈市集雖然性質各異，有的險惡陰森、有的娛悅宜人，但基本上少不了以下特色：（一）舞蹈，有時精靈也會邀凡人遊客一起跳；（二）五花八門、販售各式商品與食物的攤販，只是凡人遊客事後會對他們賣的東西毫無記憶。這些市集通常在晚上舉行，有許多學者試圖將這些活動記錄下來，其中被引用最多次的是巴塔沙・藍茨，他曾成功走訪兩個巴伐利亞精靈市集，後於一八九九年失蹤。

飛快轉頭往後看，但他的目光卻直直穿過影子，落在雪地上。

此刻，各色精靈美食當前，少有樹靈學家能抗拒這種誘惑，特別是那些施了魔法的宮廷精靈飲食。我知道有幾位學者終其一生致力於研究這個主題，願意不惜一切來換取這樣的試吃機會。我在一個販賣烤乳酪的攤位前駐足。那是一種非常古怪的乳酪，表面的菌絲紋路閃閃發光，聞起來很香。精靈小販將烤乳酪滾上碎堅果，插在棍子上遞給我，但一碰到我的手，乳酪就開始消融。小販目不轉睛地看著我，我只好吃一口，裝出開心的表情。那乳酪嚐起來就像雪一樣，沒幾秒就融化了。接著，我來到一個設有煙燻棚屋的攤位。顧攤的精靈遞給我一塊細嫩的魚片，儘管經過燻製，魚肉的顏色卻幾近透明。我拿給影子吃，但牠只是用不解的眼神看著我，於是我改將魚肉放入口中，發現沒什麼味道，而且很快就在舌尖上融化了。

我就這樣一路閒逛走向湖岸，心中明白自己該做點什麼，以免引起懷疑。因此我在酒商的攤位逗留了一會兒。他的攤位最大也最亮，一道雪牆高高豎立在後方，迎著掛燈反射出刺眼的光芒。我不得不低頭看著自己的腳，眨眨眼睛，以驅散差點流出的淚水。這時，有個精靈將一只用冰製成的酒杯塞進我手裡。他們的酒就和食物一樣香氣四溢，聞起來有糖漬蘋果和丁香的味道，只是在杯裡滑動的樣子很詭異，不太像酒水，比較像油。影子不停對著酒杯低聲咆哮，但牠剛才看我品嚐那些小吃時並未出現這樣的反應，所以我決定將酒倒在雪地上。

酒商旁邊是一個賣小飾品的攤位，架上擺著冰凍的野花（許多精靈都將這樣的花飾插戴在髮間，或是穿進斗篷上閒置的扣眼），以及一排排美麗的珠寶別針。這些珠寶與我至今見過的都截然不同，而眼前少說有上百件首飾，大多是深淺不一的白色和冬灰色調，每一件都獨具一格。我選了一枚別針，不曉得為什麼，我就是知道那色澤正如同冬天掛在劍橋圖書館石砌窗臺上的冰柱。可是我才別在胸前沒多久，首飾就化成了一灘水漬。

湖畔有一小片以冰晶白沙構成的沙灘，許多觀眾聚集在那裡欣賞舞蹈。我在精靈群中發現了另外兩名年紀輕輕的凡人，一男一女，正將手臂搭在兩個可愛的女精靈肩上。我才觀察了一下，就知道自己完全幫不了這兩人，只能在他們茫然的目光中顫抖著別過頭。

我凝視著那些在冰面上迴旋的舞者，絕望感沉沉壓上心頭。在聽不見音樂的情況下，我到底該怎麼做才能把正在跳舞的莉莉婭和瑪格麗特救出來？一踏上湖面冰層，我的身分就會立刻曝光——我的確是笨手笨腳沒錯，但我想即便是受過舞蹈訓練的人，也無法隨著聽不到的節奏做出相應的肢體動作。

正當我站在原地思索對策時，一陣窸窣聲從我肘邊傳來。一位美麗的女精靈注視著我，她兔白色的頭髮被編成一條長過腰間的辮子，一雙藍灰色的眼睛與身上那襲綴著冰柱的多層次長袍搭配得天衣無縫。我以為那些冰柱會像鈴鐺一樣發出清脆的聲響，可是卻沒有聽見任何聲音，也可能只是我聽不見。

「這件斗篷真美。」她講的是寒光島語。我面無表情地看著她，用英語說我聽不懂。她微笑著用英語重複一遍，直勾勾地盯著我的斗篷，銳利的眼神透著貪婪。

起初我以為自己不小心穿到了溫德爾改過的那件斗篷。我低頭察看，發現它會隨著我的腳步在身邊旋繞飄動，非常迷人，而且是我穿過最保暖的斗篷，但不是我想的那件，而是我昨天穿的舊斗篷。該死的溫德爾，他昨晚一定是在我脫下這件斗篷後又醒來縫補過，就像他那荒唐的祖先潛入鞋匠店裡偷偷幫忙做靴子一樣。

「一個小麻雀似的女孩穿著魔法斗篷做什麼?」女精靈伸出一根纖長的手指順著我的衣袖拂過。那輕輕一碰，就讓我的手臂凍痛了好幾個小時。

我向她屈膝行禮，腦中思緒飛轉。何不給她一個算是實話的答案呢?「這是來自oíche sidhe(夜精靈)的禮物，夫人。」

我不知道她聽不聽得懂那個愛爾蘭詞彙，但她似乎理解無礙，大概就像精靈縱使從未聽過英語，也能明白並使用這個語言一樣。「做工眞是精細，就算是以小傢伙來說也一樣。」

她對我的關注讓其他精靈也開始好奇。大家紛紛停下腳步稱讚我的斗篷，在我身旁圍成一圈。我感到很不安，畢竟我一次只能直視一名精靈，其他用眼角餘光瞥見的身影全都是如鬼魂般似有若無的形體。影子從喉嚨深處發出低沉的咆哮聲，而我望著這些精靈滿是飢渴和貪欲的眼神，突然想到：不論出於什麼原因，既然他們會渴望流著溫熱鮮血的人類，自然也可能將溫德爾一族視爲難得的美味。

溫德爾果然該死。

唯一發生的好事是，莉莉婭也注意到我了。她牽著瑪格麗特的手慢慢滑過來。瑪格麗特是個髮色深暗、身材苗條的女孩，身高還不到莉莉婭的下巴，整個人散發出一種纖弱之美。她戴著一頂歪斜的冰柱王冠，寒冰正慢慢融化，滴進她眼裡，因此她老是在眨眼，我認爲這是精靈充滿惡意的嘲弄。瑪格麗特目光呆滯，但莉莉婭眼中閃過一絲理解，跌跌撞撞地朝我走來。

我凝望著莉莉婭，微微搖頭，然後彎了一下手指。她放慢腳步，似乎明白我的意思。她和瑪格麗特如鳥兒般輕盈優雅地踏出冰面，漫步到我身旁，彷彿只是和其他精靈一樣，對我的斗篷感興趣。她們靠近的那一刻，我放長牽繩，要影子站到她們旁邊，好讓牠的魔力發揮效用，削弱音樂對她們的影響。

莉莉婭率先回過神來。整個過程看起來很怪，彷彿她的意識先前蜷縮在某個黑暗角落，如今再度回到自己眼中。幸好，周圍的精靈並沒有注意到她，而是繼續纏著我問東問西，像是這件斗篷穿了多久、我還有沒有其他類似的斗篷等等。

「別一直打擾我們的貴客了。」一個輕柔的聲音說道。一名男精靈走過來，他的眼眸是冬日黎明的紫羅蘭灰，身形高大修長，比其他精靈更美，腰間還佩著一把冰劍。雖然他衣著簡樸，服裝上沒有鑲嵌任何珠寶或冰柱，但舉手投足間都透著一種我再熟悉不過、傲慢而從容的優雅，彷彿整個世界只是張巨大的沙發，他可以慵懶地躺在上面。

我差點喘不過氣。我不清楚他究竟是什麼身分，可能是王子、領主或介於兩者之間的貴族，但這不重要。精靈群眾逐漸散去，有的鞠躬，有的低聲表示敬意，最後只剩下他和我們。

「跟我來。」他的語調近似音樂，要是沒有影子，我一定會被他的聲音吸引。他帶著我們沿著湖岸前進，一路上變出許多小巧的冰柱花鋪在我們腳下，彷彿他和溫德爾之間的對稱性還不夠驚人似的。一遠離群眾，他便轉過來看著我。

雖然我直視著他，卻不時覺得自己的目光好像直直穿透他的面孔，盯著後方的山脈和星空。他的眼神充滿戲謔，不知道爲什麼，這比我從其他精靈身上看到的惡意更加駭人。他全身上下的一切都讓我覺得自己微不足道，好像我只是他目光所及的一件玩物，他隨時都有可能一派悠閒地用手將我捏碎。

「你沒有被魔法影響。」他的語氣很平靜。「我懶得問你是怎麼辦到的——你又何必告訴我？事實上，我也不在乎。人類就像狗一樣，自有一套把戲。我只想要那件斗篷。」

儘管一時很難消化這麼多資訊，但我只停頓片刻便冷靜下來，很快說道：「既然如此，你何必問呢？爲什麼不直接拿走就好？」

其實我已經猜到答案了，我只是想讓他覺得我無知，甚至比他想的更無趣。「這樣對我來說沒什麼價值。」如我所願，他用上十分厭倦的語氣回答。「我要的是你心甘情願地送我。」

這是當然——大多數精靈偷東西都是一時興起，他們更喜歡收到贈禮[15]。「交換條件是……」

「我不會揭穿你。」他的語調彷彿在最後無聲地加了一句：「這不是很明顯嗎？」

我注視著他良久。老實說，我怕他怕得要命。他就站在我眼前，睜著一雙顏色猶如黎明的眼睛，身側佩著冰劍，臉孔還映著點點星光（我指的是字面上的意思，他的臉有部分是冰做的，繁星映射其上，看起來就像雀斑一樣）。要不是他讓我想起溫德爾，單憑我過去和精靈打交道的經驗，我大概會立刻順服於他，或乾脆屈從本能逃走。不知怎的，這個念頭讓我逐漸鎮定下來，接著說道：「還有，你要爲我們指引一條路，帶我們離開這裡。」

他驚訝地看著我，露出先前不曾出現的表情。我猜他向來沒什麼理由和凡人討價還價，畢竟他只需要用歌聲來迷惑他們，再榨乾他們的心靈就行了。他淡淡一笑，彎腰摘下一朵剛才變出來的冰柱花，將它搖晃幾下，花瓣便展開融化，流過他掌間。而融水凝固之時，他手裡便多了一件白色毛皮斗篷。毛皮質地很粗糙（可能是熊皮吧），而且跟我的拳頭一樣厚。

他把那件毛皮斗篷遞給我，另一隻手探向我的斗篷。「這不是我要的東西。」我大吃一驚，想都沒想就脫口。

他望著我，神情猶如冬季般古老而剛強。我突然覺得他一點也不像溫德爾。「要是你凍死，知道出路又有何用？你成功逃離的機率已經夠低了，心存感激地拿去吧。」

✦ ✦ ✦

我們以最快的速度離開那座湖，在林立的攤販間穿梭。中途我們躲在其中一個攤位後面，我幫莉莉婭和瑪格麗特將斗篷翻過來反穿，至於我身上那件精靈製作的斗篷，我連掀都懶得掀。

接著，我教了她們隱身咒，雖然人類施展此咒可暫時瞞過泛精靈，不確定對宮廷精靈是否有效，我還是將咒文傳授給她們。莉莉婭看起來逐漸尋回原本的自己，在面對危險時比我更冷靜，完全照我的話做，沒有半點質疑。瑪格麗特的眼神茫然依舊，不過至少她現在眉間皺起一絲困惑。她的冰柱王冠不停融化，卻始終沒有變小；我試著將王冠從她頭上拿下來，結果差點凍傷。

「你能幫幫她嗎？」這是莉莉婭問我的唯一一個問題。我在瑪格麗特身上窺見了歐瑟西

15 泛精靈能從凡人的贈禮中獲得力量，這是不爭的事實，但更強大的宮廷精靈是否同樣如此，目前仍眾說紛紜。在我看來，答案一直都是肯定的。若說這個觀點「聽起來不合邏輯」，並不足以作為反面論據，因為跟精靈有關的事不能單純用人類的邏輯來思考和解釋。

的影子，我知道莉莉婭也看到了。

我不知道該說什麼，只示意她們繼續前進。我們低聲誦唸隱身咒，悄悄經過最後一個攤位。咒語可能無法讓我們在這些精靈面前隱形，但肯定能讓我們變得沒那麼有趣。我們保持緩慢的速度、漫無目的地前進，好像只是在散步一樣。周遭的精靈沒理由不這麼想，除了那個滿臉星辰的男性精靈之外，他們顯然沒料到一個凡人居然能躲過他們的魔法。說不定這還是頭一遭。

起初，離開精靈市集讓我有種解脫的感覺，但在荒野中前行沒多久，我就意識到情況不太對勁。我留下的腳印逐漸消失，彷彿有人拿著掃帚跟在我後面，將足跡清掃乾淨。我們走了一個多小時，依舊沒看到我和溫德爾的小營地。天色遲未破曉，繽紛的極光於夜空中閃耀，而繁星聚攏在一起，猶如色彩鮮豔的群蜂在崎嶇的花園中飛舞。

我將雙手插在那件可笑精靈斗篷的口袋裡走著。突然間，我的手指擦過一個冰涼光滑的東西，拿出來看才發現是個指南針。

老實說，我累到根本無暇欣賞這不可思議的魔法。「我想這件斗篷能提供穿戴者需要的東西。」我告訴莉莉婭，語氣近乎輕蔑。畢竟我們真正需要的是一扇門，而你不可能把門裝進口袋裡。她接過指南針，帶著我們往南，再往東，我和溫德爾就是從那個方向來的。

「裡面還有別的東西嗎？」莉莉婭問道。

我翻翻口袋，什麼都沒找到。而她嚥了口口水，再次低頭看著指南針。

我們繼續往前走。幾個小時過去了，情況愈來愈明朗——我們三人依舊纏陷在精靈世界中，就像在蜘蛛網上掙扎的蒼蠅一樣。影子也感覺到了。牠低聲咆哮，走到我們前面，然後又折回來，用鼻子嗅聞著雪尋找出路，彷彿正在尋找能讓人鑽出去的舞臺帷幕交疊處。

我們又走了一陣子，大家都筋疲力盡，不得不稍作休息。我把莉莉婭和瑪格麗特拉近，用那件可笑的精靈斗篷裹住她們。毛皮斗篷帶來的溫暖令人皮膚陣陣刺癢，彷彿衣服本身對我使用它的方式感到惱火，這讓我更加想念我的舊斗篷，就算溫德爾把它弄得很招搖也沒關係。不過，至少我在斗篷口袋裡找到一瓶水，可供我們三人分著喝。很明顯，這件斗篷的確蘊藏魔法，可以提供穿戴者一切所需，可是它的施捨很小氣，要是能給我們食物和更多水，或是提燈和打火石就好了。也許只有被迫爲凡人服務時，它才會這麼吝嗇。

瑪格麗特的腳步愈來愈踉蹌，導致我們只能再走一兩個小時就得停下來歇息。最後，我們決定在山腰處一座洞穴落腳。莉莉婭和瑪格麗特兩人互相依偎，蜷縮在斗篷下；莉莉婭使勁搓揉著瑪格麗特的手臂，影子則繼續在外頭尋找通往凡界的門。我對影子有信心，牠是我最忠誠的老友，如果有出路，牠一定會找到。我不得不逼自己考慮另一個選擇——我們可能得回到隱族那裡乞求原諒才能活命，至於這麼做能爲我們爭取到多少時日，我不願去想。我要暫時擱筆，稍微休息一下。

十一月二十日

這個國家簡直就是一場噩夢——甚至比我之前想的更糟，這點倒是很了不起——基本上只有冰雪、黑暗和一堆張牙舞爪又飢渴齷齪的鬼東西。果然，你又把我拖下水了。

親愛的小艾，等你發現我在你的日誌裡寫下這些文字紀錄後，一定會感激涕零。當我將我的打算告訴你時，我確信你在睡夢中仍對我怒目相向，這是你的另一項超能力。你現在在雪橇上大聲打呼，瑪格麗特和莉莉婭同樣疲憊不堪，所以除了讓馬兒載我們回到拉芬斯維克，欣賞沿途的景色外，我別無選擇，只能幫你這個忙了。你醒來後或許會感謝我。

當然，我有想過要瀏覽一下你的日誌，至少找找看有沒有我的名字，但有些什麼阻止了我。想必是我與生俱來的騎士精神與紳士風度使然，否則我實在想不出還會有什麼原因。啊，你動了一下。眞奇怪，你總是把左手插在口袋裡，連睡覺時也一樣，我只是想看看你的左手是不是受傷，你卻直接肘擊我的臉。

總而言之，我想我應該從你停筆的地方接著寫下去，對吧？不過呢，先讓我們稍微回溯一下，做個簡單的鋪陳。

我睡到快中午才起床，醒來時發現你和影子都不見了。天哪，我眞討厭這個地方。通常睡醒後，我都會感受到短短幾秒的幸福，以爲自己又回到老家，隨時都能聽見低垂的花楸在窗邊喃喃自語的沙沙聲，或是我的貓跑來找我時的噠噠腳步聲（你知道我在精靈世界中擁有一隻貓嗎？牠可不是你會想認識的那種貓。我可以告訴你更多關於牠的事，但我想你只會拿牠當題目，寫一篇該死的論文）。可是，這個糟糕的地方冷到讓我無法騙自己是在家裡，所以我連享受那片刻安寧的機會都沒有。

知道我沒有馬上去找你，你一定會很開心。當然，我早就猜到你在夜裡想出了什麼計畫，而且絕對會以你一貫高得離譜的效率來執行，不需要我這位精靈王的幫助，畢竟你就像忘了自己手上拎著玩偶一樣，拖著我到處跑。我不是要說我自覺受辱，事實上，我很高興能留下來享受火光與毛毯的陪伴。只是我很快就等得不耐煩，擔心你的計畫出了差錯——小艾，就連噴火龍的計畫有時也會出紕漏。

於是我牽了一匹馬，追尋你的足跡。你的移動路線很有意思，最後帶我來到一座結冰的湖泊，那裡空蕩蕩的，什麼也沒有，但我知道我就站在門外，門後肯定有個非常迷人的精靈王國，到處都是有著冰柱頭髮或其他怪東西的精靈。我沒有費心尋找進去的路和當地人寒暄，因爲從你留下的足跡就看得出來，你來過，然後又走了，或者至少是類似情況。那些腳印在精靈世界進進出出，彷彿你已經徘徊了好一陣子，卻沒能踏出邊界。當下我真的很擔心，雖然在凡界只過了幾個小時，但另一邊的時間難以估量，我不知道你究竟遊蕩了多久。當你那隻惡犬不曉得從哪裡衝出來拚命嚎叫時，我便意識到你就在附近。從牠的叫聲聽來，你不是死了，就是奄奄一息，或是整個人結凍，變成某隻暴格的甜點。因此我沒有去找進入隱族領地的大門，而是直接撕出一個裂口，然後持續地撕，直到我在那座洞穴中找到你。

對，沒錯，考慮到後來發生的事，這大概不是最明智的選擇。你可以等我們回去後再訓我一頓。我最喜歡聽你說教了。

我把你搖醒時，你喚了聲：「溫德爾！」我很喜歡那種語氣，完全不像平常的你。當然，你並沒有感謝我把你從令人不快的異境中拉出來，反倒立刻用一堆要求來煩我，要我治好年輕的瑪格麗特。

「我可以治好她，」我開口道，「但我無法完全消除她所受到的創傷，讓她回到本來的模樣。」你只是看了我一眼，好像在說「這就夠了，開始吧」。也許這樣對你來說已經夠好了，可是莉莉婭望著我，眼下掛著如瘀傷般的黑眼圈，從她的表情就看得出來，若我小心眼地提出要求，她絕對會不惜一切換取我的援助，甚至獻上自己的靈魂。但我沒這麼做，因爲她接著告訴我，她徹夜未眠，花了好幾個小時搓揉瑪格麗特的手臂，朝她的掌心呵氣，想讓她暖和起來。我輕聲對她說了幾句話，她表示同意，接著我觸碰瑪格麗特的額頭，融化了隱族替她戴上的王冠，留下一道從前額劃至顴骨的疤痕。那道疤痕很漂亮，看起來就像一片片雪花，在月色中閃爍著微光。

我覺得自己眞的很好心又很有風度，願意幫助唯一一個拒絕我的女孩，讓她的愛人恢復元氣，但我可沒蠢到期待聽見你的讚美。瑪格麗特將爬滿淚水的臉埋進莉莉婭頸間時，莉莉婭緊握住我的手，用力到我差點瘀青。對我而言，她們倆相依的動人畫面勝過千萬句感謝。

「你是怎麼辦到的？」我不禁問道。你想必能從我難以置信的表情中得知，我對你的壯舉大感驚詫：你居然闖進某個冰雪精靈國度帶走了兩名俘虜，而且毫髮無傷。可是你別開目光，不敢看我，似乎也不敢看影子。我立刻想起方才是牠帶我來到你身邊，還有牠那些不可思議的行爲，像是選了你這樣的人當主人等等。我拍拍牠的頭，開始感應牠身上的僞裝魔法，以前我從來沒想過要這麼做——又何必呢？我又沒有檢查別人的寵物體內是否藏著怪物的習慣——果然，魔法確實存在。我將之移到一旁，只見一隻巨大的黑色獵犬回望著我，雙眼炯炯有神，尖牙閃閃發光。

不知道爲什麼，你看起來很焦慮，但我一開始笑，你就冷靜下來了。「你是在哪裡找到牠的？」我又問。

「蘇格蘭。」你回答。「牠的眞身是狗靈。當時有隻波嘎正在折磨牠取樂，是我把牠救出來的。」

然後你談起自己是怎麼騙過那隻波嘎，讓他以爲你是他最後一任主人失散多年的親戚——這需要深入研究當地傳說、廣泛蒐集資料才做得到——再用來自異國的奇特貝殼賄賂他，因爲你想起某個鮮爲人知的故事，內容描述一隻波嘎暗暗幻想、期待自己有天能環遊世界，而波嘎這種生物與其所依附的家戶束縛在一起，無法離開搖搖欲墜的廢墟。我目瞪口呆、心不在焉地聽著。我說「心不在焉」，是因爲我大多時候都在觀察你，看著你的思緒像某種奇妙的時鐘一樣滴答轉動。說眞的，我從未見過有誰比你更了解我們的天性，而這個「誰」包含精靈在內。我想這就是爲什麼……

喔，要是我用**那句話**當結尾，褻瀆了這本承載著科學價值的日誌，你一定會殺了我。

總之，我們離開了洞穴，踏入泛紫的天光；此時已近傍晚，我好想吃晚餐。事實上，我很想念我在劍橋的公寓，想念壁爐裡的火劈啪作響，僕人忙著爲我備膳，還有穿著迷人、充滿魅力的情人與我共享一切——換句話說，就是生活本該有的模樣。突然間，你尖聲叫嚷，而該死的極光似乎直墜大地，落在我們眼前。下一秒，我猛地仰面倒地，胸口中了一箭。

我先前從沒中過箭，我們必須把這一條加入清單，列爲我認識你後所體驗到的樂趣之一。你放聲尖叫，這點我很感激，接著影子也暴怒狂吠，這一樣很貼心，可是幫不了什麼忙。

就地掩護。

幸好，莉莉婭腦袋清醒，懂得隨機應變，立刻就替我把箭拔出來，並且和瑪格麗特一起趴下

當然，那是精靈的箭，以純粹的寒冰和魔法製成。一拔出箭矢，我就又能使用自己的魔法了。幸運的是，這時剛好起風，隱族的國境邊緣再次籠罩我們——會移動的國度還滿有意思的，只是不太合我胃口——就像所有君主一樣，我在精靈世界中可以扭曲並打破規則，哪怕只有一隻腳踏在裡面亦然。我強忍著痛苦，設法拉開我所在的時間區段，鬆解了一些時間線。我知道這樣解釋不夠清楚，你一定看不懂，但基本上就是我讓時間倒流，回到那枝箭朝我飛來的那一刻，然後一把抓住它。恐怕我的能力有限，只有辦法翻轉短短幾秒，而且僅能改變小範圍內的時間，任何距離我一臂以外的人事物都不會受到影響。不過，以這個情況而言，還是很有用。

射箭的精靈很快就現身了。他一邊嘴角掛著冷笑，傲慢地昂首闊步，從風中走出來。我看一眼就知道他沒發現我玩的小把戲，只看到我抓住了箭。他有雙黎明般的眼睛，穿著難看的灰色東西，像床單披掛在身上（很像你的風格），還有一件不曉得用什麼死掉的動物做成的斗篷。我想，對他這個像冰柱一樣的傢伙來說，這身衣服雖然很醜，卻非常實用。

「你離家很遠哪，孩子。」他用精靈語這麼對我說，語氣高高在上，我不是很喜歡。遺憾的是，他已經很老了，甚至比我的王國宮廷裡一些最無聊的議員還老，所以他確實有理由對我擺出居高臨下的態度，但完全沒理由用箭射穿我的胸口。

當時你就在我旁邊，連珠砲似地將斗篷的事和隱族對我的興趣一五一十告訴我。其實沒這個必要，眞的。根據我的推斷，那名精靈之所以這麼做，是因爲我把他的王國撕出了一個

大洞，於是他想像對待歐瑟西那樣，將我當成柳橙榨乾掏空。天哪，要是落得這般命運，未免太可恥了！我可以想像我繼母會有什麼反應，她非但不會感到訝異，還會笑到內傷。

總之，我不想跟他硬碰硬。他看起來非常凶狠，而且我都已經費了這麼大的力氣，卻又遇上另一個麻煩擋在前頭不讓我吃晚餐，實在很惱人。所以，我簡單說明我的身分，稍稍展示了一下我的力量，在荒涼虛無的冬季中召喚出一座非常漂亮的玫瑰園，還附帶幾隻蜜蜂，想讓他打消念頭。

「你被放逐了？」他上下打量我，語帶厭惡地說。「啊，我們宮廷裡就有你這樣的孩子，懶惰又愛慕虛榮，成天披著珠寶和香水大搖大擺地閒晃，用空洞的魔法互相戲弄。你的繼母幫了貴國一個大忙。」

我根本來不及生氣，因爲他話都還沒說完，就已舉劍向我奔來。

我連忙將你推到一旁，自己卻付出了代價——那把劍狠狠劃破了我的斗篷袖子。我不得不消失在地景中，這是我在這座島上最討厭用的一招，因爲就算踏進樹內，樹木感覺起來一樣冷若寒冰。但無論我走到哪裡，對方都如影隨形，逼得我不停旋轉、跳躍，躲避他的劍，總之把自己搞得很可笑。我試著施法攻擊他，射出的魔咒卻被那把劍吞噬。那不是一把普通的魔法劍——那劍**本身**就是魔法，而且威力強大，可能是他在世多年磨練出來的。算我倒楣。

「溫德爾！」出於某種荒唐的原因，你在我拚命閃躲時放聲大喊，試圖引起我的注意，好像我還不夠忙一樣。「溫德爾，你需要什麼？」

我回答的好像是「閉嘴」之類的失禮言詞，印象有點模糊了。那名隱族精靈追到我召喚出的榛樹前，於是我趁機揍了他一拳；爲了分散他的注意力，我用魔法喚來各式各樣的樹木和灌木叢，讓冰雪封凍的山坡看起來有如某個瘋狂女巫的樹籬領地。寫到這裡，我的手仍因爲那一拳而陣陣刺痛，感覺就像揍了一塊堅硬的冰。

不過，你還是繼續大吼大叫。「想想那些故事，溫德爾！總會有一個漏洞，一扇門！只要你告訴我你需要什麼，我就找得到！」

「一把劍！」我高聲回答。此時我已經有點歇斯底里，完全沒想到你眞的會從雪地中拔出一把劍。我開始懷疑自己是不是得將時間本身炸出一個洞，才能擺脫這個該死的傢伙——喔，這個方法想必會弄得一團糟，畢竟我從沒做過這樣的事，所以誰知道呢？我搞不好會將自己炸得粉碎，讓你得一片一片把我拚起來。我相信，你一定會以十分超然的心態完成這件事。

再注意到你時，我發現你伏在雪地上啜泣。我心想，她總算有點懂事了。接著我才意識到，你哭不是因爲擔心我的安危，而是因爲你刺傷了自己的手臂。只見你的淚水落在冰冷的雪地上，逐漸凝聚凍結，勾畫出劍身的輪廓。

嗯，這差點要了我的命。我是說眞的。我愣了整整一秒，而這一秒就讓我們的雪怪朋友差點持劍刺穿我的身體。我僥倖閃過，腦中飛快運轉。不曉得你有沒有聽過蒂兒卓與她丈夫的故事？她丈夫是很久很久以前的一位精靈王。希望有天你能跟我說說你聽過的版本，這是我的王國裡最古老的故事之一，不知道凡人會像我們一樣傳講這個故事嗎？當精靈王那幾個凶殘狠惡的兒子密謀篡位、奪取他的王國時，蒂兒卓將那些瀕死人民的眼淚蒐集起來，鑄凍成一把劍，最後精靈王用這把劍殺了他的兒子。我族有許多族人都已遺忘了這個故事，而我之所以知道，純粹是因爲那個可憐又愚蠢的國王是我的祖先。

我感受到這個故事在我血液裡奔流，決定將我的法力注入你正在打造的劍中。不幸的是，隱族精靈注意到我們想要計謀，猛地撲向你，讓那把劍就這樣掉落在雪地裡。不過，莉莉婭再次火力全開，搶先一步衝上前，把劍丟給我。

我當然一把接住，同時飛快擋在你和他之間，用這把劍抵住他突來的劍刃。從那一刻起，事情就變得有趣多了。我很喜歡劍術，幾乎是還在搖籃裡的時候就開始習劍了，我族所有王室成員都是如此。我沒有直接殺了那名隱族精靈，而是先讓他跳了一會兒舞，用幾個我最愛的招式將他逐步逼退。他的劍法還不錯，但對我而言沒什麼挑戰性——很少有精靈能在劍術上和我一較高下。可惜凡人的世界已經不太流行劍鬥這回事，不然每次系主任想囉嗦，我就可以約他到學院方庭裡比試一番，迅速結束乏味又冗長的爭論。

總之，最後我開始覺得無聊，便將他手中的武器打掉，然後乾淨俐落地一劍砍下他的腦袋，一切都既精準又讓人心滿意足。事實上，我實在太過享受這個過程，便讓時間倒流，重來一次，只爲再次聽聽他的頭顱落在雪地上時發出的美妙清響。就在剛才，我正打算要體驗第三次——你也知道，我們精靈喜歡湊到三這個數字——可是還來不及開始，你就大吼著要我住手。我轉過身，只見莉莉婭立在雪地中一臉難受的模樣，讓我有些煩心，因爲我很喜歡她。我不知道是斬首帶來的血腥畫面令人感到不適，還是凡人不習慣看到時間像書頁一樣來回翻動，總之我就是覺得過意不去。等我們回到拉芬斯維克，我一定要向她賠禮道歉。也許她會想要一棵一年四季都能結果的樹，或是一件能隨心所欲變色、不會弄髒也不會起皺的衣服？嗯，我會好好考慮一下。

我想我就寫到這裡好了，因爲我看到你在睡夢中翻來覆去。你斜倚在我身上，頭靠著我的肩膀，希望你不會介意我沒把你推開。不，我真傻，你當然會介意，但也許我並不在乎。

十一月二十二日

我反覆思考了很久，到底該不該把前幾頁撕下來扔進火裡。我承認，溫德爾寫的內容很有幫助，甚至還讓我想到十幾個研究問題，其中最重要的就是精靈君主操控時間的能力，但如果我拿這些問題問他，他肯定只會揚起一邊嘴角，開一些關於參考書目的玩笑。光是有人碰我的日誌我都會生氣，更別說還敢在上面留下完美的字跡（他的字很漂亮，就算乘著由馬拉的雪橇邊行進邊書寫也一樣），但我不會讓這些個人禁忌凌駕於學術之上。

我很訝異自己在回拉芬斯維克途中有大半時間都在睡覺。溫德爾於我少數清醒的時刻告訴我，我參與了一項威力強大的魔法行爲，也就是鑄劍，但由於我是凡人，本身沒有法力，這麼做讓我耗損了許多精力和能量，需要休息一段時間才能恢復元氣。這番有趣的言論讓我腦中充滿疑問：蒂兒卓當初就是這樣爲了丈夫犧牲自己的力量嗎？所以她才會在事發後不久死去？凡人的力量又是透過什麼樣的神奇機制轉化成精靈魔法？但我還來不及問他，就又迷迷糊糊睡去。

一回到小屋，我就癱倒在床上，一路睡到隔天上午。醒來時，我覺得自己已恢復滿滿活力，彷彿整個人再次變得完整。

「溫德爾？」我不曉得自己爲什麼要叫他，或許是我還在半夢半醒之間，而小屋不知怎地安靜得令人心慌。他走進房間，臉上掛著得意的笑容。

「我好幾個小時前就起床了。」雖然他這麼說，但我一點也不相信。「要我叫人送早餐來嗎？」

「喔，好。」

溫德爾明明已經吃過了，卻依舊不客氣地大啖芬恩和克里斯提安帶來的東西。早餐非常豐盛，有黑麥麵包、燻魚、鵝蛋、各式各樣的乳酪，以及浸在糖漿中的罐裝鮮採藍莓，這裡的人會將燕麥、優格與糖漬藍莓拌在一起，再加上烤糖一起吃。這是我們來到這裡後吃過最精緻的早餐，更奇怪的是，克里斯提安居然和芬恩一起將食物送來。溫德爾興高采烈地邀請他們父子倆一塊坐下來用餐，他們二話不說立刻答應。我覺得這樣很好，因為接下來我可以安安靜靜地吃飯，讓溫德爾在兩名願意聆聽的聽眾面前談笑風生，展現他的個人魅力。克里斯提安和芬恩都對我們的奇遇充滿好奇。我從溫德爾口中得知，他已經把莉莉婭和瑪格麗特安全送回莉莉婭家，兩人都很開心；莉莉婭的母親終於放下心中大石，滿懷感激，而她的弟弟和妹妹則對瑪格麗特額頭上那道奇怪又可愛的疤痕深深著迷。我很高興剛回來時是由溫德爾獨自面對村民，承受大家的讚美轟炸，此刻的他之所以興致高昂，想必就是這個原因。他詳細回答芬恩和克里斯提安的問題，不知道為什麼，我們前往隱族市集的途中莫名出現了狼群和可怕的冰風暴，好像這段經歷還不夠刺激，非得加油添醋一樣。溫德爾講的每一字、每一句都讓他們聽得津津有味，這我已經習慣了；然而，他們跟溫德爾說話時語帶猶豫，彷彿在腦中謹慎挑選字詞，每當克里斯提安流露出粗魯的本性，芬恩都會緊張地瞄他一眼——這還是我第一次看到他們這樣。

「他們知道你的事？」芬恩和克里斯提安終於離開，我直截了當地開口。「全村的人都知道？」

「莉莉婭和瑪格麗特很聰明，」他又吃了些優格，「更別說她們親眼目睹一切，不需要多聰明也能把事情拚湊起來。」

「這樣很麻煩。」我用手指輕敲桌子。「現在村民可能會把你當成精靈教母之類的。你平常就沒在工作了，要是他們日以繼夜跑來找你幫忙，我們的研究進度只會更落後。」

他臉上的笑容逐漸淡去。「你覺得他們會嗎？」

「我不知道。寒光島人與宮廷精靈之間的關係並不融洽，也許這會降低他們對你的期望。哎，你就不能消除那兩個女孩的記憶嗎？」

「天啊，小艾。」他難以置信地看著我。「她們受了那麼多苦，你還要我把她們的腦袋變成一團漿糊？」

「不是變成漿糊，」我辯解，「只要抹去山洞那段記憶就好。」

「這事不是這樣運作的。」

「那不然是怎樣？」我急切地往前傾身。

「不知道，我懶得去研究人類大腦。」

我嘆了口氣，頹然坐下。「你根本什麼忙都幫不上。」

「我並不想幫忙，」溫德爾抬眼望向天花板，「我只想完成我們的論文，用它來迷惑國際靈俗會那些聰明人，讓他們在恍惚之間變得慷慨大方，決定贊助我研究經費。我想用他們的錢採購大量設備，聘請學生組成考察團，找到一扇通往我王國的大門。講到這個，我想我們已經有足夠的資料和素材來完成論文草稿了，你不覺得嗎？」

「綽綽有餘。」我精神爲之一振。

「對了，還有這個。」他笑著從椅子上起身，再回來時手臂上掛著隱族送我的白色毛皮斗篷。

我凝視著斗篷。在小屋燈光照射下，那襲毛皮看起來不像毛髮，反倒像片片冰霜，感覺比先前更不自然。「你有對這件斗篷做什麼嗎？」

「老天，我才沒有。我寧願在床墊裡塞滿雪，也不想幫那些傢伙改衣服。倒不是說這不能用。」他仔細檢視那件斗篷。「我一直把它掛在外面，因爲放在室內會微微融化。但如果我們把斗篷冰封起來……」

「就能在會議上展示。」我腦中思緒飛轉。我們蒐集到一件從未有人研究過的精靈文物，其上每一針、每一線都寫著「精靈」二字。這是一場不折不扣的勝利。

「沒錯。」他對我揚起微笑。

他將毛皮斗篷掛回寒風中，然後拿了他的筆記本給我。筆記本以皮革裝幀，內頁是漂亮的縐紋紙，紙張裡還揉入了薰衣草碎屑（當然了）。令人訝異的是，裡面居然寫著論文大綱和摘要草稿，全都是他惱人的筆跡。

「你眞以爲我會把所有工作都丟給你？」他看著我。

「對啊。」我稍微瀏覽一下大綱，提筆加了幾個註釋。寫得還不錯。不過溫德爾發表過許多論文，經驗自然豐富；大概是我先入爲主的想法作祟，我之前一直以爲他的文章都是學生幫他寫的。

「你沒把你和隱族王子交手的事寫進去，」我說，「如果他是王子的話。」

「要寫什麼？我用眼淚鑄成的劍和他一決高下，然後殺了他？我是想在國際靈俗會驚豔全場沒錯，但我可不想因爲這種事受到關注。」

我沒回答。事實上，我不太想回憶起山洞旁那一幕。我經常記錄精靈的故事，從沒想過有一天自己會成爲故事的一部分。我應該帶著筆和筆記本，舒舒服服地待在故事之外才對。我看得出來，溫德爾並未因此感到煩心。他又何必呢？他本身就是一個故事——當他拿起那把不可思議的冰劍，如呼吸般輕鬆擊退敵人，揮劍的速度快到我看不清，便已經證明了這一點。我完全不曉得他有這般能耐。他會魔法，對，這我知道，但我是否料到他擁有這種需要長時間鍛鍊、投入心神和努力的身體技能？不，我沒有料到。那晚過後，我覺得我們倆腳下的世界似乎有了微妙的改變，彷彿我再也無法從過去那個角度來看待他。

「對了，你還沒解釋清楚。」他邊說邊扯下毛衣上鬆脫的線頭。「你怎麼知道要從雪地裡拿出那把劍？小艾，有時你和精靈打交道的能力強得可怕，我都開始懷疑你是不是魔法師了。」

我哼出一聲不耐的鼻息。「只要知道的故事夠多，就不需要什麼魔法。」我仔細打量他。「你確定要在會議上和我一起發表論文嗎？要是學術界發現你的身分怎麼辦？大多數人將會感到懼怕而不信任你，少數人可能會想把你殺了，然後做成像戴維森棕精靈那樣的標本。」

「在劍橋沒人會相信，」他往後靠著椅背，「他們不太可能知道拉芬斯維克村民對我的看法。爲了以防萬一，我回去後會當面告訴大家，這些老實的鄉親看到我們成功深入當地進行田調都很佩服，還以爲我們倆是精靈。國際靈俗會那些人聽到這番話一定會哈哈大笑；至於大部分拿到終身職的同事，他們都知道農民有多容易受騙，根本不需要說服。這點你也很清楚，小艾——還記得你將一名威爾斯牧羊人列爲精靈之丘論文的共同作者，結果遇上什麼問題嗎？同儕審查沒過，導致你的論文無法付印。」

我記得很清楚，也覺得他說的有道理。那我到底在擔心什麼？又爲什麼擔心？當然，溫德爾的祕密曝光並不會對我造成什麼影響，但他是我的朋友，我覺得他處理這件事的方式太輕率了。

這時，一陣敲門聲打斷了我們的談話。歐黛的兒子送來許多乾燥野花、光澤閃耀的貝殼和五彩繽紛的蕈菇，想必是花了好幾天的工夫才採摘、撿拾回來的。溫德爾敷衍地收下，當著那個年輕人的面關上門。

「我到底該拿這些東西怎麼辦？」他大發牢騷，用力將籃子放在桌上。「開間藥局？」

「他們不知道你想要什麼，」我拚命憋笑，「只好參考過去和島上精靈交易的經驗，送這些禮物給你。你可以直接跟他們說你比較喜歡銀器。」在愛爾蘭，銀器是很常見的贈禮，至少是送給當地宮廷精靈的好選擇。幾乎所有精靈物種都很鄙棄人類金屬製品，但愛爾蘭精靈擁有與眾不同的能力，可以忍受、甚至喜愛銀器。據說他們在廣袤幽暗的森林裡掛滿了珠寶般的銀鏡，這些鏡子可以汲取穿透枝葉縫隙的微弱陽光和星光，並按精靈的意思將光線反射出去；另一個傳聞是他們用純銀打造出瑰異綺麗的樓梯，讓層層階梯繞著巨大的樹幹盤旋而上，在樹木間構成如精緻項鍊般的橋梁。

「說不說都不重要，因爲我不能收他們的禮物。」他悶悶不樂地表示。「我並沒有跟他們訂定協議，我會參與那場瘋狂的搜救行動全是爲了你。」

我微微皺眉，想起我們之間那個只有單方允諾的奇怪約定。「回去後我會買一套精美的餐具給你。」我說。「至於歐黛和其他村民送的禮物，我建議你裝出很愛蕈菇的樣子，說他們欠你的已經還清了。」

「都是你的錯。」他抱怨。「要是我們像我提議的那樣，**假裝**去追那兩個女孩……」

「莉莉婭和瑪格麗特就會死，或是落得更糟。」我打斷他。「這是你想要的嗎？」

他思忖片刻。「不，不是。但我還真想不到**你**這麼擔心她們的安危，小艾。莉莉婭來過兩次想向你道謝，放心，她一定還會再來。我實在懶得告訴她，你的動機一點也不良善。」

一陣憂慮如尖針刺上我的心頭。畢竟，我會去救莉莉婭和瑪格麗特的確不是爲了她們，而是爲了學術研究。從這個角度來看，根本不需要感謝我，反倒是我要感謝她們被抓，這才讓我有機會目睹隱族的市集。

我又開始用指尖敲著桌面。有什麼一直困擾著我，我說不上來，只知道自己好像漏掉了一些重要的東西。在拉芬斯維克有種模式存在，我能感覺到答案近在咫尺。

我需要時間研究一下筆記。

「喔，天哪，」他開口，「我認得那種表情。你又要對我提出什麼強人所難的要求了？」典型的溫德爾，以爲我的心思總是繞著他打轉。「稱不上強人所難。我只希望你讓我安靜幾個小時，如果你做得到的話。」

「好吧。」他一臉不甘願，但我並沒有因爲他不想離開我而受寵若驚，畢竟溫德爾最討厭沒人陪他說話。不過呢，如果他覺得無聊，去到酒館裡肯定能找到一群現成的聽眾。

沒想到吃完早餐後，他向我表示要去散散步，完全出乎我的意料。

「我以爲你已經放棄，認爲這裡找不到門了。」至少我是這麼以爲，因爲他只是粗略打探一下消息，並沒有投入太多心力。

「我有說我要去找門嗎？」他一邊穿上斗篷，一邊回頭說道。

我發出不滿的哼聲。「現在裝神祕有什麼意思？你還有什麼祕密是我不知道的？」

「哦，是有幾個，而且還是很厲害的那種。」

我翻了個白眼，懶得理他，繼續埋頭研讀筆記。「總之，別再去騷擾可憐的阿坡了，你不太可能在卡薩森林找到精靈之門。寒光島的宮廷精靈領土雖然會到處移動，但只是空間上的；實質上，他們永遠居於寒冬。你要找的那扇門一定是固定不動的，因爲你的王國也是如此——我所謂『一定』只是理論上的推測，因爲我個人從未遇過這樣的事，只能從文獻資料來推斷。由此可知，就算這裡眞有精靈之門，想必也是在終年如冬的地方，亦即積雪永不消融的高山頂峰或冰河區。當然，在此必須說明的是，我認爲你想找的門極有可能不在寒光島，因爲你的王國與隱族的國度大不相同。那道門最有可能出現在與你家鄉景觀類似的森林地區，那裡空氣潮濕、綠意盎然，有大片橡樹林，可以吸收泛精靈的小魔法，爲這類傳送門創造出合適的空間和條件，前提是它們的存在純屬意外或偶然。許多傳說故事都將這些奇異的門——如果你想的話也可以稱之爲『後門』——描述成偶然出現的通道。最有可能的地點是北歐，不然就是俄羅斯某座相對溫暖的森林。」

他手握門把，靜靜地站在原地望著我。

「對，我知道這些大多只是猜測，」我誤解了他臉上的表情，「我還沒時間細想。」

「我們一定會成爲很好的搭檔，小艾。」他露出笑容，閃閃發光的雙眼亮得有點過分。

我哼了一聲，掩飾湧上臉頰的溫熱。「截至目前爲止，我們的合作關係似乎不太平衡，明顯有工作分配不均的情況。」

「說不定哪天我就能派上用場了，我親愛的噴火龍。」他離開小屋，輕輕帶上身後的門。

十一月二十三日

今天早上我去找阿坡，回來時發現溫德爾又不見蹤影。顯然他還在找那扇門。他幹麼這樣遮遮掩掩的？為什麼不找我幫忙？

我有點惱火，在屋裡漫無目的地走來走去，掃視他胡亂擺放、五花八門的小裝飾品，卻又無法眞的氣起來。我伸出手指拂過壁爐，發現上頭沒有半點灰塵，不禁想起剛搬進來時這裡有多髒。可是我從沒看過他打掃或撣灰塵。

也許是預料到我會不高興，他在桌上留下了幾張繪製完成的玄武岩岩層圖（根據村民所說，那些岩層裡住著「小傢伙」）。這些論文附圖是我要他畫的，看來他起碼還完成了一些工作。我瀏覽過他寫在圖表下方的摘要，相當簡短，但還能接受。

我坐下來工作，思緒卻到處遊走。外面的天氣有種冬季特有的柔和，雲朵輕盈飄蕩，如夢似幻，灑落一地的白，北方吹來的風還隱約挾著山泉的硫磺味。

我擱下筆，穿上斗篷和靴子。雖然柴火很夠用，但我還是想做點體力活。

我砍了好幾下，終於劈開第一根原木。第二根原木表面布滿節瘤，在斧刃砍中的瞬間便噴飛至一旁。我走過去挖拾落在雪地裡的原木，聽見有人踩著靴子走來。

「艾蜜莉！」莉莉婭大喊。瑪格麗特跟在後面，兩人臉上都掛著笑容。「我們剛才在碼頭幫烏爾法卸貨，想來問你要不要一起喝一杯。索拉又在抱怨酒水難喝，所以烏爾法叫了幾支法國酒來試試。」

「謝謝。」我回答。「但我不想打擾你們工作，也不想這麼早就喝酒。」

莉莉婭臉色一沉，我才意識到自己這番話聽起來有多失禮。「我不是說現在喝酒太早。」我急忙澄清。「只是我平常不太喝酒，所以這個時間對我來說有點早，但那些常喝酒的人可能不這麼覺得。」

她們注視著我，眉頭緊皺。**喔，幹得好，艾蜜莉**，我在心裡暗罵自己。爲什麼我每次想挽回錯誤都像提油救火，只會讓情況變得更糟？

我結結巴巴地想再說點什麼，幸好莉莉婭率先開口。「看樣子你有進步喔。」她指著斧頭。「要不要我來教你？」

「謝謝。」我喃喃低語，她的好意讓我差點落淚。

她拿走我手中的斧頭，一副興致勃勃的樣子。「我先示範，然後換你做做看。」

瑪格麗特坐在樹樁上旁觀。莉莉婭將一根木頭擺好，身爲行家的她不假思索地微微轉動身體，改變姿勢，舉起斧頭迅速揮下，劃出一道弧線。原木應聲劈裂，只是兩半大小差很多。

「我喜歡這樣劈。」莉莉婭一邊解釋，一邊撿起較大的那半木柴，放回樹樁上，斧頭在她長滿老繭又能幹的手中顯得格外輕巧。「往邊緣砍比較容易劈開，不要往中心砍。接著就可以這樣……」

她再次揮斧，將木柴劈成兩半。「完成。這個大小應該滿適合你們的爐灶的？」

我點點頭。我承認，此前我從沒想過自己會被這種鄉村生活技能打動，但莉莉婭讓劈柴看起來像一門藝術。「村子裡一定很需要你。」我說。

「我能在一個小時內劈完一整捆原木。」她的語氣並非在自誇，只是單純陳述。「打從七歲起我就在做這個了，也不想做別的工作。」

「你也喜歡這種鍛鍊方式嗎？」我問瑪格麗特。她一直安靜地坐在一旁，晃著雙腳，臉上帶著淡淡的微笑。

瑪格麗特做了個鬼臉。「我寧願待在家裡彈鋼琴或看書。伐木是莉莉婭的工作，有她在，我才能感到溫暖。」

莉莉婭臉頰飛紅，轉過來看著我，眼底漾著暖意與感激。我一時腦袋打結，問了個蠢問題：「那斧頭有不同的種類嗎？」

莉莉婭對我很有耐心。她教了我怎麼握斧頭，顯然我之前的握法大錯特錯，把大斧當成小斧在用。

「看到這些線條了嗎？」她指著木柴劈面上一道道沿著木紋裂開的痕跡。「那就是你要瞄準的地方。我自己會瞄準這裡，」她用手指拂過裂痕，「這樣就能避開木節。看到了嗎？」

「如果你覺得我能瞄準比木柴本身更小的東西，那你就太高估我的技術了。」

她哈哈大笑。「盡力就好。」

她語調中的輕鬆自在不知怎地讓我感到安心。我只砍了兩次就劈開那根木柴，接著瞄準劈面上的裂縫，舉起大斧一揮，木頭就裂成兩半。

瑪格麗特在一旁熱烈鼓掌。「做得好！」莉莉婭驚呼，臉上洋溢著笑容，彷彿我剛跑完一場馬拉松。事實上，我的確爲自己感到驕傲。眞有趣，沒想到練習這種簡單而古老的技藝能舒緩緊繃的身心，讓人放鬆下來。

然而，我的進步情況不太穩定。在莉莉婭的指導下，我的準確度有所改善，可是我的力氣沒她那麼大，也無法自在地揮動如此致命的工具，畢竟先前差點砍斷溫德爾的手在我心裡留下不小的陰影。累積了一小堆木柴後，莉莉婭和瑪格麗特幫我把柴薪搬進屋內，而我請她們留下來喝杯茶，任由我的筆記躺在桌上無聲地譴責我。

「這裡布置得好舒適喔！」瑪格麗特驚嘆。她們倆帶著欽羨的眼神環顧小屋。出於某種原因，我沒告訴她們這全是溫德爾的功勞。從來沒有人稱讚過我在劍橋的公寓，一次也沒有。反正我大多時候都待在圖書館或辦公室，家裡舒不舒服又有什麼關係呢？

莉莉婭問我溫德爾在不在，我搖搖頭，兩人似乎都鬆了口氣。

「你們不會怕他吧？」我問道。

「喔，不會！」瑪格麗特回答的速度有點太快了。「我們真的很感謝他的幫忙。」

「沒錯。」莉莉婭附和。我忽然明白，她們怕溫德爾怕得要命，一點都不想得罪他。

瑪格麗特好像想繼續聊溫德爾的事，但我沏茶時她什麼也沒說。她們沒再邀我去酒館，讓我如釋重負——我不覺得自己在那種地方會有多自在，尤其是在場所有人都堅持要湊過來熱絡地聊上幾句，滿口讚美和感激的時候；面對這樣的情況就像面對索拉的毛線和棒針一樣，我完全不曉得該怎麼辦。

我們聊了一下我的研究，還有我即將在國際靈俗會和溫德爾一起發表論文的事。在我倒茶的時候，瑪格麗特拋出一個問題，語氣有點匆促：「所以你和溫德爾不是……情侶？」

「我……」我眨眨眼睛。「不是，當然不是。我們是同事，應該也算是朋友吧。」我勉爲其難地補上這一句。

「我想也是。」莉莉婭瞅了瑪格麗特一眼，臉上的表情寫著「我就說吧」。「看他是怎麼跟村裡那些女孩相處就知道了。」

「我只是覺得……」瑪格麗特皺起眉頭，「他看著你的眼神……」

他看著我的眼神？我想起某些時刻溫德爾看我的眼神，特別是當他以爲我沒注意到的時候。我開始覺得有點熱，有點冷，然後又有點熱。「我不懂你的意思。」我別過頭，以免她們發現我臉紅。天哪，不知道的人可能還以爲我是個十六歲少女。

莉莉婭踢了瑪格麗特一腳。「她在老家可能有情人，你這個笨蛋。」

「眞的嗎？」瑪格麗特問道。

「喔，沒有。」我忙著準備吐司，那是阿坡做過色澤最淡、口感最柔軟的麵包之一。「我一直都很忙，沒時間談戀愛。」

「所以……」瑪格麗特眨眨眼睛。「所以你從來沒有喜歡過人？」

「哦，當然有。」話題總算從溫德爾身上轉移到別的地方，讓我鬆了一口氣。「他叫利奧波德，我們交往了一年。當時我們都在劍橋攻讀博士學位，後來他拿到獎學金去了德國杜賓根。他要我一起去，但顯然這是不可能的事。」

莉莉婭靜靜等候，好像期待我繼續說下去。「然後……就這樣？」我茫然地看著她，她似乎有點不好意思，再度開口：「看來就是這樣，我明白了。」

瑪格麗特就沒那麼婉轉了。「一個？就這樣？我交往過的男人都不止一個，而且我還不喜歡他們。而你……」她瞇起眼睛，顯然正試圖判斷我的年齡。從她眉間的皺紋就看得出來，她得出一個不是很好的結論。莉莉婭用手肘頂了頂她。

「我想我只是……」我仔細思量，在腦海中搜尋字詞，「比較挑剔。」

「挑剔。我喜歡。」莉莉婭揚起微笑。

瑪格麗特往後靠著椅背，從鼻子哼出笑聲。「眞希望在我出現之前，這傢伙能挑剔一點。」

「眞沒禮貌。」莉莉婭踢她一腳。

「你知道還有什麼事很沒禮貌嗎？」瑪格麗特傾身靠向我。「因爲自己心碎難過，就跑去燒了陌生人的穀倉洩憤。」

「艾芮卡沒有燒了你家的穀倉！」莉莉婭反駁道。「它明明就還好好的。」

「這都要感謝那場暴雨，而不是她。」瑪格麗特轉向我，補上一句：「莉莉婭有跟瘋子交往的習慣。」

「我才沒有！」

「不然就是你把她們搞瘋了。我到時可能會被關起來，也許就在我放火燒了村子之後吧。」

莉莉婭抓起一條茶巾丟她，以非常老派的方式結束爭論。我也跟著她們大笑起來。

喝完茶後，瑪格麗特又想找我一起去酒館，儘管我婉拒，她依舊堅持，帶著好意熱情邀約。莉莉婭瞥了我一眼，輕輕拉住瑪格麗特的手臂。

「沒關係的，」她說道，「反正我們也該回家了。我母親希望我們回去幫忙做晚飯。」她停頓了一下，又說：「我明天再來教你劈柴吧？如果你能從研究工作中抽出一點時間的話？我想只要再多指導一下，你就會變得像天生好手一樣厲害。」

我跟她說沒問題，同時很訝異自己居然這麼享受學習劈柴的過程和她們的陪伴，特別是在這種不會被一大群人包圍的情況下。她又給了我一個溫暖的笑容，和瑪格麗特一起離開。

十一月二十六日

上午大部分的時間，我都在翻閱筆記和重讀日誌，既無法專注於論文，也無法專注於精靈百科，因爲我仍然確信自己遺漏了什麼。最後，我翻開我帶來的書，仔細讀過古代精靈故事的各種版本，這也是樹靈學家最喜歡爭論的主題——哪個版本應該被視爲首要、在不同地區流傳的類似故事是否有共同的始祖。溫德爾早就又逃跑了，我只好一個人發愁，直到中午過後有人來敲門。

我本以爲是莉莉婭再來爲我上伐木課，還很高興能藉此轉移注意力，沒想到見到的卻是一臉堅決的歐黛。「他不喜歡我們的禮物。」她直截了當地說道。

我嘆了口氣。我曾想過告訴她溫德爾不需要禮物，但她不會明白的——精靈給予的恩惠必須以令他們滿意的方式回報，這與凡人認爲的等值報酬是兩碼事。我環顧小屋四周，最後將目光落在溫德爾的針線包上。

「你們有銀針嗎？」我問道。我發現溫德爾的針是用骨頭做的。

歐黛緩緩地點頭，一臉疑惑。「這樣就夠了嗎？」

「我認爲他會想要一兩面鏡子掛在牆上，」我說，「但前提是鏡子要夠漂亮。還有巧克力。」我有些賭氣地補上最後一句，因爲我的努力也理當得到一份謝禮。

歐黛點點頭，看起來很高興。在她離開一個小時之後，溫德爾的一位追求者便送來了我要求的所有東西，那個黑髮女孩發現溫德爾不在，既鬆了一口氣，又顯得很失望。我能理解

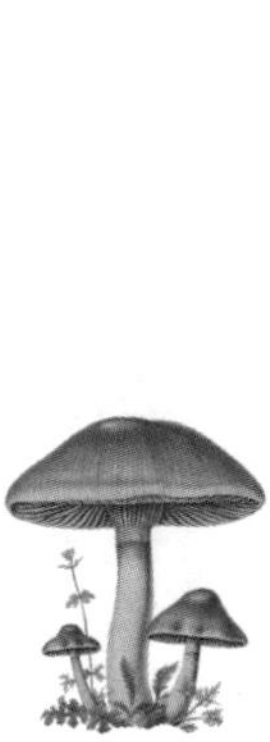

她的感受，因爲我終於找到了一直困擾我的問題所在，並興奮地想與溫德爾分享。

但傍晚來臨時，溫德爾仍舊不見蹤影。我決定去酒館看看——毫無疑問，我一定能在那裡找到沉浸在敬畏和欽佩之中的他；然而，當我推門而入，卻只有村民們熟悉的面孔回望著我。令我驚恐的是，眾人開始熱烈地鼓掌，還有人拍了拍我的肩膀。有幾位婦人擁抱了我——我沒有注意到是哪幾位，暫時因衝擊而失去知覺。

「好了好了，放過她吧。」索拉一邊咕噥，一邊用瘦骨嶙峋的手拉著我的手腕，把我帶到她在火爐旁舒適又僻靜的老位子。

「謝謝你。」我喃喃說道，癱在一旁的椅子上。

她發出隆隆的笑聲。「你剛才嚇得僵住的樣子，簡直就像一隻受驚的獾！」

我沒有反駁她不恰當的比喻，只是往椅子裡坐得更深。「你有看見溫德爾嗎？」

「我怎麼會知道那傢伙去哪兒了，他可是你的精靈。怎麼了？」

我驚愕得差點咬到舌頭——我的精靈？天哪。「沒什麼。只是我認爲，我已經知道爲什麼近年來村子裡有那麼多人被高個子帶走了。如果不採取措施加以阻止，這種情況還會繼續發生。」

我本來不想告訴她的，但激動之下，話語不禁脫口而出。索拉的臉色立刻變了，她舉起一隻手說：「等一下，姑娘。」

幾秒鐘後，索拉就把歐黛拽了過來，加入我們的談話。「這是怎麼回事，艾蜜莉？」歐黛親切地握住我的手問道。

「那個調換兒，」我說，「在他來到拉芬斯維克之前，村裡的年輕人很少被隱族帶走。你們這裡所有的故事都是這麼說的——也許一代人中會有那麼一次，但發生得並不頻繁。鄰近的村莊也沒有受到類似的影響，這說明拉芬斯維克有格外吸引他們的地方。」

「那麼，他們是希望把孩子帶回去嗎？」歐黛不解地問。

「不，這是文獻中經常出現的一個主題，被稱爲燈籠理論……」我磕磕絆絆地停了下來。該如何向一般人解釋呢？該如何解釋他們講給孩子聽的、寒夜中聊以消遣的爐邊故事，事實上深埋著眞相，是解開精靈祕密的鑰匙？「就像……就像是精靈受到強大的魔法吸引那樣。需要極強的魔力，才能將調換兒帶來凡界，並讓他以安定的狀態留下。你們的調換兒魔力尤其強大，因此，宮廷精靈都被吸引至此，即便他們本身與他毫無關係，也許他們甚至沒有意識到自己受其吸引。」

歐黛皺起眉頭。「一盞燈籠，我明白了。但我們要怎麼熄滅它呢？」

「只有一個辦法。」索拉的語氣很嚴肅，但她伸出飽經風霜的手，搭在歐黛的肩膀上。「這是我多年來一直在說的話，歐黛。只有莫德和奧絲洛被那東西傷害時，你拒絕作爲，但現在是整個村子受害。如果我們什麼都不做，下一個被帶走的又會是哪個孩子呢？」

「喔，亞歷，」歐黛嘆著氣說道，「我是那孩子的教母。」

「是啊，」索拉的語氣並未軟化，「那你還是多少個孩子的教母呢？」

歐黛以一手按著眼睛。當她把手拿開時，看起來蒼老了許多，我能看見她和索拉之間的親緣關係，就像時間之流的倒映。但歐黛並沒有默許，只是用嚴肅的眼神看著我，似乎在問：「該怎麼做？」

「如果我們能知道他的名字，」我緩緩說道，「知道調換兒的眞名，就有辦法驅逐他。」

索拉不以爲然地靠在椅背上。「這個我們知道。你以爲他剛來的時候，我們沒試過騙他說出來嗎？他們對自己的名字守得可嚴了。」

歐黛什麼也沒說，只是一直盯著我。

「讓我想想。」我說。「先不要輕舉妄動，拜託。」

「別想太久。」索拉臉色陰沉地說道。「我們昨晚又聽到了鈴聲，它們從未如此頻繁地響過。他們會帶走另一個孩子，而且很快就會。」

十一月二十六日，深夜

我不知道該怎麼看待現在的情況，這遠比調換兒或任何精怪更讓我感到不安。也許把我的想法寫下來會有所幫助。

與歐黛和索拉的談話結束後，我回到小屋，溫德爾卻還沒有回來。大約又過了一個小時之後，我決定去找他。就在通往山上的小徑上，我們差點撞上彼此；他雙手插在口袋裡，目光低垂，皺著眉頭沉思，自暮色中漫步走來。晶瑩的雪花依偎在他金色的頭髮上，讓人看了就心煩。我很習慣無視他的英俊，但要無視他的頭髮卻是個難題。據我觀察，大多數人都會被他的笑容或眼神吸引，但對我來說，問題就出在那該死的頭髮上——讓人忍不住去想像它的觸感。

聽到我的腳步聲，他立刻抬起視線，臉上露出愉快的表情。「小艾，你在這裡呀！在一片昏暗中蹓躂，真像你會做的事。」

我懶得問他去了哪裡。如果他想保密，那就隨他去吧。但他的歸來讓我如釋重負，心中莫名感到一陣輕鬆。「我需要你的幫助。」我對他說道。

「你當然需要了。但先讓我們逃離這片該死的寒冷好嗎？你不會相信，我現在真的好想吃烏爾法的羊排……」

我抓住他的手，將他一路拽回小屋。他似乎嚇了一跳，但還是任由我拖著，修長的手指緊緊握住我的手。

「我需要他的名字，」一進屋我便說道，「調換兒的眞名。要怎麼做才能讓他告訴我？」

他疑惑地看了我一眼。「如果你到現在都還沒想明白，我懷疑你永遠也想不明白。」

我只能無奈地攤手。「告訴我吧。」

「我不知道怎麼解釋。所以我才說，如果你現在還沒想明白，我……」

「老天。」我癱坐在椅子上。「如果你願意嘗試的話，不可能沒有幫助。我還以爲你現在願意幫忙了。」

「也不是特別願意。」他在我對面坐下。「爲什麼突然想知道那傢伙的名字？」

我把對歐黛和索拉說過的話告訴他，他立刻開始呻吟。

「所以現在我們必須拯救整個村子了，是嗎？」他抱起雙臂，緊皺著眉頭。「謝謝邀請，但我已經受夠做慈善了。」

「這不是在做慈善。我們對這個調換兒仍然一無所知——他來自何處？爲什麼會來到這裡？這是我們研究中的漏洞，如果能夠塡補它……」

他擺擺手。「我們的發現已經足以讓整個學術界刮目相看了，只要在結論寫上『有待進一步研究』諸如此類的話搪塞一下就好。」

「這不僅僅是論文的問題！這也是爲了我的書，溫德爾。我們對調換兒的了解還很淺薄，而且並不僅止於寒光島的這個調換兒。眼前顯然還有更多可以探查的知識，我不能就這麼一走了之。」

他沒有回答，只用兩手抱著頭，嘆了一口氣。

「在故事中，精靈往往是受騙上當才說出自己的名字。」我說道。「例如林登．費爾——

他的妻子假裝分娩，然後將羔羊裹在襁褓中僞裝成嬰孩，這一切都是爲了讓他在洗禮證書上寫下自己的名字。」

溫德爾笑了起來。「我寧願凍死，也不會用墨水寫下自己的眞名，就算我的妻子朝我扔來一打小鬼也一樣。這種事情並不像故事裡那麼容易。」

我站起身，開始來回踱步。「我們可以威脅他。」

「威脅必須以行動來支持。我對折磨孩子不感興趣，不管他們的父母有多麼罪有應得。」溫德爾邊說邊皺著眉頭看向我，但我沒有理會。我可不想在道德問題上被他說教。考慮到那名調換兒爲養父母帶來的痛苦，我一點也不後悔當初像那樣審問他。我在桌邊停了下來，把玩著歐黛送來的其中一個包裹。「對了，這些是要給你的。」

他又嘆了口氣。「我告訴過你，我不能接受他們的感謝。」

「是我選擇了這些謝禮，」我說，「不是歐黛。你可以把它們當作是我送給你的禮物。」

他看起來很感興趣，也有點驚慌。「你送的？它們渾身都是刺嗎？」

他先拆開裝著鏡子的包裹，讚嘆不已。正如我所要求的那樣，這些鏡子確實非常漂亮，鏡框以曬過的漂流木製成，上面雕刻著繁複的樹葉圖樣，露珠則以珍珠綴飾表現。我認爲歐黛的選擇很聰明。溫德爾花了將近一個小時來決定鏡子懸掛的位置，先是把它們掛在一處，然後又挪到另一處。當然，這些鏡子掛在哪裡都很漂亮，而等到他終於布置完後，小屋也變得比先前更溫馨了。

「喔，小艾，」他凝視著掛在壁爐上方的鏡子開口。那面鏡子捕捉到閃爍的光線，將之轉爲充滿夏日氣息的金色——毫無疑問，這不是凡人的雙手能做出來的效果。「你畢竟還是有一顆心，深埋在某個地方。埋得極深。」

「還有這些。」我不情願地說道，希望能消除他眼中的霧氣。可惜事與願違，溫德爾還沒來得及端詳銀色的縫衣針，就先拂去了一滴眼淚。

「它們就和我父親的一模一樣。」他驚訝地說。「我還記得當我們一起坐在樹木環繞的篝火旁，那些銀針在黑暗中閃爍的身影。他會帶著銀針到處去，甚至是霜幕之狩——那是秋天的第一次狩獵，也是一年中最盛大的一次，連王后和她的孩子們都會帶著長矛和寶劍，騎著我們最好的——喔，我不知道怎麼用你們的語言稱呼它們。那是一種精靈狐狸，毛色黑金相間，體型長得比馬還大。我和兄弟姊妹會圍著火堆，看我父親用荊棘和蜘蛛絲織網。所有的沼獸和巫頭鹿看到這些網子都會畏縮不前，儘管它們聽到箭嘯聲時幾乎不眨眼。」他沉默下來，一雙濃綠的眼凝望著銀針。

「總之，」我說，「希望這些銀針對你有用，但別讓它們碰到我的衣服。」

溫德爾忽然握住我的手，然後在我還來不及反應時，又把我的手舉到他的臉旁。我感覺到他的嘴唇在我的皮膚上輕輕拂過，接著他便放開我，再度對他的禮物讚不絕口。我匆匆轉過身，漫無目的地走進廚房，想找點能分散注意力的事來做，因爲一股暖意漫過我的手臂，就像一陣夏日微風。最後，我決定用剩餘食材做一頓簡單的飯菜。

吃完飯後，我看著溫德爾擺弄鏡子。然而他一碰鏡子，奇怪的事情就發生了——一瞬間，我能看見一片綠色森林搖曳著枝椏，映在我眼前。我眨了眨眼睛，森林隨即消失不見，但玻璃鏡面的邊緣還殘留著一絲綠影，彷彿鏡框外的某處隱藏著一片森林。

「這些是在你的王國會看到的樹嗎？」我問道。

他嘆了口氣，把手抽回來。「不是，」他靜靜地說道，「那只是我家鄉的一道幻影罷了。」

我凝視著他。他的哀傷彷彿是種有形之物，瀰漫在空氣中。我從未像他那樣愛過一個地方，也從未像失去朋友那樣感受過一地的缺席。但有那麼一瞬間，我希望我曾像那樣愛過，並感受過失去它的失落。

突然間，一股莫名的篤定感竄過我全身，就像嚥下一大口冷水。「當然了。」

他轉過身。「什麼？」

但我已經開始行動。我走到外頭，用顫抖的手取下那件精靈斗篷。由於溫德爾的偏好，屋內的爐火燒得很旺，導致斗篷開始滴滴答答地融化在地板上。我將手探進斗篷的口袋裡，指尖拂過某個或叮噹或沙沙作響的東西邊緣。

必須集中注意力才行——我深吸一口氣，再次將手探入，用盡所有的意志和心思去想像我需要什麼。最後，我的手終於握住了某樣東西。

我將手收回來，發現自己正拿著一個玩偶。偶身以鯨骨雕刻而成，頭髮則是用柳樹枝做的，身上穿的衣服由未染色的髒羊毛織就，顏色像是留至春天未融的殘雪。不過，這個玩偶顯然出於精靈之手，因為它在不同時刻與光線下，都會產生微妙的變化。當我讓玩偶面向火光時，它蒼白的衣服便像是鍍上一層金色。

溫德爾從我手中接過玩偶，拿在手上翻來覆去，皺起了眉頭。

「這是亞歷家的信物[16]，」我說道，「我是指，這東西來自調換兒他家，他會認出來的。」

溫德爾又眨了下眼睛。「啊，我明白了。但我不覺得……」

「我們得去確認才知道。」我的語氣很平靜，但我的心卻在瘋狂地跳動。

✦ ✦ ✦

前來應門的是奧絲洛。她說莫德在海邊散步，這讓我覺得很奇怪，因爲天已經黑了，而莫德也不喜歡把妻子一個人留在家裡。奧絲洛沒有讓我們進門，只是皺著眉站在門口，無視於屋裡冬風陣陣，吹拂著她單薄的衣裙——以這個季節而言，她的衣裙實在是過於單薄。

「我們可以進去嗎，奧絲洛？」溫德爾說著瞇起眼，露出迷人的微笑。他肯定是對奧絲洛施了魔法，因爲她就像被一陣夏雨擊中似的眨眨眼睛，接著往後退開。

屋子裡冷得我的吐息都變成了白霧。奧絲洛走到壁爐前嘗試生火。只見壁爐前的地板上散落著至少上百根熄滅的火柴和火種，而壁爐本身也積滿了雪。儘管如此，奧絲洛還是把木柴堆在壁爐裡，彷彿她看不到積雪，或者認爲無論如何都能把火點著。

「她這樣多久了？」溫德爾不由得問道。「奧絲洛，親愛的，快離開那裡。讓我們替你暖暖這屋子吧。」

他開始忙進忙出，把積雪掃進鍋裡、生火，看著亂糟糟的屋子齜牙咧嘴——這裡到處都是沒洗過的碗盤和爐灰，還有從戶外飄入的碎屑散落在沒掃過的地板上。雖然除了抖一抖地毯、擺正亂七八糟的杯盤之外，我幾乎沒看到他多做什麼，室內卻似乎變得明亮起來。奧絲洛仍然跪在壁爐旁，凝視著火焰，不曾關注我們的動靜，但至少她不再發抖了。

與此同時，我拿起一只鑄鐵鍋，在鍋內裝滿餘燼和火種——應該不難看出，我的靈感來自暴格和他們的炊具。

阿坡說過高個子只怕火。那麼，我們就來看看這種恐懼有多深。

我走到樓梯口，一陣冷風從上方吹來，不知怎的黑暗開始蔓延，與起居室裡的火光相互抗衡。

「你能不能別再忙著整理了？」我轉過頭喊道，畢竟我們又不是專程來打掃的。溫德爾再次鄙夷地看了一眼亂糟糟的屋子，這才跟著我上樓。

這回，調換兒蜷縮在房間一隅，我一踏進房內，他立刻發出一聲可怕的嘶吼，同時讓一群白狼咆哮著從雪牆上向我衝來，利齒上沾滿鮮血。我早有準備要面對駭人的幻覺，但這突如其來的襲擊還是讓我後退了一步。溫德爾在我摔下樓梯前抓住了我。

「好了，好了。」他邊說邊走到我前面，狼群瞬間消失。「對她發脾氣是沒用的，這人冷酷無情，根本不會可憐你。這是我的經驗之談。」

他說的是精靈語，字字句句都在空氣中迴盪，就像一首歌曲，這是我無論怎麼努力練習都無法達到的效果。調換兒僵住了，蒼白的臉像雛鳥一樣仰望著，我可以看出他從溫德爾的

16 有關調換兒的民間傳說常以這類信物為主題。故事中，調換兒往往持有特定信物，若信物被奪走，調換兒就會變得非常虛弱，甚或完全消失。此外，也可以用信物來威脅或哄騙調換兒，要對方乖乖聽話。十九世紀初至中期，在英國許多博物館皆可見到所謂的「調換兒信物」，其中大部分藏品來源都很可疑；丹妮兒．德葛雷曾針對此事寫了一篇犀利的論文，為了闡明觀點，她還從愛丁堡大學偷走幾樣信物，用帽子和鈴鐺調包，惹得校長很不高興。最後德葛雷被送進愛丁堡監獄短期監禁，而令人遺憾的是，這雖是她第二次入獄，卻不是最後一次。

聲音中聽到了親族的回聲。

「給我出去。」調換兒說道，但語氣中帶著一絲悲切的盼望。溫德爾轉頭看向我，露出了哀傷的神情，但我不予理會。

我從斗篷裡拿出玩偶。房內溫度驟降，調換兒繃緊了全身每一根神經。他低聲唸著音近「默薩」的字詞，然後問道：「你從哪裡弄來的？」

「你想拿回去嗎？」我將閃爍著火光的鑄鐵鍋放在地上。「如果你告訴我們你的名字，我就把它還給你。」

調換兒似乎震驚得說不出話來。他看起來仍是個精靈，膚色太蒼白，容貌太俊秀，但他現在更像個孩子，瞪大迷茫的雙眼，神情流露渴望。但我只等了一會兒，就把玩偶扔進火中。

調換兒尖叫著向我撲來，要不是溫德爾攔住他，他可能會把我撕成碎片。

「艾蜜莉！」溫德爾用無法苟同的語氣叫道——他當然能以血腥的斬首爲樂，同時又因爲這種事而心痛了。但他根本無須擔心，因爲早在玩偶受到嚴重損害之前，我就已經將它從火堆中救了出來。它只是融化了一點。

「我再問一遍，」我在調換兒的哀嚎聲中說道，「你叫什麼名字？」

最後，一切都進行得很順利。調換兒啜泣著向我們咆哮，施法讓整個房間陷入黑暗，還讓雪花像刀片一樣打在我們身上。於是我再次舉起玩偶——自從與親族和所屬世界分離後，這是他在拉芬斯維克度過的悲慘歲月中唯一見到的家中信物——然後置入火中。他總算尖叫著說出眞名：「阿斯林杜里！」

我立刻拿起玩偶遞還給他。那精靈男孩把玩偶緊緊抱在胸前，仍在抽泣。他的眼淚沒有落下，而是凝結在臉上，形成一道道結晶，就像冰封的河流。

溫德爾對我搖了搖頭。「你比我想像的還要無情，小艾。」他這麼說道，但在抱怨中似又夾雜著類似喜愛的情緒。我說要去向克里斯提安借兩匹馬，他不但沒有爭辯，甚至還主動提出要和調換兒共乘一匹馬。我們離開小屋時，奧絲洛並未從爐火旁抬起頭，只在門打開時顫了一下，而莫德也沒有回來，所以兩人都沒有機會（假如他們想這麼做的話）向這個在他們生命中最黑暗的歲月裡一直照顧著的生物道別。

當我們騎馬進入山區時，天空飄起了小雪。阿斯林杜里吸著鼻子，一路保持沉默，只在我們以真名喚他替馬兒指路時開口。隨著我們進入深山，他坐得更加直挺，伸長脖子向四周張望。他的眼神流露出痛苦，以及一種近似絕望的渴盼。

「這就是你想要的，」溫德爾對他說道，「確實值得歡呼。你要回家了。」

調換兒又哭了起來。溫德爾一臉莫名，向我投來困惑的眼神。

在輕拂臉頰的細雪中行進約一小時後，我們來到了一處山坳。這裡的山坡上有一片錯落有致的柳樹林，即便不是調換兒指引我們往那裡走，我也會把它當成某種精靈之門。精靈之門種類繁多，但都有一種相似的特質，用「不尋常」來形容再恰當不過。排列成圓環狀的蘑菇就是一個明顯的例子，但還必須注意那些讓鄰樹相形見絀的粗壯大樹、扭曲的樹幹和裂開的空洞，也要留心陌異野花、各種有序排列、土丘、凹陷和莫名其妙的空地；總而言之，就是任何格格不入的事物。我們面前的柳樹相互靠攏，就像手指交錯，形成一條狹窄的縫隙。它們看上去病殃殃的，枝幹宛如枯骨，半身爬滿了某種地衣。

溫德爾跳下馬，接著也幫忙調換兒下馬踏上雪地。阿斯林杜里仍然將玩偶緊緊抱在胸前——玩偶受損的頭髮似乎已經重新凍結成形，但並非全部。內疚感向我襲來，這回不再能輕易壓下，於是我用上以往處理麻煩情緒的慣用方法，將這份感受推至內心深處，靜候它被其他思緒掩埋。

「我們這是在哪裡？」不知怎地，我十分確信我們在一個小時之內已經走得很遠。先前我沒有注意到，當我們來到位在綿長藍色冰川間的這座山坳時，群山早已不是熟悉的樣貌。一道地裂就在我們身後，硫磺煙霧從中噴出，挾著熱度與濕氣拂過我的臉頰。「我們不在卡薩森林？」

溫德爾心不在焉地說道：「有一段時間不在了。」彷彿這個事實無關緊要似的。我想或許眞是如此吧——只要我們還回得去的話。

調換兒站在柳樹林前方，躊躇不前。在幻影般的一瞬間，我似乎看到枝枒間出現一條點著月色燈籠的走廊，廊外有一道階梯通向地底，另一道階梯則盤旋而上，通向一座冰塔。一個精靈從樹林中走了出來。

這個精靈既像我在冬季市集上見到的精靈，又不全然相像。她長得高挑秀逸，五官稜角分明；當她走動時，星光會在她身上反射出奇異的光芒，就像在湖中投入鵝卵石那般。但她像負著重物一樣弓著肩膀，一身破爛的灰衣輪廓模糊，有如穿著層層麻布；一頭黑髮束起，結著厚厚的霜。

她驚訝的目光先是落在精靈男孩身上，接著掃向站得比我更近的溫德爾。「你是誰？」她質問道，「爲什麼要爲我們帶來悲傷？」

「母親！」調換兒啜泣著奔上前。女精靈把他摟在懷裡，親吻著他。「好了，好了，親愛的，沒事了。」

「我在此向您致歉，女士，也許是我越權了。」溫德爾向她行禮致意。「但我和我的朋友認爲最好把您的孩子送回來。我必須遺憾地告知您，這孩子在您丟下他的地方過得不太開心。」

「白痴！」她怒罵道。「你以爲自己是誰，憑什麼插手我族之事？不過是個來自夏地、耳裡唯有青苔的無用流浪者，你是嫌日子太無聊了，是嗎？」

「像你這樣形容我的人還眞不少。」溫德爾從容地回應，「但又何必小題大做呢？你最終還是得親自把他接回來。」

女精靈的雙手牢牢地攬著自己的兒子。她低聲對兒子說了些什麼，那精靈男孩便頭也不回地跑進柳樹林中。突然間，樹林間傳來一陣耳語般的音樂聲，使我一時陷入迷茫。女精靈瞪視著溫德爾，眼中閃爍著冰冷的怒火，然後——接下來發生的事有點難以說明，只能說像是被某種東西擊中。也許那是一陣波浪，只是並沒有實體——我明白這聽起來沒什麼道理。我已然受到樂聲迷惑，在恍惚中踉蹌地走著，最後在溫德爾的懷中回過神來——他在我跌向前時接住了我，並把我扶正。

與此同時，女精靈也優雅地跪倒在地。她的雙手平放在雪地上，一張臉埋入雪中。「請原諒我，陛下。」她喃喃說道。

「不不不，」溫德爾說，「別這樣叫我。我早已不是任何人的陛下了。」

女精靈凝視著他，困惑的目光漸漸變得澄澈。「你還只是個孩子。」

「老天！」溫德爾叫道，「我遲早得讓你們都明白，按照凡界的標準，我的年紀已經不小了。」

女精靈這才第一次瞥向我，皺起了鼻子。令我震驚的是，她接著問道：「這又是誰，你的寵物嗎？」

溫德爾緊張地笑了笑。「我不建議你這麼問。」

「好吧，那麼你想要什麼？」她的態度在一瞬間從謙遜轉爲粗魯，就像所有的精靈那樣，切換速度快得令人不安。「你是來找他們辦事的嗎？」

「我不知道你指的是誰，但無論如何，答案都是否定的。我預計要重返放逐我的家鄉，這次送還你兒子的事也是計畫的一部分。」

「這是你的追尋？」她問道，完全沒有因爲他不合邏輯的說法而感到困惑。

「算是吧。」他瞥了我一眼。「這一回可說是相當曲折蜿蜒，但這種事本來就不可能總是順遂。」

「是誰詛咒了你們的樹？」我插話道。這並不是我最想問的問題，但許多精靈都很重視迂迴性。我對自己冷靜的語氣很滿意，因爲我仍未完全擺脫精靈魔法的影響，依然頭昏腦脹，而我的自尊心也由於那句提及寵物的荒謬言論而隱隱作痛。

「不只是樹，」她好奇地盯著我一會兒，開口道，「我們全都受到詛咒，無論是樹根或者樹枝，無論是雪花或者冰霜，無論是年輕或者年老。老國王的所有盟友都與他共享苦果。」她還抱著雙臂。「眞希望我也能像陛下一樣被困在樹中，這樣總比眼睜睜看著自己的孩子像夏日海冰那樣逐一消亡要好得多。」

「這就是你把他送走的原因。」我低聲說道，在腦海中翻過一個又一個故事，試圖從中整合出一個我能辨識的模式。「那麼亞歷——你的兒子——他是老國王的孩子？」

溫德爾原本聽得心不在焉，忙著跺腳，一邊對兩手呵氣；但他聽到一半，便張大嘴巴盯著我。女精靈發出了一陣短促的笑聲。

「你的人類戀人有著水晶般的頭腦，」她說，「既敏銳又冷靜。我想把她據為己有。」

「你真會誇人。」他只這麼回答，在很多層面上都可謂令人震驚。

「我是說真的，」女精靈強調，「你願意用她和我交易嗎？你的力量來自夏日，但我可以讓你擁有冬日之手。」

「謝謝，」溫德爾說道，似乎正努力憋笑，「但我對現在這雙手很滿意。除非你有鑰匙能通往我在大海另一端的森林王國，否則我今天不會用我的人類戀人做交易。」

我一定要殺了他。

「小艾，」他說，「也許你能夠向我解釋這一切是怎麼回事，因為你似乎已經用你的水晶頭腦瞬間掌握了情況。」

「這並不難理解。」我用極為冰冷的語氣說道，「她效忠於被禁錮在樹中的老國王，而推翻老國王的精靈詛咒了她和她的家園，所以她把孩子送走，以保障他的安全。但她告訴我們她有不止一個孩子，因此，她會希望保住其中最有價值的那個——然而，為什麼他比其他孩子更有價值呢？也許他也面臨著更大的危險——但調換兒的紐帶能確保他的安全。」

女精靈點點頭。「他是私生子。不過，王后已經殺死了她丈夫的很多私生子，以保衛她的王位繼承權。」

我皺起眉頭。「那麼現在的君主是——或者曾經是——老國王的妻子？」

「她是陛下的第一任妻子，但陛下冷落了她，另娶他人。於是她尋求報復，並且大獲成功，因爲貴族多半都喜歡她勝過於陛下和第二任王后。最後她將陛下永久地禁錮起來，並殺死了他的新娘。」

儘管我早已聽慣精靈宮廷錯綜複雜的謀殺和陰謀故事，要消化這一切還是讓我感到頭昏腦脹。

溫德爾似乎對這些資訊並不特別感興趣。他翻起斗篷的領子，又開始對著雙手呵氣。「總之，如果你方便的話，我們現在就把那個人類孩子帶回去。我這支血統恐怕不夠強壯，不適合在這種天氣下長時間待著。」

我懷疑自己永遠也不會習慣精靈迅速變換情緒的特質。這名女精靈似乎已經把兒子離開多年後非她所願的歸來僅看作是一個小小的不便。她忘卻了最初的憤怒，聞言後輕輕聳肩，轉身朝柳樹林走去。

「等等，」我喊道。女精靈在樹林邊緣停下腳步，灰藍色的眼眸注視著我。「貴族爲什麼都站在王后這一邊？」

她又望著我一會兒。我無法讀懂她的表情，一如我無法說出雪地中所有的顏色。「陛下很有騎士精神，」她開口道，「一向遵循我們祖先制定的古老法律。也就是說，我們必須公平地對待這片土地上的凡人，善有善報，惡有惡報。他禁止我們把人類當做娛樂消遣。」

我不禁握起拳頭。「現在的王后卻不這麼認爲。」

「你說王后？」她勾起嘴角。「喔，王后和她的孩子們有奇特的嗜好。他們會像從樹上摘下熟成的蘋果那樣，從家屋中帶走人類，然後榨乾他們的心魂。這種休閒娛樂也是許多貴族的愛好。」

✦✦✦

回程完全沒有繞路，因爲我先前留心觀察並記下了調換兒指出的每一道路徑，其中包含他對馬兒下達的一些瑣碎指示，比如說從左方繞過一個結冰的水坑，而非從右方。亞歷——眞正的亞歷——在恍惚中回到了我們身邊，很快就裹著毯子靠在溫德爾胸前入睡。他臉色蒼白，顯然有點營養不良，這點在由精靈撫養的人類孩童身上很常見，因爲時間在精靈世界中的流速與凡界並不相同，而精靈也被認爲是不負責任的孩童看護者。不過，整體而言他看起來還算不錯，身上穿著細羊絨織成的衣服和斗篷，靴子裡則塞滿了稻草。

我們敲響莫德和奧絲洛家的門，無人回應——當時已接近午夜——但門沒有鎖，於是我們逕自走進去，把熟睡的亞歷抱到調換兒的床上。在很久以前，這張床也是亞歷的床。

就在我們整理床被時，莫德回來了。他渾身顫抖，鬍子也沒刮，腰間還別著一把長刀，不知道最近有多少個夜晚獨自在田野和懸崖邊徘徊。他似乎無法理解自己看到的是什麼，僅是呆站在門邊，眨著眼凝望；隨後，奧絲洛也現身了，仍然穿著白天時的衣服。她臉上的麻木似乎崩解了——她撲倒在床上，嗚嗚抽泣起來。亞歷被哭聲驚醒，也開始困惑地嚎啕大哭。不過，他的哭聲非常平凡，與調換兒曾在此發出的任何聲音都截然不同。莫德大叫一聲，試圖將他們兩人分開，也許他認爲這又是一次可怕的精靈戲法，但我和溫德爾設法阻止了他。莫德重重地坐在地板上，雙腿像孩子一樣蜷縮著，眼神凝視著妻兒，一如之前的奧絲洛凝望著火光。我想他在心底早已認定自己的孩子再也不會回來，而他的長途跋涉也許和隨身攜帶的長刀有關。然而，備刀的目的他恐怕永遠無法真正實行。

溫德爾不知從哪裡找來一把掃帚（也可能是他自己變出來的），然後把房間掃了個遍，除去牆上的冰柱和冰霜；後來他向我解釋道，這些都是調換兒施法後殘留的結晶，就像蜘蛛網一樣纏結各處。我不知道該做些什麼，只好尷尬地拍拍莫德的肩膀，隨即準備離開。莫德突然站起身來，用一種非常奇怪的姿勢擁抱我（我背對著他，一隻手臂不知怎的被夾在兩人中間——我的直覺在這種事情上並不管用），鬆手時仍舊一句話也沒說，再度走回他兒子的床邊。

「喔，」溫德爾在我們回到小屋後說道，「多麼感人的一幕啊！我可能會因此喜歡上這種慈善活動。」

我嗤之以鼻。「也就只有在合你心意又不費力氣的情況下，你才會喜歡。」

他揚起嘴角，搖了搖頭。「不是所有的精靈都一樣，小艾。你不能把我看作是你所知道的那些精靈。」

「我只是把你看作是**你**。」

他笑著遞給我一杯酒，而我看見他身後的鏡子，一時愣住。

「你對鏡子施了魔法！」我驚呼著走上前。鏡中樹木林立，映出一片暮色中的森林，迎風搖曳著枝椏；樹葉就像亮色的飛鳥在玻璃鏡面上浮掠，金色的光線在樹影中時隱時現。我彷彿正透過玻璃窗看著這一切，有那麼一瞬間，這不和諧的景象使我感到暈眩。

「這地方沒半點綠意，」他抱怨道，「就連森林也全是黑白色調，讓我覺得自己就像置身在電影裡。總得有點什麼讓我的眼睛休息一下。」

我再度望向鏡中，看著森林搖曳閃爍。確實，這片景象令人著迷，也和我在劍橋南部最喜歡的那片樹林十分相似，我和影子經常在晴朗的夏日去那裡避暑。在鏡面邊緣那棵眼熟的微彎橡樹後方，應該會是一條小溪。「這是精靈世界的森林嗎？」

「我不知道，」他說，「我只知道那裡有樹葉和枝幹，還有松樹的香味。我只關心這些。」現在想來，我確實聞到了淡淡的松針香氣。那是夏季森林地面上的松針，在腳下折斷時散發出溫暖的芬芳。

儘管我已經筋疲力盡，還是在壁爐旁坐了下來。事實上，我仍然感到頭暈。在雪地裡騎馬穿越那片荒涼國度，以及與那名女精靈對話，這些事件本身就是極大的收穫，遠比大多數樹靈學家在整個職業生涯中所能期盼的都來得多。我在這一夜間獲得的資訊，已足夠我寫出一年份的論文。我把酒喝完，再度癱坐在椅子上，腦中飛快地盤算著要在精靈百科中增添哪些新的內容。

溫德爾坐在我旁邊，喋喋不休地說起我們回去後將如何在劍橋和國際靈俗會大放異彩，也談及無數其他的事情，並不指望得到什麼回應——這是他身上最讓我喜歡的特質之一。承認自己和這樣一個喧鬧的傢伙待在一起很自在，聽起來可能有點奇怪，但或許和對你不抱任何多餘期望的人相處總是自在的。

然而，過沒多久，我竟然感到有些歉疚。「你不必和我待在一起，」我說，「你可以去酒館，向村民講述我們成功歸來的故事。」

「我為什麼要那麼做？小艾，我更喜歡有你陪著我。」

他說得好像這是顯而易見的事實。我冷哼一聲，認為他在揶揄我。「遠勝過酒館裡有一群滿懷感激的熱心聽眾作陪？喔，當然是這樣了。」

「遠勝過任何人的陪伴。」他的語氣又帶著幾分笑意，彷彿不明白我怎麼會對如此明顯的事情有所質疑。

「你喝醉了。」我說道。

「要我證明給你看嗎？」

「不，不用。」我驚慌地說，但他已經跪地屈起單膝，還握住我的手。

「天哪，你到底在做什麼？」我咬牙切齒地說。「而且為什麼是現在？」

「要我預約時間嗎？」他一說完就笑了起來。「好的，我相信你更喜歡這樣。那麼，請告訴我你什麼時候方便接受愛的宣言。」

「喔，快起來吧，」我感到相當惱火，「這是在開什麼玩笑，溫德爾？」

「你不相信我？」他勾起嘴角，一臉淘氣，我在其他精靈身上也看過這種表情，足以讓我知道他的話半點都不能相信。「只要你開口問，我就告訴你我的真名。」

「你又有什麼理由要告訴我真名？」我質問道，把手抽了回來。

「喔，小艾，」他惆悵地說，「你是我見過的最聰明的笨蛋。」

我瞪著他，一顆心跳得飛快。當然，我並不是傻瓜——我早就猜到他可能對我有點好感，但我希望他能把這份感受藏在心底，直到永遠。也不是說我完全不希望相反的情況發生，但我一直以為，他對我的感情就像對那些在他床上進出的無名女人一樣。既然我已經和他共享著更有價值的事物了，又何必自甘墮落呢？

可是，現在他卻說要將自己的**真名**告訴我？

有一次，我走在新西伯利亞東部森林中的一條藍狐莓小徑上，不慎被樹根絆倒，一頭栽進了山澗裡，濺起巨大的水花。幸運的是，我落在被水流推至邊溝的一堆濕樹葉上，而非左側約十公分遠的鋒利岩石上。但我還是完全喘不過氣，有好幾分鐘都只能躺在原地，忍受全身上下的無數瘀青陣陣發痛——即便如此，我也從未像此刻如此震驚過。

溫德爾嘆了口氣。「唉，我也不指望你會用我的眞名做什麼。我已經愈來愈習慣難過的日子了，我想，繼續難過也不會讓我變得更憔悴。」

「我會命令你去做各種可怕的事。」我勉強擠出這句，覺得自己的聲音聽起來非常遙遠。

「你在這方面似乎已經很有天賦了。」

「我會讓你陪我進行每一次的田野調查，」我說，「還會逼你六點起床，背著我的相機和設備到處跑。你不會再有一天能逃離辛苦的研究工作，而且，我肯定會要你收回之前僞造的所有論文。」

他惡狠狠地瞪著我。「是啊，你當然會這麼做了。既然如此，你爲什麼不乾脆嫁給我呢？」

好一陣子，我什麼也沒說。屋內僅剩爐火的劈啪聲，以及飛雪打在窗上的拍擊聲。「那的確是一個更明智的建議。」我說。

他突然爆出一陣大笑，笑到後來還抹了抹雙眼。「更明智，她竟然說**更明智**。」

「沒錯，就是這樣。」我沒好氣地打斷他。「我沒說我們會結婚。但我要你的眞名做什麼？我又不想像命令僕人一樣命令你。你可以自己留著它，順便把你瘋狂的精靈邏輯也收起來。」

「很好，」他說，「看來就是這樣了？你的答案是不願意？」

「我可沒這麼說。」我惱火地反駁，腦中亂成一團。我無濟於事地想著，這種事情在利奧波德身上根本不會發生。利奧波德在各個面向上都是可預測的，就像泉水一樣透明。「我要走了。」他會在他無法享受的晚宴上這麼宣布，然後眞的離開。他也會對長篇大論的同事說：「我已經聽不下去了。」然後開始看自己的書。我知道人們因此覺得他很奇怪，但這種作風很適合我。他在接吻前總會先說：「我要吻你。」我不知道爲什麼有人會介意這一點——提前知道對方要做什麼讓人很放鬆。我想這就是爲什麼我們處得這麼好。當然，溫德爾和利奧波德之間的共通點並不比石頭與公雞更多。

爐火似乎突然變得太熱了，我身上的汗水幾乎浸透了衣服。「呃……我……我到底該怎麼回答？」

他氣惱地攤手。「你**想**嫁給我嗎？」

「那、那不是重點。」這句回答毫無道理可言，卻最能表達我的感受。我從沒想過要嫁給溫德爾——我又有什麼理由這麼想？他可是溫德爾．班柏比！當然，我曾想像過以其他形式和他待在一起，特別是我已經習慣有他陪在身邊——和他一起穿越廣袤大陸，無疑會有大半時間都在爭辯；一起進行研究；一起在林地和荒野中尋找通往精靈王國的失落之門。是的，我喜歡像這樣經常、甚至是一直和他共處的前景，一想到我們即將分道揚鑣，我就感到有點空虛。但我不能嫁給精靈，尤其不能嫁給精靈王，即便他是溫德爾。

「這才是重點，你這個瘋女人，」他說，「你不覺得我英俊嗎？我可以根據你的喜好改變我的外表。」

「喔，天哪，」我將臉埋入掌心，「你在幫倒忙。」

我沉默了一會兒，而他也任我思考，沒有打擾我。我意識到一部分問題在於，我並不習慣以這種方式看待他。於是，我試探性地握住他的手——就像伸手去拿一支可能會燙手的湯瓢那樣——然後在爐火旁的石板上蹲下，和他挨在一起，膝蓋相碰。

「你在做什麼？」他聽起來半是期望，半是驚慌。老實說，我很高興能讓他感到不安——這是他應得的，誰叫他突然向我扔出那些東西。

「我只是在做測試。」

他嘆了口氣。「那當然了，我早該猜到你會想冷血無情地處理這件事。」

「我沒有這麼想！」

「自從我說了我愛你之後，你除了對我喋喋不休之外什麼都沒做。」

「那有什麼問題嗎？」他剛才的語氣也不像是覺得有問題。「你以爲我會對你投懷送抱嗎？那你會不會對我的眼睛或頭髮說一大堆漂亮話？」

「不會，我只會說『放開我，你這個冒牌貨，快說你對艾蜜莉做了什麼』。」

「好了，閉嘴。」該死的爐火嘶嘶作響，發出一陣劈啪聲後就熄滅了。一滴汗珠順著我的脖子淌了下來。我只想快點結束這一切，於是向前傾身吻了他。

或許該說，差一點吻了他。我執行到一半就失去勇氣，約莫是在我注意到他的眼睛旁邊有個雀斑的時候。那時我還荒唐地想，如果我要求他去掉，他會不會照做呢？最終，與其說我吻了他，不如說是我的嘴唇輕輕擦過他的。那只是一個朦朧的吻，冰涼而沒有實感，我有點希望自己能浪漫地說這個吻具有某種顛覆性，但事實上，我幾乎感覺不到什麼。隨後他睜開眼，對著我展露天眞無邪的快樂笑容，讓我可笑的心猛然一緊——如果心是我用來做決策的主要器官的話，我一定會立刻答應嫁給他。

「你想要什麼時候回覆我都行。」他說。「想必你會需要列一份利弊清單，或者畫一系列長條圖。如果你願意的話，我可以幫忙你把圖表分門別類。」

我清清喉嚨。「我認為那只會是毫無意義的猜測，因為你不可能跟我結婚。我可不想等你回到你的王國後就被丟下，苦苦盼著你回來。我沒有時間為你憔悴。」

他驚訝地看了我一眼。「被丟下？好像你會同意似的。如果我之後回來探望你，八成會被你活活燒死。不，小艾，你要跟我走，我們一起統治我的王國。你要出謀劃策，讓所有的議員都乖乖聽你的，就像你對阿坡做的那樣，而我會讓你見識一切——所有一切。我們會前往我的王國中最黑暗的地方，然後再一起回來，你會找到你從未想過的問題的答案，而你的發現將足以塡滿每一本日誌和每一座圖書館。」

這就是我們今天最後的對話。我甚至不知道為什麼要寫下這些，我並不想為後人保留我生活中的浪漫細節（那頂多是一道極其簡短的腳註），但我發現寫下這一切讓我感到平靜了些。也許我以後會撕掉這幾頁。

我知道，如果我把這本日誌放在一旁，試著入睡，就會在腦海裡把所有的爭論和反駁都想過一遍，但我還能怎麼辦呢？影子從前爪上抬起頭來，一臉哀怨地望著我，好像我讓牠失望了。這個小叛徒。

十二月二日（？）

我不知道今天是哪一天，所以決定先寫上猜測的日期。我相信寫日誌可能有助於我在這裡保持理智，如果還有什麼可以幫助我的話。現在一切都變得模糊不清，但我仍清楚地記得寫上一篇日誌時我有多惱火，彷彿只是一兩天前的事而已——也許確實如此。

昨晚，我躺在床上翻來覆去，肯定至少有一小時難以入睡。如今有位精靈的求婚就懸在我的頭頂上，我到底要怎麼專心做研究？我幾乎可以把自己看作是故事中的少女，但故事中的精靈才不會在小屋各處留下髒茶杯，也不會在我的書上用墨水劃線，全然無視我多次的嚴厲警告。

我當然想嫁給溫德爾，這是整件事最讓人生氣的地方——我的情感與理智合謀了。我不會撒謊說這份渴望純粹是浪漫的，因爲我無法阻止自己想像我們回到劍橋後的情景——儘管溫德爾·班柏比飽受爭議，他仍是一位著名的學者，也就是說，我們兩人確實能組成一支令人生畏的隊伍。今後我將再也無須擔心田野調查籌措不到資金，或者受到學術會議忽視而收不到邀請函。

一想到邀請函——是的，就爲了邀請函——我便立刻從床上起身。我一把拉開房門，打算大步越過走廊，然後——呃，撲進溫德爾懷裡。我想看看他會怎麼做，更重要的是，我想確認我是否會喜歡這種事。如果無法確定這一點，我是不會嫁給他的。

然而，我還來不及朝目的地踏出任何一步，一股平靜感便像夢境般籠罩住我。我沒有走到溫德爾的房門口，而是回到自己的房間，換上保暖衣物。影子仍然睡在床腳，但模樣有點奇怪——牠抽搐著發出嗚咽聲，巨大的爪子拍打著看不見的敵人。我踏出房門，邊走邊穿上斗篷。

我無意間垂下目光，瞥見了自己的左手。戒指仍在，但不再是一圈黑影。它變成一枚打磨得光滑無比的冰環，上頭鑲嵌著細小的藍色水晶。

我當然知道發生了什麼。這些年來，我中過的精靈魔法已經夠多，足以讓我積累出一定的適應能力——至少，我能夠識別咒法在何時影響我，而缺乏這種識別能力正是大多數凡人的致命傷。事實上，如果你觀察得夠仔細，要擺脫精靈咒法並非不可能。大多數人都沒有嘗試這麼做，因爲他們並沒有意識到是咒法在驅使自己不停地跳舞，直到雙腳流血；咒法也可能驅使他們殺害家人，或者任何精靈可能施加在無助凡人身上的恐怖事情。

不幸的是，在這種情況下，我對自己中了咒法的認知並沒有什麼用處。這道咒法的力量異常強大，就像鐵鉗一樣牢牢地鉗住我。

我想盡一切辦法抵抗，試圖尋找可能的漏洞。我無法阻止自己穿上靴子，只能透過把玩鞋帶來拖延整個過程。然而，鞋帶最終還是繫好了，於是我拉開前門，踏入夜色之中。

我勉強轉頭，最後一次看向我的精靈百科。整疊書稿正整齊地疊放在紙鎮下，兩側突出的書籤標示著仍待修改的章節。就在幾週前，我還將這本精靈學巔峰之作比作是一場博物館精靈特展，由最權威的專家——也就是我——親自精心撰寫並分門別類，記載著無數愚蠢凡人落入精靈把戲的故事。這未免太過諷刺，讓人難以忍受。

不出所料，嘗試大聲呼叫溫德爾也只是徒勞。我腦中理性、未受控制的部分清楚地意識到，這種情況相當合理。我的雙腳正向著某處走去——目的地有如烙印般清晰地浮現在我腦海中，是禁錮著精靈王的那棵樹，而咒法自然不會讓我做出任何阻撓前進之事。

不過，咒法顯然也不希望我在途中感到不舒服——畢竟它迫使我穿上了保暖衣物和靴子，以免凍傷。也許我可以利用這一點來達到自己的目的。

我將注意力集中在毫無遮蔽的雙手上。我的手很冷，而且只會愈來愈冷。我想像著指尖逐漸泛白，手指也凍得麻木而無法動彈。我沒有試圖移動雙手，只專注於讓咒法知道我的願望。

我成功了。走下小屋臺階時，我將手伸進口袋，掏出昨天塞入的手套並戴上。說是**我**，其實是咒法讓我這麼做的，就像它剛才把我當成木偶換裝一樣。而我所做的與其說是自己伸手拉線，不如說是在和操偶人講道理。

當我意識到接下來要做的事情時，實驗成功的喜悅就褪色了。我刻意放慢穿過草坪的腳步，好讓自己做好心理準備，儘管我懷疑拖延這幾秒是否只會造成反效果。我不知道我的胃是否受到咒法控制，也不知道嘔吐是否在我的能力範圍之內。

這時，那把斧頭出現在我面前，依然插在樹樁上。斧頭是我前一天親手留在那裡的——感覺彷彿是很久以前的事了。多虧莉莉婭耐心的指導，我已不再是剛來時那個差勁的伐木工，但也還談不上嫻熟。

「該死。」我罵道，該者該說是用嘴型罵道。顯然咒法允許我無聲地咒罵，真是令人欣慰。

我又一次說服咒法，讓它相信沿著斜坡往下走比起往上更輕鬆。這道咒法很有紳士風度，但我可沒什麼把握讓它相信我下一個決定的好處。

我從想像狼的樣子開始。是的，森林裡有狼，眞讓人害怕。而我，一個手無寸鐵的女子，即將隻身進入狼群出沒的森林深處，身上沒有半點防護。難道不該像戴上手套那樣帶著武器嗎？對吧，當然該這麼做了。

我緩慢地、恍惚地拿起斧頭。斧刃鋒利得令人心驚——從實用的角度來看，這是件好事，但在那一刻，我卻無法如此看待它。

咒法開始迫使我將斧頭夾在手臂下，希望我像乖巧的小木偶一樣繼續前進。至少它仍以爲我很乖巧。我知道把咒法當成一個人眞的很蠢，但它感覺起來就像是一個人。

我把左手放在樹樁上，高高舉起斧頭——喔，這當然只是爲了檢查斧刃有沒有變鈍。最好把斧頭舉高一點，才照得到月光。

我就這樣堅持到最後一刻，在一瞬間拚盡全力，以意志對抗咒法。

就在那短短的幾秒鐘內，我重獲自由。咒法似乎感到相當驚訝，但那或許只是我的幻想。我知道我不會有更多時間了——它當然不會給我第二次機會——於是揮斧朝我的無名指砍去。

我按照莉莉婭教我的方法——眼睛盯著目標，讓斧頭的重量來完成動作。我將其餘手指緊貼在樹樁側邊，以免遭到波及。我相信自己很可能會失手，讓斧刃砍進自己的掌心——不論我怎麼說服自己，這都和瞄準木柴的裂縫完全不同——但我在腦海中聽到莉莉婭歡快又從容的聲音，彷彿我正在做的只是這世上極爲普通的一件事，於是不再猶豫。我瞄準目標——突然之間，眼前所見的無名指已不在我的左手上。

一種極爲奇妙的感覺湧現。起初，我只感覺到魔力離我而去——就像在夢中墜落，缺乏眞實的地面衝擊，唯有徹底清醒。我清醒過來之後，痛感旋即伴隨著血色席捲而來。

我踉蹌地走著，意識時而模糊，時而清晰。沒記錯的話，我似乎還吐了一回。但不知怎的，當我完全恢復知覺時，我發現自己已脫下手套，用圍巾壓住失去無名指的傷處。

我在雪地裡啜泣了一兩分鐘，既是因爲鬆了一口氣，也是因爲強烈的疼痛。稍微緩過來之後，我回到小屋，爲我的左手包上繃帶。

然後我再度出發，去找那棵白樹。

十二月三日（？）

我把昨天的日誌又讀了一遍，敘述看起來相當不理智，甚至有點瘋狂，但我向你保證，我的頭腦非常清醒。

去找精靈王之前，我當然考慮過要叫醒溫德爾，但那會暴露我的眞實處境；如果我和溫德爾一起去，白樹中的精靈王就會知道我已經擺脫咒法。一般而言，精靈並不會善待成功破除咒法的凡人，只會視之爲對自身魔法技藝的侮辱。因此，在暴露未中咒法的狀態下貿然前往，只會增加風險。

我想，大多數人應該都想問我爲什麼要去找精靈王。對此我無法給予適切的回答，只能提出另一個問題來代替：如果你給天文學家一架望遠鏡，透過它能觀測到一整座未曾被探索過的星系，卻只讓對方觀測其中一顆星星，他會滿足嗎？只要釋放白樹中的老國王，我就能見證精靈王登基，還能見證一個我聽過無數次、以各種方式講述的故事之結局。畢竟，故事是精靈世界的根本；不了解精靈的故事，就無法理解他們。

至於次要動機，我承認，我確實希望藉此讓歐黛、索拉和村裡的其他人擺脫對高個子的恐懼——如果老國王以前禁止族人帶走凡人青年，並因此被推翻，那麼我毫不懷疑，一旦他重獲自由，哪怕只是出於怨恨，他也會繼續這麼做。大部分的精靈都會受到傲慢蒙蔽，無法從錯誤中吸取教訓，即便某種思想或行爲模式讓他們一次又一次地陷入困境，而且一次比一次更糟糕，他們也只會一如既往地繼續實行。這或許可以解釋爲什麼許多精靈故事都充滿混亂和荒誕的特質，而他們的王國也是如此。

我至少留下了一張字條給溫德爾，告訴他我去釋放白樹中的精靈王，也已經破解我中的咒法（我沒有詳細說明是怎麼破解的，以免他突然暴怒抓狂，做出斬殺羊群之類的事），但我會裝作咒法仍未解除的樣子，就算他醒來時我還沒回來，也最好不要做什麼事害我的僞裝暴露。

我先去了阿坡那裡一趟。我走得很快，或者該說是盡可能快地穿過深度及膝的積雪，手臂下挾著一個最近剛送來小屋的包裹。

阿坡小心翼翼地從樹上爬下來，尖尖的小臉上寫滿疑惑——我從來沒有在晚上來找過他。此刻，溫泉和樹林看起來截然不同，到處都是星光般的光點，映在流動的泉水中和雪地的冰面上。但我想應該不是星光，因爲當我走近溫泉，光點便在眨眼間消失，然後又出現在樹林深處。

「我來問第三個問題。」我說。

阿坡點點頭，但他的目光一直在我挾著的包裹上游移。爲了消除他的疑慮，我把包裹放在他面前。他似乎不知道該拿包裝紙怎麼辦，直到我告訴他可以撕開——於是他用一根鋒利的手指無聲地劃開。他一看到那張黑熊皮就大叫起來，這是我哥哥總算從倫敦的一家皮毛店寄來的——他很不情願，在信中大發牢騷，對於我又把自己捲入這種精靈鬧劇表示失望，顯然他並不會相信我想要這張毛皮是爲了供我個人使用。

「我的夫人會很高興的，因爲這能襯托出她的美麗和高貴。」隨後他又補充道，以典型的精靈作風來說，他們就像守財奴一樣吝於散播資訊，但有時他們提供的啓示遠比人們以爲的還要多。「雖然她更喜歡凡人的皮。」
對於他最後一句話，我選擇保持沉默。「你的夫人？」
他紅著臉低下頭。「殿下先前賜予我一個奇妙的家，許多精靈爲此夜以繼日地敲我的門，要求和我結婚。當然，我選擇了其中最可愛的。」
「恭喜你。」我由衷地恭賀道，很爲他感到高興。「我能見見她嗎？」
溫泉旁傳來一陣細微的動靜，阿坡的妻子就在那裡看著我。她和阿坡沒什麼不同，只是她可能更高一點，身上還穿著一件顏色蒼白、質地猶如薄紗的古怪衣服，但我沒時間細看。她繞過我走到阿坡身邊，用手指摸著熊皮。兩人低聲交談著。
「你想要用這份禮物交換什麼？」阿坡說。
「現在什麼都不要，」我說，「我之後會再來索要我的報酬。」
阿坡的妻子不安地看著我，無疑是擔心我又會帶著惱人的要求來敲他們家的門，但阿坡低聲對她說了什麼，她似乎便放鬆下來。
「我告訴她，你是我的家伴。」他說。「她能理解。在來這裡之前，她在另一個村子裡也有家伴，對方總是公平地對待她和她的親人。你也會公平地對待我們。」
他說這話的語氣不帶熱情，只像是在陳述一件不言自明的事情。儘管如此，我的淚水仍不禁湧現。我以前也曾和其他精靈締結聯繫，我不知道爲什麼他的話會對我產生如此大的影響，但確實如此。
「我在冬天結束前就會離開這裡，」我說，「你找寒光島人作爲家伴不是更好嗎？」
「你人在哪裡並不重要。」他只這麼回答。

我把熊皮握在手上，然後讓阿坡的妻子把它拿走。她就像隻熊一樣，輕而易舉地融入森林之中。

「老國王是怎麼被囚禁在白樹裡的？」我問道。

阿坡全身一僵。「那是很久以前的事了，」他小聲地說道，「那時我不過是枝椏上的一根冰柱[17]而已。」

「喔，」我失望地說，「這麼說你不記得了？」

「不，不是的，我記得——我怎麼會不記得呢？就算我不記得，森林和雪也不會對此保持沉默。陛下被關起來的時候，它們都非常難過——當然，雪的記憶力很差，到了第二年就幾乎什麼都忘了，只記得自己很生氣，所以它用討厭的雨霰覆蓋一切，而不是真正的白雪。它把一切都變成泥漿和灰色汙泥，真的太可怕了。」

與初次見面時相比，阿坡現在願意主動告訴我更多。儘管他透露的情報相當豐富，但我沒什麼時間耽擱。如果我逗留太久，就沒辦法讓精靈王相信我依然身中咒法。

「那是怎麼做到的？」我再度追問，「我猜是用了很複雜的魔法。」萬一精靈王不僅僅是按照精靈的標準既瘋狂又邪惡，而是真的既瘋狂又邪惡，那麼我勢必需要知道該如何再次困

17 這個說法很耐人尋味。一名泛精靈將自身存在與自然界（冰柱）連結起來，乍聽之下好像是布萊斯學派的勝利，不過仔細想想，我認為這個解釋站不住腳。精靈常用隱喻的方式說話。事實上，幾年前我遇見一位德國小矮人，她稱自己為「嫩芽」，也就是「孩子」的意思，但我知道她並非由芽苗幻化而成，因為幾天後我見到了她的父母。阿坡這段期間也的確曾多次在對話中提到他的母親。

住他。

「也不算是。」阿坡若有所思地說。「第一任王后送給他一件用四季織成的斗篷，有天晚上，他穿著那件斗篷在星舞湖邊睡著了，就像他經常做的那樣，於是王后把冬天裁掉，又重新縫起裂口。她把他裹在斗篷裡，扣上了所有的釦子，就這樣困住他——畢竟，沒有人能逃過沒有冬天的一年，就算是國王也不行。接著，她把國王的腳埋在森林裡，又把她用來縫斗篷的絲線、羊毛和金線變成了樹皮和樹葉。在那之後，這棵樹長得非常高大，而國王仍在裡面，永遠受困其中。」

「哦，」我淡淡地說，「就這樣嗎？」

✦✦✦

早在我抵達那棵白樹下之前，我的左手便開始劇烈地抽搐，每走一步，手臂上都會傳來一陣火辣辣的刺痛感。纏在手上的繃帶變得血跡斑斑，但我也無能爲力，只能讓左手繼續塞在手套裡，祈禱精靈王不會發現。

我站在白樹前，它的枝葉沙沙作響，自顧自地哼著樂曲。我雖已不受咒法束縛，但這點並不重要，因爲這棵樹本身即充滿魔力——我之前和溫德爾一起來時就注意到了。我想精靈王應該正在沉睡——也許他一直都在沉睡，但我毫不懷疑他在夢中仍能感覺到我的存在。

我因興奮和恐懼而顫抖，右手緊緊握住銅幣，只容許一點魔法滲入腦海——也就是讓注意力變得渙散，這對我來說很不容易，畢竟我更習慣抵禦魔法，而不是邀請它長驅直入。這麼做有其必要，因爲我根本不知道該怎麼釋放精靈王。之前那枚魔法戒指顯然並不在乎我是否帶著斧頭，所以一定還有其他辦法。

魔法低喃著要我挪動雙腿，於是我照做。它讓我在樹林間大步走動，堆起一座雪堆，再用手塑形。我走到溪邊，打破冰層，然後找來一卷樹皮裝水。接著，我把水澆在雪人身上——是的，精靈王要我堆雪人，也許以後我會爲這件事發笑，但此時此刻，我感到非常不安，無憂無慮的童年記憶遭到巨大而可怕的魔法扭曲——我看著眼前的雪凝固成銀色的絲帶，就像頭髮的紋路。

我站在原地望著自己堆出來的醜陋雪人，覺得自己很蠢，也懷疑樹中的精靈王是否眞的會想走進雪人之內，把它當作新的肉身。溫德爾曾說過，精靈王原本的身體已經腐壞，所以他需要借助其他的實體，但我實在無法想像他會選擇這個雪人。當然，有鑑於精靈王此刻仍被困在白樹中，他到底想進入什麼樣的身體也有待商榷。

我開始懷疑這一切可能是個錯誤。也許精靈王當初想對溫德爾施法，只是既然現身的是我，就順便和我玩玩。三更半夜把一個凡人從床上拖起來堆雪人，在我看來並不是太迷人的消遣，但他被困在樹中好幾個世紀，大概也沒什麼娛樂的機會。就在我想著這些時，一隻烏鴉從樹上飛了下來，棲息在雪人的肩膀上。

隨後又有兩隻烏鴉飛來。牠們圍著雪人打轉，對著雪人又啄又抓。在牠們停下之後，雪人看起來更像一個人了——但只有更像一點。它的模樣依舊奇怪，卻不再猙獰。令我驚恐的是，這些鳥兒就這樣死去，墜落在地上。鮮血從我看不見的傷口滲到雪地上，染紅了雪人的腳，就像獻祭一樣。我想牠們確實就是祭品。

白樹又發出陣陣呢喃，魔法再次催促著我，但不是催促我行動，而是催促我**思考**。我這才意識到，精靈王不知道該如何釋放自己，他希望我能想出辦法。

於是，我開始高速思考。不過，無須魔法，我的思緒早已在故事和學術論文中來回穿梭，從中找出資料與我所知道的隱族和他們失寵的國王進行對比。

尋釦咒。

那個無用、可笑、蒐集鈕釦用的破力咒，我一向把它看作是神祕的插曲，也許哪天會成為我論文中的一條腳註。不過，樹靈學的腳註有時就像精靈本身，往往會送來意料之外的驚奇。

我感到一陣顫慄竄過全身。如今回頭看來，這本該是停下來省思我的作為是否明智的好時機，但我太過沉浸於學術發現的喜悅（或許還有我的自負使然），完全沒想到要這麼做。我轉向那棵白樹，唸出尋釦咒。

猜猜看接下來發生了什麼——一顆鈕釦從白樹枝椏間飛了出來。我接住它，放在掌心上仔細端詳。鈕釦潔白而乾癟，在我手上撒下乾脫的細末，就像一塊古老的骨頭，其中一面還刻著橡實的圖樣。它開始在我的掌心融化，於是我將之丟進雪中，在鈕釦離手的瞬間，白樹猛然顫了一下，隨即靜止不動。

我又唸了一遍尋釦咒，另一顆鈕釦飛了出來，只見上頭刻著一朵花。下一顆鈕釦上則刻著一艘帆船，在溫柔的波浪中做著美夢。

當第九顆鈕釦飛出時，白樹的樹幹便像斗篷前襟一樣裂開，樹皮隨風飄揚——下一瞬，樹皮又變成了絲線和細羊毛，於吹過林間的風中翻騰，然後靜止下來。白樹發出一聲嘆息，讓樹葉、嫩芽和果實全掉落在雪地上，發出砰砰聲響。

我凝視著樹幹上漆黑的空洞，一顆心跳得飛快，靜靜地等待著。一聽到身後傳來腳步聲，我就尖叫起來。

「沒必要這樣，」一個聲音說，「但我並不介意。已經很久沒有人怕我了。」

隱族之王跪在雪地上，看著死去的鳥兒嘖嘖稱奇。起初，他看起來很像我在烏鴉的幫助下建造的冰雪雕像，但隨著他每一次呼吸，這副冰雪之軀逐漸注入生命，外表也愈來愈像凡人。這有點像是看著一個人從渾濁的水中浮現——前一刻，他的臉還只是模糊不清的冰面，下一刻，他就眨著淡藍色的眼睛對我微笑。他當然很俊美，我想這點毋需多言。他的頭髮黑中帶白，顴骨高聳，寬闊的嘴微微揚起；髮間的白其實源自於蛋白石墜飾，身上的黑藍色衣袍也披著一層薄冰似的飾紋，還戴著一頂白色王冠和層層疊疊的珠寶項鍊，在昏暗的光線下閃爍著迷人的光芒。他所穿戴的一切既雅致又華美，完美符合人們對一位國王的期望，華貴得恰到好處。

「可憐的東西，」他說，「這個世界對野獸眞不友善，對嗎？現在沒事了。」

他輕輕觸碰，三隻烏鴉便復活了。但烏兒的動作很僵硬，身上依然滿是血跡——其中一隻的脖子已經斷了，以令人不安的角度歪著頭。這隻歪頭烏鴉飛到精靈王的肩膀上，啄了一下精靈王撫摸牠的手指，啄出了血。精靈王笑了起來。

「你好，我的愛人。」他說著大步向我走來。「我親愛的救命恩人，你把我的身體和王位還給了我，讓我擺脫了永恆的禁錮。」

我還來不及從驚訝中回過神來，他就忽然吻了我。那感覺就像一片冰冷的玻璃貼上我的嘴唇，也像是在嚴寒的冬日裡呼吸。我踉蹌地後退一步，劇烈地咳了起來，而後很長一段時間，我都覺得肺部彷彿凍傷。

「我、」我開口道，「我不是您的愛人，我誰也不是。」

「喔，別擔心，我知道你是誰。很久以前，當我還是個孩子的時候，一位先知曾告訴我，有一天我會被自己的族人關起來，只有一個小鼠似的學者能讓我重獲自由，而我將會娶回那隻小鼠——你不覺得這種對比很有詩意嗎？——然後，我們會一起統治我的王國。」他伸了個懶腰。「喔，我真高興能夠離開這裡。我想我該做的第一件事就是好好洗個澡，再吃頓醃梅魚子醬大餐。你喜歡醃梅嗎，親愛的？」

在那一刻，要我重新像個學者一樣思考並不容易。或者該說，要我做任何思考都很不容易。怎麼會突然冒出這麼多精靈王要求我嫁給他們？我強迫自己保持理智，以他可能會喜歡的方式回答——是的，我喜歡醃梅，謝謝——並詢問有關先知的事情。

「我知道的不多，」精靈王說道，「畢竟我從未仔細看過她。她總是衣衫襤褸，不是這裡的居民，而是到處流浪的精靈。」

我仔細想了想，然後說道：「陛下，我很感激您願意娶我。但我配不上您，可以說差得遠了。」

他溺愛地看了我一眼，彷彿我是個剛學會從一數到十的孩子。「但我必須滿足你的一切願望，親愛的——就從我們的婚姻開始。你的謙虛值得稱讚，我非常喜歡謙虛的人。不過，這是怎麼回事？」他觸碰我受傷的左手，上頭的繃帶正滲出黑血，滴落在雪地上。

恐懼感攫住了我，讓我無法繼續假裝自己還受到他的魔力控制。「我、我是自願前來釋放您的，陛下。這是爲了表達我對您的敬意。」

聞言，精靈王雖然面帶疑惑，但似乎沒什麼興趣探究我的動機。接著，他聳了聳肩，解開我手上的繃帶——痛感瞬間竄過整隻手臂，讓我倒抽了一口氣——然後，就像魔術師從手帕中變出花朵一樣，在繃帶鬆開後，揭露的是已然癒合、完美無瑕的手。我的無名指仍然缺失，也仍舊陣陣發痛，但感覺就像舊傷。我不禁懷疑，他可能也有操縱時間的能力。

「我、我想保持未婚。」我結結巴巴地說。「就像我剛才說的，陛下，我釋放您是出於敬重，而不是希望得到什麼回報。而且，我已經有未婚夫了。」

「喔，這不要緊。」精靈王揮舞戴著戒指的左手。「我會補償他聘金，這樣他就不會傷心了，因爲他很快就可以娶到比你更漂亮的人。」

我看得出來，他完全無法理解「我可能並不想嫁給他」這個概念。我想，從先知告訴他的內容看來，他的想法還是有一定的道理；不過，我對精靈自戀程度的了解足以讓我料想到，無論如何，他都只會認定我很想嫁給他。所以我放棄了這種做法。

「可是，正如您所說，我長得並不漂亮。」我以此爲由婉拒是相當有力的，因爲精靈除非是受騙上當，否則絕不會和長得不好看的凡人結婚（即便是受騙成婚，最後也往往會發現凡人其實是美麗的，只是因爲受到詛咒才變得醜陋不堪）。他在我的平凡中找不到任何吸引人的地方，尤其是此刻，我樸素的衣服上沾滿了血跡和汗水，頭髮異常凌亂（以我的標準來看也是如此），大部分都散落在背上。

「這倒是眞的。」他露出痛苦的表情，上下打量著我，然後又低頭看看自己，彷彿需要用自身的美麗來撫慰雙眼似的。「讓我們看看能爲此做些什麼。」

我還來不及開口，身上的衣服便窸窣作響，嶄新的禮服和斗篷隨即如流水般從我的肩上披覆而下。我的衣裝全是深藍色的，和他的衣服很相配，其中斗篷的顏色較深，上面同樣有冰晶花紋和蛋白石墜飾，就像在夜空中旋繞的星座。我的靴子則被變成過膝長靴，材質也變爲純白小羊皮，還附有釦帶。

我立刻開始發抖，因爲他沒有費心變出任何保暖的東西。斗篷雖是毛皮做的，卻太過單薄，更適合春日而非冬夜。他一派悠閒地走到我後方看了看，又爲我的斗篷加上更多的珍珠，然後再替我添上一對耳環——最後我戴了兩對耳環，一對是綠寶石吊墜，另一對是一串形狀如鴿的珍珠。

他宣布大功告成，看起來很高興的樣子。「好了，你現在勉強算是漂亮了。」

「『勉強算是』還是不夠好，不是嗎？」我咬牙說道，腦中飛快地運轉著。「像您這麼俊美的精靈王不應該娶像我這樣的人。」

「喔，不會的！你要知道，擁有心靈和精神之美，對我來說才是最重要的。」他說。「我喜歡詩歌，詩人都說這種美才是最重要的，像是善良、慷慨、寬恕。」他忽然皺起眉頭。「但我承認，我爲此感到相當掙扎。即便是現在，我也懷著滿腔復仇的慾望，想報復那些把我困在樹中的臣民，包括我的第一任妻子。我眞想用她的血一杯一杯地餵給我的狼喝，但是……」他對我露出煥發光采的笑容。「我會忍下來。因爲我憎恨殘忍和所有形式的醜陋，也不會容許自己變得如此。」

在精靈王身後，他復活的烏鴉開始騷擾一隻兔子，讓兔子發出令人心驚的尖叫聲——那隻烏鴉似乎對殺死兔子沒什麼興趣，只是不停撕扯著兔子的皮毛取樂。我從未見過鳥類有這樣的行爲，但精靈王並沒有注意到此事。

「親愛的，你想要什麼樣的王宮？」他拉著我的手說。「我們必須找個地方迎接朝臣，他們會知道我重獲自由，並過來向我致敬。」

就算他用劍抵住我的喉嚨，此時的我大概也無法做出任何回應。我曾想像過將他從禁錮中解救出來後的各種可能性，但這種情況並不在其中。我確實感到恐懼，其中卻也夾雜著近似於狂喜的荒唐感受。儘管我不想成爲王后，也不想做任何與之有關的事，然而，試想你將畢生精力投入一個難以捉摸、幾乎完全由道聽塗說和推測構成的研究領域，卻有突然人隨口對你說，好吧，我現在給你一本書，它會回答你至今爲止的所有疑問，看看你是否會有同樣的感覺。

我覺得不太舒服，也開始懷疑自己是不是對陷入危險上癮了。

隱族之王寵溺地輕拍我的手，似乎認爲我要麼太謙虛、要麼太笨，才會答不上來。他轉過身，望向在冬日樹林間露出雪白臉龐的群山，將頭歪向一邊。

一陣轟隆巨響乍然響起，緊接著是一連串的爆裂聲。我嚇得差點摔倒在地，一心只怕遭到雷擊。眼前的高山受到冰霧籠罩，一座城堡在霧中浮現。有那麼一瞬間，巨大的冰砌城堡看起來就像閃閃發亮的幽靈，塔樓沿著山坡高低錯落，而隨著霧氣散開，它的存在也化爲眞實。

整座城堡近乎占據了半片山坡。精靈王發出不滿的聲音，瞇眼看著城堡，幾個砲塔便調換了位置，原本空無一物的地方也冒出一排附屬建物。他又瞇起眼睛，一條通往城堡的寬闊大道便突然出現，其路面以巨大的冰石鋪成，每塊冰石中都凍著一朵不同的花。我之所以能看到這些花，是因爲他將冰石一路鋪到我們腳下，讓樹木全倒在森林的地面上。這股衝擊力震得我差點站不穩，隨後又被樹木倒下掀起的雪塵嗆得猛咳。冰石大道兩旁掛滿了燈籠，散發出月色般的光芒，一如冬季市集上的掛燈。

我不僅是看著城堡從虛無中拔地而起——我還看著精靈王，既驚恐又著迷。當他不說話也不動時，就會變得完全靜止。眞的是**完全**。我猜測，在靜止的時刻，他便回歸到他的本質，意即被賦予形體的冬季。這種寂靜狀態就跟冰凍的湖面或積雪壓彎的樹木如出一轍。

他最後又揮霍了一回魔法，抬起手輕輕一揮，便撥開夜空中零星的雲朵，讓極光盡情閃耀，而今晚幾乎全是綠色的光。也可能是他將極光連同其他的一切一起召喚出來，我無法確定。

「是了，」他審視著我們眼前的驚人奇觀，「這樣很好，我想算是個不錯的開始。」

他的聲音似乎離我很遠，我的聽力已經被喧鬧的

十二月四日（？）

不知怎的，我竟然拋下了我的日誌，甚至沒有寫完最後一句話——這不像我，而我也不記得自己是何時決定停筆的。我很害怕有一天會完全忘記要寫日誌，決定無論走到哪裡都隨身帶著。

我對於自身處境的陶醉與興奮之情轉眼就消退了。因爲我很快察覺到，隱族之王所召喚的城堡引發雪崩，淹沒了鄰近村莊邊緣的幾座農莊。

「眞是不幸。」當我告訴精靈王這件事時，他同情地說道。「這樣吧，我會爲凡人舉辦一場盛大的宴會來補償他們。這場盛宴將持續好幾天，直到他們全胖得動不了爲止。你覺得怎麼樣？」

「恐怕行不通，」我說，「畢竟他們很可能已經死了。」

「喔，天哪。」他似乎感到非常遺憾，但一名精靈僕人隨即現身，用骨頭和月光製成的繩子（這是來自北海岸一名精靈領主的禮物）牽來了三隻白狼，這讓他頓時忘記周遭的一切（包括我在內），任由白狼在他身上跳來跳去，舔著他的臉。

我盡量不去多想這名僕人來得有多快。我有點擔心僕人是他從雪地裡召喚出來的；不知爲何，這一點最讓我感到不安。但現在有許多事情都令人忐忑，不僅僅是眼前的王宮而已。

前往王宮的路途遙遠，幸好我們無須步行走過冰封著花朵的冰石大道。一輛黑木製成的馬車映入眼簾，上面覆蓋著濕滑的冰霜，由兩匹優雅的精靈馬拉著，牠們一白一黑，看起來變幻不定——我發誓，牠們甚至一度交換了顏色。馬車夫和男僕從馬車上一躍而下，撲倒在國王腳下，由於衝勢過猛，其中一人還被冰割傷了。

「貝西爾達、戴蒙斯佛，」精靈王慢慢地說道，彷彿在細細品味他們的名字，「你們跑去哪裡了？肯定不是在我被王后禁錮的期間照顧我所在的樹吧。喔，當初雖然有幾個僕人留了下來，但人數漸漸變少，後來很長一段時間我都是一個人。」

兩名僕從張合著嘴，瑟瑟發抖，但精靈王只是笑了笑，將手放在他們頭上。「我原諒你們。」他親切地說，然後扶我上馬車。

「您的僕人怎麼知道您被釋放了？」馬車載著我們在路上飛馳時，我不禁問道。

精靈王疑惑地看了我一眼。「凡人怎麼知道冬天到了？」他望向城堡，淡色的眼眸熠熠生輝。死而復生的烏鴉在馬車前方飛著，不時俯衝下來啄咬僕從，即便國王告誡牠們（次數少之又少）也沒用。「我的朝臣很快就會到來，眞期待向他們介紹我的未婚妻。」他親吻我的手。

儘管我很害怕，卻也爲之著迷。「所以，您不認爲您的臣民會忠於現任王后？」

「忠於那個冒牌貨？不會的。」他似乎沒有因爲我的問題而感到困擾，也沒有表現出任何憤懣，自信依舊。「冬天了解我，了解高山和冰川，也了解極光和飛鳥。我或許是暫時受到禁錮，但無人能推翻我，這事並不像凡人所想的那樣。」

我注意到他沒有說自己不能被殺死——正如在故事中，精靈君主往往是可以被殺死的，雖然並不容易。我趕緊回應：「請原諒我對您的世界一無所知，陛下。我原本以爲這裡的臣民可能更喜歡王后，因爲您曾禁止他們對凡人做出某項特殊行爲，導致許多精靈心生怨恨。」

「他們怨恨我的原因很多，」他說，「國王存在的意義不是討人喜歡，而是要表現出高貴的品格，讓你的子民以此爲榜樣，約束自己的行爲。」

我思考了一下這個觀點。「那您會再次禁止他們從家屋中帶走凡人嗎？」

他露出燦爛的微笑。「不僅如此，親愛的，我還會要求他們釋放手上的每一個凡人。可憐的傢伙！凡人非常弱小，我一直覺得強者掠奪弱者並非光彩之舉。」他捏了捏我的手。「這讓你高興嗎？」

我告訴他確實如此，他又吻了我一下，說道：「你眞是個慷慨的人，比起珠寶或其他禮物，你最先請求我這件事。我很高興你即將成爲我的妻子。」

成功達成目的讓我稍稍鬆了口氣，不過，我彷彿能聽到溫德爾的嘲笑，說我又在「做慈善」。有鑑於我現在渾身冰冷麻木，還面臨永遠被囚禁在精靈國度的命運，在這種自身難保的情況下，我看似善舉的行爲確實是有點諷刺。

馬車帶著我們穿過王宮巨大的白色門扉，進入一座庭院，兩側有黑石砌成的長廊。這座宮殿相當詭異——我發現我只能從眼角餘光看見它，要是直視，王宮的輪廓就會像融入山坡上嶙峋的岩石和白雪般消失不見。令人慶幸的是，進入王宮之後，我就能正常地觀看它了。

整座王宮的建築風格出奇地簡潔。我本以爲會有許多宏偉的樓梯和走廊縱橫交錯，讓人迷失方向；但這裡就像寒光島的冬天，樸實無華，裝飾極少，卻美得令人屏息。不過，宮殿的規模非常大。鋪著冰磚的庭院足以容納整個拉芬斯維克，對面的長廊顯得遙不可及，輪廓在白雪籠罩下若隱若現。幾位精靈歌手站在那裡等著迎接我們，看起來就像漂浮在茫茫大海上的花朵。

我的記憶至此變得模糊。只記得精靈王滿臉笑容地為我引見，精靈們則彬彬有禮地向我致意，但下一瞬間，我卻站在精靈王賜予我的房間，眺望著山谷，完全不記得自己如何來到這裡。我的房間位於南側的長廊，面向峰谷間的一片開闊天空與濃霧，景色壯麗而駭人。我能看見覆著皚皚白雪的森林，在比森林更遠的地方有一抹灰，就像塗在畫布上的濕顏料，我猜那是大海。只見群山回望著我，面無表情，漠不關心。

十二月十七日（？）

精靈僕人一直隨侍在側，至少我是這麼認爲。我的手從來沒有空過，不是拿著食物、飲料就是禦寒的毛皮，不過自從我踏入王宮的那一刻起，便不再感到寒冷。

當然，我曾多次嘗試逃跑。我盡可能有條不紊地執行逃亡計畫，但這並不容易，因爲我的思緒總是被魔法攪得一團亂。因此，我始終緊緊抓著我的銅幣，這麼做很有幫助，寫日誌也是如此。

首先，我試著直接走出大門——不是我眞以爲事情會這麼簡單，而是出於徹底調查的執著，非得把所有想到的方法都試過一遍才甘心。然而我一穿過大門，便發現自己又回到房間，不僅如此，還坐在一個從未見過、嵌入地板的溫泉浴池裡，四周盡是用貝殼鋪成的寬闊臺階。兩名女精靈坐在我身邊，其中一個將蛋白石般變幻色彩的海藻與我像蠕蛇一樣的頭髮編織在一起；另一個則喋喋不休地說著傲慢的吟遊詩人教了白雪吟唱歌謠，害得白雪從此唱個不停。我感到全身綿軟，彷彿在浴池裡泡了很久。

我也嘗試要求僕人帶我到山上或森林裡走走——只要可以離開王宮都好。他們從來不曾拒絕，但我卻不記得他們是否眞的帶我出去過；每次我一提出要求，就發現自己又在泡溫泉，或者在和精靈王共進早餐，聽他興高采烈地講述修繕宮殿的進度。

精靈王陸續派來一批又一批的工藝師，以爲我們的婚禮做準備。有一次，兩名鬍子結冰、一身蛋糕味的苦惱精靈來與我商量婚宴菜色，不停地詢問我較偏好星辰釀造的葡萄酒，還是加了深海之鹽的麥酒，諸如此類的荒謬問題。

我盡可能保持冷靜，因爲我知道在精靈世界裡，驚慌失措很可能導致理智盡失，但我不得不承認有幾次失去了耐心。

「我鄙視葡萄酒！」我對一個可憐的精靈廚師厲聲喝道，他畏縮了一下，好像我會朝他噴火似的。「婚宴上只能供應啤酒，而且要用新月期間生長的大麥，加入用蜂蜜餵養且會唱歌的魚的骨頭釀造。」

「是的，殿下。」精靈廚師低聲說了一遍又一遍，低頭哭著離開。隨後換成裁縫湧進房間，我拒絕和他們說話，甚至在他們有機會量尺寸前就勒令所有人離開。

十二月二十二日（？）

今天，我站在窗前（基本上整片南側牆面上都是窗戶）眺望外面的景色時，突然注意到森林幾乎全被大雪覆蓋，有些地方的積雪之深，甚至只能看見樹梢。

「發生雪崩了嗎？」我詢問正在我房間裡的花藝師，他們帶來了各式各樣的花卉樣品供我挑選。

較年長的花藝師皺著眉看向森林。她是一位嬌小的女精靈，眼睛像墨水般幽黑，身上的衣服全由冰封的花瓣製成。

「現在是冬天，殿下。」她說。

「我知道，」我咬著牙回道，「但今年冬天似乎比以往**更漫長**。」她與另一位花藝師緊張地互看了一眼，對方是個瘦小的男精靈，手裡捧著一大束黑灰色的玫瑰。「國王陛下回來了。」他慢吞吞地說道，好像完全沒聽懂我的問題似的，答非所問。

然而，聽見他說的話，一絲恐懼霎時竄過我的背脊。再次見到精靈王時——我認爲是在晚餐時間，但也可能是在更早的時間點——我向他提出我的疑惑。

「是的，今年將度過史無前例的冬天。」他一邊高興地說著，一邊夾走更多的魚。隱族精靈會從結冰的高山湖泊中抓魚，然後將活魚直接放在冰塊上，或者丟進帶著淡淡蘋果味的甜膩醬汁中端上桌。我們面前擺著各式各樣的魚，最小的魚身上帶有鮮豔的灰綠色條紋，魚頭和魚骨沒有剔除，意味著應當整條吃下肚。我們坐在巨大的宴會廳裡，牆壁是黑石砌成的，地面也以冰石鋪就，但這次換成冰封著樹葉和樅樹枝，讓人感覺彷彿走在森林樹冠層上。餐桌邊擠滿了精靈——似乎是宮廷精靈和泛精靈都有，不過他們的面孔在骨白色的燈光下都變得模糊不清，我只能偶爾瞥見一個冷笑，或一個哀求的眼神。吟遊詩人吹奏著笛子，雖然精靈王不准他們對我施法，但他們演奏的樂曲依然讓我頭暈目眩。

「可是凡人的村莊會變成什麼樣子呢？」我說，「您不能任由大雪掩埋他們！」

他撫摸我的手表示安慰，俊美的臉上流露著憐愛。「這裡的凡人早已習慣寒冬，親愛的。」

「他們可不習慣有將近五公尺高的積雪堆在自家門口。」我說道，放在裙子上的手緊握成拳。

「冬天只會持續到我的加冕典禮結束。」他承諾。但我反而**更加擔心**，因爲這代表他打算延長這個冬季，好盡情享受勝利的喜悅——但凡對精靈有點了解的人都心知肚明，這將是相當漫長的一段時間。

「請您務必將大雪從凡界收回，」我說，「他們的家畜會凍死，孩子也會挨餓。」

精靈王聽得心不在焉，一邊以手勢向吟遊詩人示意，要他們換一首他更喜歡的曲子。

「孩子！」他笑著說，「我很高興你提起他們，孩子們都很喜歡冬天——你知道嗎？他們每年都會在結冰的湖面中央獻上供品，請求我們在聖誕節降下大雪。好像我們知道什麼是聖誕節似的，這些傻孩子。不知道他們現在還會不會這麼做？」

這時，樂音響起，我瞬間忘了我們剛才在說什麼。

十二月二十三日（？）

我每天最難熬的時刻，就是精靈王接待訪客的時候。來訪者大多是祈求饒恕的人，其中有宮廷精靈，也有泛精靈，他們帶著禮物和祝賀前來，從獻禮便能看出絕望的程度，偶爾甚至會出現叛變者的頭顱，取自那些合謀將精靈王禁錮在樹中，或者對王后的陰謀視而不見的精靈。被獻上的頭顱不會流血——我至少不必目睹此種場面——但它們會融化。這點乍聽似乎還能忍受，但如果你曾親眼目睹一具屍體的鼻子或眼睛融化，就會知道這是多麼荒誕的景象。

每當收到這種禮物，精靈王就會大肆譴責一番，表示太過殘忍。有一次，他實在譴責得太久，弄得好幾個僕人無聊到眼神呆滯，不停擺弄雙腳。在場的領主和領主夫人卻對精靈王的不滿甘之如飴，謙卑地低下頭喃喃道歉，同時面露得意之色。此後，我總能在某個角落發現變成可怕裝飾品的頭顱，往往以珠寶妝點得極爲華美，放在臺座上，而當初因殘忍獻禮而惹怒精靈王的領主或領主夫人則成爲主桌的座上賓，獲賜毛皮、吟遊詩人或簡單的咒法，作爲受到國王青睞的象徵。我提醒精靈王，這麼做將難以樹立好的榜樣，但他只是微笑著對我搖搖頭。

「寬恕是一種偉大的美德，」他說，「沒有什麼品格比它更難能可貴。」

他接著滔滔不絕地講起，要不是他生性寬宏大量，他的前妻，也就是如今已遭廢黜且藏匿在某處的王后，將受到何種嚴厲的懲罰。他說，事到如今，他只希望能找到她，這樣他才可以公開原諒她，並贈予她一點土地，以撫平兩人之間的傷痕。自此我開始害怕使者的到來，相信他們總有一天會帶來前王后被以數種恐怖極刑處決的消息，甚至帶來比她的頭顱更令人不安的證據——我想不到還有什麼比頭顱更可怕，但我毫不懷疑精靈王的朝臣會想辦法推陳出新。終於，消息傳來，前王后最後是被精靈王豢養的狼撕成碎片，我總算是鬆了一口氣。據說狼群是在一個星光黯淡的夜晚，離奇地逃出牠們的圍欄。精靈王為此哭了一個多小時，然而在下一次的宴會上，當初獻上狼群的領主夫人便坐在他的右手邊，得意地對著在場的賓客微笑。許多賓客都用鄙夷的目光看著她，眼神中透露著不甘與欽佩。

十二月二十五日（？）

我時不時（盡我所能）會提出各式各樣的理由說服精靈王他不應該娶我，比如我太過愚鈍，既不懂詩歌，唱歌也很難聽；我對精靈世界的政治也一無所知，肯定會搞砸一大堆事情。

「你眞是貼心，親愛的，」他說，「但你是否愚鈍無知，對我來說並不重要，畢竟你們凡人的壽命不長，幾乎是轉眼就消逝了。我打算讓你好好享受在這裡的短暫時光，然後我會再娶一個門當戶對的女人，你不必擔心。」

我感到愈來愈絕望。我不知道凡界的時間已經過了多久，但我知道婚禮舉行的日期就快到了。精靈當然不在乎所謂的**日期**——他們隨著季節遞嬗過活，所以只要婚禮的細節決定好、一切準備就緒，我們就會結婚，而現在所有的一切都差不多準備就緒了。爲了見證我們的婚禮，精靈們從王國的各個角落聚集而來，讓王宮裡不分晝夜迴盪著歡聲笑語。

但我還想嘗試一件事。我希望除了逃跑計畫之外，還能另外想個辦法，將精靈王爲這片土地帶來的不合理嚴冬限制在一定的範圍之內。然而，隨著時間流逝，我的思緒變得愈來愈混亂。我知道自己必須設法挽回精靈王所做的一切——**我**所做的一切——但我也知道，如果再繼續待在這裡，我遲早會完全迷失自己。

一月三十日

就是這一天了。

我很確定今天的日期，感覺就像在海上漂泊多年之後，第一次踏上堅實的土地。

今天早上，我和精靈王共進早餐後，他給了我一個純潔的吻，接著便收到通報，說是裁縫到了。於是我開始實行我的計畫。

我之前就注意到，與那些如影隨形的僕人不同，這些被派來爲我打造荒唐婚禮的工藝師並不隸屬於王宮。他們來自遙遠的異地，有些甚至不住在寒光島上，而是來自冰封的北海岸之外的遙遠北極島嶼。這些精靈個子較爲嬌小，操著奇怪的口音。我猜測，既然工藝師跟這座王宮及其中的魔法毫無關聯，或許他們之中會有誰能帶我離開這裡。

「你不是來自國王的宮廷吧？」我問道。

「確實不是，夫人，」裁縫回答，「我們身分太卑微了。」

裁縫共有兩位，但只有一位開口說話——那名男精靈正彎腰測量我的腳長。他個子不高，有一雙過大的黑眼睛和一張尖尖的臉，髮色猶如灰塵，異常修長的手指上有許多關節。他的同伴則是一名笨手笨腳的女精靈，總是一臉呆滯的尷尬表情，看起來相當怪異。她遞給男人一雙銀鞋，但我只將鞋子踢到一邊。

「殿下這樣亂動，很難確認尺碼。」裁縫用乾澀的聲音說道。

「殿下有一個請求。」我冷冷地回答。

「這樣嗎？好吧，想必殿下向來如此，不在乎他人的請求，只在乎自己的要求。」

他邊說邊以手勢示意我的僕人，要他們像往常那樣，幫忙不說話的女裁縫把一碼又一碼的布料搬進來。他選了一匹布——感謝老天，總算不再是黑色或者藍白色，而是長青綠，上頭還有黑白織紋。

「我想要一面非常特別的頭紗，」我說，「希望能用我親手射殺的野兔白毛織就。你得趁我手上鮮血未乾之際，在森林裡把野兔毛織成面紗，這樣我才能在婚禮上獻給我親愛的丈夫。」

我仔細盤算過，這個要求對於有駭人嗜好的隱族精靈來說，是個十分合理的選擇。但裁縫只是沉默地看著我，那張尖臉上的表情難以捉摸。

「怎麼樣？」我問道，「辦不到嗎？」

「不是的，夫人。」

「那就帶我去森林吧，我現在就想打獵。」我試著模仿我未婚夫目中無人的傲慢，儘管我沒有跟他一樣的好心情。

裁縫稍稍瞥了一眼僕人，讓他們取出一碼布供他檢視。然後他接過布料，開始用別針將之固定在我的襯衣上。

「陛下非常珍視您，夫人。」他說著移動到我身後，把更多別針別到我身上。「珍視的東西自然會嚴加保管，比如用金鍊之類的魔法來保護。」

我胸口一緊，伸手扶向床柱穩住自己。儘管裁縫不願明講，以免被認爲是在批評國王，但我聽懂了他小心翼翼傳達的意思。

精靈王一直都用魔法把我鎖在王宮裡。至今爲止，我每一次試圖逃跑都以失敗收場，而即便嘗試再多次，結果也不會有什麼不同。

「如果夫人能原諒卑職的冒失，」裁縫說，「我有另外一個提議。」

「什麼提議？」我幾乎無法再專注在對話上。整個房間似乎突然變得冰冷而虛幻，就如同等在我前方的漫長年月，只能被關在這座冰宮裡度過。

「陛下宣布明天爲獻禮日，」裁縫的縫衣針在燈光下閃爍，以不可思議的速度在長袍上縫了一隻袖子，「精靈和凡人都應邀從四面八方前來，向國王和他的新婚妻子致意。我想爲您獻上另一面頭紗，跟我母親在新婚之夜戴的頭紗款式相同，我相信您會更喜歡。」

「你眞是太慷慨了。」我一開口便忽然頓住。那根縫衣針異常地小巧精緻，以極純淨的銀鍛造而成，在布料中來回穿梭的模樣就像魚兒在溪流中優游。

我不由自主地動了一下，結果讓銀針刺上了手臂，不禁發出痛苦的嘶聲。另一位一直幫忙拿著針線包和剪刀、沉默不語的精靈裁縫見狀，發出了一聲低吼。

「閉嘴，你這愚蠢的混種犬，」裁縫對她嘶聲道，「只是刺了一下而已，她沒事。」所有精靈僕人都沒有注意到這段奇怪的對話，繼續在周圍繞來繞去。他們幾乎都在幫倒忙，比方說從布卷上拉開更長一段布料，拖在地上，弄出一堆難看的褶皺。我轉向他們。

「退下吧。」我盡可能裝出王后應有的傲慢命令道。他們交換了一個疑惑的眼神，退後了幾步。

裁縫看了看天花板，然後轉過身，對僕人露出微笑。儘管他長得很醜，但不知爲何，笑起來還是相當迷人。「殿下很保守，」他說，「現在我必須爲她更衣，希望大家能給我們一些私人空間。」

老天，就算我剛才沒發現這傢伙是溫德爾，現在也必定會發現了。即便滿懷著震驚和困惑，我還是忍不住瞪了他一眼。

精靈僕人竊竊私語著離開，只有一位資深的女僕留下，她忠心地說道：「我必須留下，因爲國王陛下下令，必須隨時有人滿足夫人的要求。」

「雖然你是一番好意，」裁縫說，「但我們夫人的要求往往荒誕不經，而現在，她的要求是**不要**你滿足她的要求。」

他伸手往女僕的臉上輕輕一碰，對方的表情頓時變得像是在做夢般茫然。隨後她嘆息一聲，就這麼向後翻倒在床上。

「溫德爾！」我驚呼著衝上前，「你不能殺害我的僕人！精靈王會……」

「雖然我很想念被你訓斥的日子，小艾，」他說，「但她只是睡著了，我們不必擔心你的精靈王大發雷霆。」

我發現那個女僕和他說的一樣，半閉著眼睛睡著了。我感到如釋重負，既高興又震驚，一時間各種感受湧上心頭，眞想一把抱住溫德爾。事實上，我差點就這麼做了，但出於某種不明原因，我更想和他爭論。坦白說，有時我甚至懷疑是不是有什麼魔法在作祟，讓溫德爾總是顯得不可理喻。「他才不是『我的精靈王』。」我反駁道。

「不是嗎？但你卻釋放了他。」他搖搖頭。「你怎麼會知道如何與野生狗靈交朋友，還找出破力咒，卻忽略樹靈學的基本規則，也就是不要把邪惡的精靈王從樹中弄出來？」

「我已經學到教訓了，謝謝提醒。」我感到一陣惱火，「如果哪天你被困在樹裡，我絕對不會放你出來。」

「你一定會的，我太了解你了，小艾。沒有人在身邊讓你訓斥，你是活不下去的。」

另一名裁縫正以四腳著地的姿勢，在我腳邊嗅聞。我抱住了這名女精靈——或者應該說**男精靈**，因爲她其實是以魔法隱藏眞身的影子。牠舔了我一下，但這可不是什麼吸引人的體驗，於是我把牠的頭往後推，以防牠繼續舔我。

我盯著溫德爾。他看起來一點也不像他——甚至**聽起來**也不像他，他的聲音變得混濁粗啞。直到此刻仔細觀察，我才認出他那漫不經心的斜倚身姿，望著我的眼神中夾雜著困惑和擔憂。他現在比我矮了一大截，再加上其貌不揚的外表和一身的灰布衣，無論出現在哪裡都不會引人注目。

「喔，」我恍然大悟，「你把自己變成了夜精靈。」

「當然了，」他說，「我繼承了祖母的血統，如果有必要，我甚至可以變成我祖母的樣子——雖然這個過程不怎麼愉快。」他低頭看了看自己曾經優美的手指，如今不僅變得骨瘦如柴，關節也多出好幾個，不禁垮下一張臉。「更糟糕的是，我每天都得**看著**自己這副尊容。」

「你不能用僞裝魔法就好嗎？」

「嗯，也許可以吧，但我擔心可能會被老國王的魔法破除，這地方到處都是他的魔法。我冒險爲影子施法僞裝，因爲即便被揭穿了，影響也不大，畢竟牠不是老國王的敵人。」

我凝視著溫德爾。「那你是嗎？」

「我曾多次試圖以武力解救你，但都不太順利。不過，我的確殺了幾個領主。」

我張大了嘴。「他什麼都沒有告訴我。」

「他又何必告訴你？總之，最後我想出了這個方法。」他一臉難受地指著難看的自己，「和歐黛商量之後，我們決定……」

「歐黛！」我差點大叫出聲。「歐黛打算……打算要來**救我**？」

「整個村子都在爲了救你而努力，親愛的。在策劃的過程中，我們相處得幾乎算是愉快。」

我試著想像這樣的場景：歐黛、索拉、克里斯提安等一夥人聚在酒館裡，爲了把我從隱族手裡救出來而絞盡腦汁。但我完全辦不到——主要是因爲我無法相信他們會關心我的死活。

「爲什麼？」我輕聲說。

「爲什麼？」他的眼裡閃過一絲笑意。「你救了他們的三個孩子，而且還驅逐了調換兒，毫無疑問未來許許多多的孩子也將因此倖免於難。」

「但我也放走了精靈王，他非常樂意讓他們永遠活在嚴冬之中。」

「是啊，不過我設法說服他們相信你是出於高尚的意圖。」

他不在意眞假、說得輕描淡寫的態度，讓我不禁打了個冷顫，儘管我已經好幾天不曾感受到一絲寒冷。「但我不是，」我說，「至少不完全是。我是想……」我低頭看了看自己，還有身上可笑的長裙。「我是想要了解隱族的故事才做的。雖然我多少想過要幫助歐黛和其他人，但我不會撒謊，說我沒有把學術研究放在第一位。他們不應該冒著生命危險來幫我。」

「艾蜜莉，艾蜜莉，」他說，「光是你決定要幫助這些人，不管他們在你心目中是第二位、第三位還是第十四位，我都感到非常驚訝。你以前做過這樣的事嗎？我是指，除了你自己和你的研究之外，你竟還考慮到別人？」

我瞪了他一眼。「你這是在說我很自我中心？就憑你嗎？」

他聳了聳肩，對於這點蔑視不以爲意，而聲譽也不是他會在乎的事情。「總而言之，這些人很務實，他們更在意你做了什麼，而不是爲了什麼。你眞該看看索拉聽見我說你被帶走時的表情。莉莉婭和瑪格麗特都準備好要爲你開戰，更別說是歐黛了——她深愛你救回的那個男孩，就像愛自己的孩子一樣。至於烏爾法嘛，他甚至在自己母親的墳前發誓他們會把你救回來。雖然他沒說幾句話，就又變回原本那副陰沉模樣，但已經比我這幾週以來從他那裡得到的回應多太多了。」

想像著他爲我描繪的場景，我不由得眼眶一熱。我一直以爲自己是孤身一人待在這座冰宮裡，只有自己的智識橫阻在永恆的魔法與我之間；與此同時，他們卻圍坐在酒館裡，伴隨著烏爾法的燉肉在後廚冒著熱氣，忍受著寒風從歐黛一直沒空修補的窗臺縫隙灌進來，一起討論該怎麼做才能營救我。就像之前溫德爾受傷時我突然哭起來一樣，我再次爲自己的反應感到震驚。我想不起在來到拉芬斯維克之前，自己最後一次哭泣是在何時——很可能是在年紀很小的時候。這次我沒有哭哭啼啼，但我不禁覺得內心有什麼鬆動了——雖然細微，卻很惱人，就像鞋子裡有顆小石子。

「那……那你們決定要怎麼救我出去？」我問道。

「歐黛和其他人會趁著明天的獻禮儀式拜訪老國王。凡人也受到邀請，所以他會暫時揭開籠罩著王國的魔法屛障。他們將爲精靈王和他的準新娘送上一份包含毒藥的結婚禮物，而毒藥會讓他失去知覺。之後場面勢必會變得很混亂，但別太擔心，我們計畫利用混亂作為掩護，就這麼逃出生天。」

我重重坐到床上，一旁是那位被施法的僕人，她睡得很香，似乎還在流口水。「如此一來，這個冬天也將結束了。拉芬斯維克的情況很糟嗎？」

「糟透了。」他把精靈僕人推開，坐到我身邊。「大雪日以繼夜下個不停，實在是非常無趣。我自己的衣服不夠保暖，只好借烏爾法的海豹皮斗篷來穿——那件斗篷確實是夠暖和，而我也把它裁剪得很合身，但怎麼也去不掉那股魚腥味。當然，靴子就更不用提了。」

要不是我打斷他，他無疑會繼續長篇大論地抱怨自身的服裝品質嚴重下滑。「但這毒藥不會毒死精靈王吧？」

「嗯？不會。」他露出一個不適合在討論弒君計謀時出現的微笑。「在禮物中偷放毒藥是歐黛的主意。我們兩人還滿合得來的。我找到了前王后，她帶著長子躲在山裡，宮廷裡關於她死亡的消息是盟友偽造的。」

「你找到她了？」我淡淡地重複道。

「是啊，自從老國王在我們前往樹牢的愉快旅程中為你施了魔法，我就一直在找她。」

「你早就知道了?!」我驚呼道。

「我當然知道，對我有點信心吧。總之，我想王后可能知道如何破除她前夫對你的控制，所以我一直在尋找通往她宮殿的門，最後我找到一扇古老的窄門，高高聳立在一座被遺忘的山峰上。這扇門當然不會為我而開，但碰巧的是，在你釋放老國王之後，她也選擇從這扇門逃走，而我猜到了這一點。果然，她就藏在這扇門附近。」

「你大可直接告訴我，我被施了魔法。」我氣炸了。「事實上，我們從白樹那裡回來的那天晚上，你就應該告訴我。不管任何時候都可以說啊，那時候我們每天都待在一起。」

「那有什麼意義呢？你只會矢口否認——老國王的魔法會強迫你這麼做。我已經在你那本該死的日誌裡暗示很多次了。」

我回想著每次我試圖開口揭穿眞相，魔法是如何阻撓我，以及我經常忘記自己被施法的事實。我不得不承認溫德爾可能是對的——喔，不對，我根本沒必要**承認**他是對的。

我戴著白色手套的手緊握成拳，手套的打褶和束口做得很精緻，以掩蓋缺少的無名指。那隱隱作痛的感受依然存在，但如今我已習以爲常。

「王后在這次行動中扮演什麼角色？」我問道。

「老國王認爲她已經被狼撕碎了，不會提防她，所以她打算喬裝打扮潛入獻禮儀式。一旦老國王被毒藥迷昏，她就會與貴族盟友合謀殺掉他。雖然貴族目前都暫時屈服在老國王的威嚇之下，但其實王后的盟友仍有不少。」

我口乾舌燥。「他們要怎麼殺死國王？」

他聳了聳肩。「這個我就留給他們自由發揮了。」

我低下頭，將臉埋進手心。自從溫德爾來了之後，我就不再思緒模糊——我懷疑他是不是動了什麼手腳抵消精靈王的魔法——但我還是覺得兩腳虛浮，好像隨時會失去意識。「好了，你再也騙不了我了。」

「什麼？」

「我再也不會相信你做不了辛苦的工作。」

溫德爾打了個冷顫。「有**能力**並不等於有意願，小艾。」

「你能在不殺死他的情況下放我自由嗎？」我說，「你能再次囚禁他嗎？」

「不行。」他疑惑地停頓了一下，才這麼回答。

「但你明明可以讓時間倒流。」我沮喪地說。

他搖了搖頭。「你對我如此有信心真讓我受寵若驚，但大多數精靈在我這個年紀才剛剛開始掌握自己的力量，而這位精靈王可是比山還要古老。更糟糕的是，我們身在他的領地，而不是我的。不過這又有什麼關係？你才不會同情他吧。你也知道，如果任由他胡作非爲，他會讓拉芬斯維克的每一個人餓死，即使到了盛夏也照樣能把所有人和他們的田地埋在厚厚的積雪之下。」

我緩緩搖頭。「但是前王后和她的宮廷精靈會繼續綁架凡人，歐黛他們將再次在冬夜受到精靈的音樂召喚。」

「我敢說他們已經習慣了。」

我很快就放棄用這個理由說服他——如果傳說屬實，溫德爾族人的罪孽只會比隱族更深重，指望他正視精靈的惡行實在是太天真了。我扯著一縷散落的頭髮——原本僕人用絲帶和髮簪將之固定住了，看來連精靈的魔法都無法馴服我的頭髮。「他們**真的**擬了這次——這次的營救計畫？」

他揚起微笑。「我就知道你不會相信。你的心可能是蒙上了無數圖書館層架的灰塵，但不代表其他人也是這樣。拿去。」

他遞給我一本皮革封面的小冊子，樸素中透著華貴。這是他的日誌。

「我很少在上面寫東西。」他說。

「次數少到我用一隻手就能數完，」我說，「如果我沒有少掉半根手指的話。」

他沒理會我。「不過，你和老國王私奔之後，我多少認眞記錄了一些事情。你是這麼執著於記錄我們在這裡遭遇的一切，我想你會喜歡這樣。我在詳細記錄我與村民對話的那一篇做了標記。」

我忍不住想說點什麼來反駁他那句「圖書館灰塵」的評論，但說實話，他的體貼讓我有些慚愧。

「謝謝，」我最後說道，「我會……我只會讀標記的那一篇。」

然而他卻聽得心不在焉，注意力全落在我床邊的鏡子上，正皺著眉看向鏡中的自己，時不時拉拉斗篷。

「我還以爲你只有**一點**泛精靈的血統。」我說道，一邊努力壓抑笑意——好吧，我承認自己並沒有很努力。

他氣惱地說：「**確實**只有一點。我另有三位祖父母，血統都很高貴，包括一位國王和一位王后。」

我點點頭，假裝在思考，然後說道：「你的鼻子腫了一塊。」

他瞪了我一眼。「**才沒有**。」

「你的嘴歪了。」

他張嘴想反駁，卻轉而發出一聲疲憊的呻吟。「你又何必指出來？我醜死了，等不及要把自己變回原樣。」

「別這樣，我更喜歡現在的你。」

他看起來很驚訝，然後露出微笑。「是嗎？」

「是啊。」我說，「你完美地融入背景，讓我幾乎忘記你的存在。這眞是讓人耳目一新。」

當然了，這樣一句話他也有辦法當成是讚美。「意思是我常常會讓你分心嗎，小艾？」

他起身準備離開，朝精靈僕人彈了彈手指，讓女僕咕噥著漸漸轉醒。「如果我再拖拖拉拉下去，恐怕你的隨從會起疑心。」他說，「我之後會夾一張紙條在你的面紗裡，說明你在明天的計畫中扮演什麼角色。如果你知道自己只是一個小角色，也許良心會比較過意得去。」

他彷彿融進灰色的日影一般往後退去，我突然感到一陣恐懼，不想讓他離開。

事實上，我希望他留下來。這兩個念頭看似相同，卻又不完全一樣。我過分清楚地意識到，自己其實很想念他。

「今天幾月幾號？」我問。

他頓了頓後回答。

「一個月，」我喃喃說道，「我失蹤一個月了。」

他挑了挑眉。「這還不算糟，大多數凡人在精靈的世界裡蹉跎一年又一年的歲月，還以爲只過了幾天而已。」

「溫德爾，」我說，「我應該——我是說，你爲我做的一切，我……」

「喔，親愛的，」他說，「這下我能確定你是眞的中了精靈王的魔法——你變得肉麻了。如果我爲此得意忘形，日後你恐怕會殺了我，我就不打擾你對著牆壁表達感激之情了。反正，我也得先完成你的禮服。」

我沒有看到他和影子離開房間，但我知道他們已經走了。我的精靈僕人用一隻手肘撐起身子，困惑地眨了眨冰霜般的白色眼睫。她還來不及開口，我就先斥責她睡著了，並要她把下一位訪客叫進來。

一月三十日，稍晚（推測）

過了好一段時間，我才得以擺脫來訪者以及他們關於婚禮沒完沒了的提問——我沒有這段記憶，只知道自己想必是有所回應。然後，我要僕人退到房門口，自己則坐在窗邊一張像冷凍蛋糕的鼓脹白沙發上，閱讀溫德爾的日誌。

日誌的書脊上繫著一條絲帶，溫德爾就是用這條絲帶標示他與村民對話的頁面。雖然我承諾只讀相關的段落，但我還是忍不住翻閱了前面的篇章。內容一如我對他的預期——乏善可陳，只有寥寥數語描述阿坡的樹居和村民指給他看的各種岩層。而他之所以寫下這些，可能只是因爲村民站在他身旁投來滿懷期待的目光。還有一些內容是他從我的田野筆記抄下來的段落，也許是爲了提醒自己要寫進我們的論文裡；另有幾則當地流傳的精靈故事，我記得是從索拉那裡聽來的。他只在我們剛住進村子的那段時間費心描述了一些日常點滴，我原本以爲他多多少少會埋怨我的要求太苛刻或住宿太簡陋，但或許是他認爲書面抱怨毫無意義，所以這幾篇日誌雖然極其簡短，卻很實事求是。另外，他有塗鴉的習慣，但我傾向忽略這些素描的圖說，因爲有整整一半畫的都是我，其中一幅更是讓我不禁愣在原地。畫中的我俯身在筆記本前，頭髮一如既往，每到傍晚時分就披散在肩上，我用手托著下巴，臉上帶著一絲微笑。這幅素描畫得非常細緻，每一筆都精心雕琢。我可以看出他用拇指抹開墨水暈染出陰影的痕跡，像是我脖子的曲線和鎖骨之間的凹陷。

我翻過這一頁——感覺臉熱了起來，一陣陣輕微的顫抖就像繪筆的筆尖一般在我身上游

走。我把注意力集中在其他的素描上，其中一些是駭人的樹木，巨大且盤根錯節，但卻畫得非常用心；另一些則畫著某種生物，我看了許久才看出是一隻貓。之所以不容易辨認，是因爲他畫得非常隱誨，只用黑色墨水勾勒了幾筆，彷彿這隻貓並不是眞實存在的實體。然而，這種隱晦的描繪中卻有什麼讓我感到不安。我無法確定是他畫貓畫得太差，或者單純是他畫的貓長得太差。

最後，我翻到他標記的那一篇日誌，應該是他發現我失蹤的那一天。令我驚訝的是，這篇日誌的開頭有很多劃掉重寫的痕跡（自我懷疑是和溫德爾．班柏比完全沾不上邊的特質），原本的文字已經模糊不清，但我看到好幾個地方似乎寫著我的名字。

1909.11.27

好的，我就直接切入正題吧。你應該會希望我用學術研究的態度看待這件事，對吧？把你的失蹤當成什麼該死的附錄。

先撇開我發現你的信這件事不談，我只想說，在我收拾好屋子之前，不會讓克里斯提安進來。我氣瘋了，屋子裡的一切看起來都有點扭曲，好像我在精靈界和凡界之間的屏障上弄出了一道皺褶似的。可憐的影子，牠嚇得逃到酒館去了。別擔心，我已經拍了牠很多下安撫牠，還給了牠一整碗烏爾法煮的肉湯，我相信牠已經原諒我了。

（寫到這裡，他似乎在紙頁上捅了好幾下。）

總之就是如此。這段記述顯然不夠學術，對吧？但我無法停止想像你讀這篇日誌的樣子。我想我必須這麼想像，否則我會發瘋。不過，讓我再試一次。

當我讀完你的信——還真是謝謝你對這份自殺任務如此坦然，彷彿我不是才剛懇求你嫁給我，並可能因此對這整件事產生任何情緒似的——並且冷靜下來之後，我便動身前往酒館，向當地人求助。確切地說，是我**打算**前往酒館，但我一打開小屋的門，便迎來一場小型雪崩，嚇得我連連後退。好極了，夜裡下了一場大雪，積雪堆到門的一半高。我振作起來，匆匆走下臺階，結果速度太快，腳絆了一下，臉朝下摔在覆滿雪的草坪上。寒風刺骨——我從未感受過這種寒冷，即便在來到寒光島之後也沒有。我花了十五分鐘艱難地走過小徑，而我抵達酒館時，靴子和袖子裡都已經堆滿了雪，我渾身濕透，簌簌發抖。這鬼地方還真是迷人啊。

幸運的是，歐黛和索拉都在酒館，村裡的年輕人也在，他們都從床上被挖起來，幫忙剷除村子裡的積雪。歐黛似乎很在意我的外表，說我的臉色如何如何，我這才注意到，在踏入這座北極之島的寒風中之前，我忘了先穿上斗篷。歐黛和索拉一直試圖把我趕到爐火邊，滔滔不絕地說著茶和早餐的事，對我的抗議置若罔聞，不過因為我的嘴唇早已凍成冰塊，所以抗議也顯得含糊不清。最後我拿起早餐托盤，把它扔到牆上，托盤應聲而裂，碎成一地的樹葉和松果（我不是故意的，只是我的魔法當下不太穩定）。現在想來真是抱歉——我想我嚇到他們了，但歐黛並沒有表現出來，只是過分用力地把我推到爐邊的椅子上。

「我不想喝茶。」她把一杯茶塞進我手裡時，我這麼告訴她。

「要麼喝掉，要麼我把茶倒在你頭上，你這個瘋狂的精靈！」她回答道，同時把一條毯子甩到我臉上。

我連要拿著茶杯都很費力，這才意識到自己的狀況有多糟。在這片寒冬籠罩的土地上，我與自己的森林和湖泊相隔得如此遙遠，讓我變得非常虛弱。我的指尖發青，鼻子可能也是。歐黛一定以為我快死了。影子踱步到我身邊，把頭放在我的膝蓋上，原諒了我所做的一切，狗就是這樣。如果我像嚇唬影子那樣嚇唬我的貓，牠會好幾天不理我，甚至詛咒我，但話說回來，貓的自尊可能不允許牠這麼做。

最終，我又能順暢地說話了。而拉芬斯維克大部分的人也在這時聚集到酒館裡，村民們已經意識到有什麼事情正悄悄發生，一如隱族的作風。

「現在，」歐黛說，「從頭開始說吧。」

伴隨著風雪吹打窗戶的聲音，我娓娓道出你的所作所為。說完之後，我以為村民們會訝異得久久說不出話，但歐黛只猶豫了一下就說：「我們必須把她救出來。」

莉莉婭淚流滿面，把臉埋在瑪格麗特的肩膀上。我靠在椅背上，如釋重負。我不知道只靠我一個人能否把你帶出來，小艾——我在這個國度裡只能發揮微不足道的力量。然而有了村民的幫助，我看到一絲希望。

芬恩臉色蒼白，但似乎下定了決心，點了點頭。「我去採黑莓。」他說著擠過人群，若無其事地走向屋外的暴風雪。

「那是什麼意思？」我問。

「一個古老的傳統，」歐黛說，「非常古老。在樹中的精靈王依然統治著寒光島的時代，我們凡人會在壁爐裡燃燒曬乾的黑莓來召喚他。」

我覺得這類精靈王會回應凡人召喚的想法非常引人發噱，而且還是用焚香這種小伎倆，但歐黛堅持要這麼做。「精靈王並非總是會聆聽召喚。」她說，「但有時確實會，值得一試。如果這樣還不能引起精靈王的注意，我們就用羔羊獻祭吧。」

羔羊似乎更有希望。我從來不會為這麼愚蠢的事浪費力氣，但有些精靈喜歡看凡人為他們大費周章，把他們當成神一樣崇拜。「那好吧，在你們召喚的時候，我會嘗試用武力救她出來。」

歐黛眨了眨眼睛。「你打算怎麼找到精靈王的宮殿？」

「這其實很簡單。」事實上，我已經大概知道在哪裡了，就像一顆籽卡在兩顆牙齒之間，他的宮殿也緊緊貼在凡間的地景上。

歐黛和烏爾法交換了一個眼神，但沒有再逼我做更多無聊的解釋。歐黛說：「我們應該先試著和精靈王談談，也許他並不打算長期扣留她。」

我只能苦笑。「他打算娶她為妻。」

歐黛畏縮了一下。「你怎麼知道？」

我突然感到很疲憊。「這是理所應當的吧。她釋放了他，他還會給她什麼獎勵？還有什麼更好的回報嗎？」

「真是瘋了。」烏爾法嘟囔道。

歐黛舉起手，因為村民開始議論紛紛。「你認為自己能把她從精靈王手裡救出來？」

「我可以試試。」我回答。

他們疑惑地看著我。我想我坐在爐火旁，蓋著毯子又端著茶，就像個上了年紀的老爺爺，看起來確實不怎麼厲害，而且我還不停擤著鼻涕，已經用掉歐黛的兩條手帕了。

「我們會盡力幫忙的。」歐黛說。我想她是顧慮我的感受，其實她大可不必費心，正如我所說，我覺得自己成功的機率並不高，我非常需要這些村民的幫助。

歐黛隨即開始分配任務，非常有效率。我們要採集黑莓，在每個壁爐裡焚燒，還要派幾個年輕人去隔壁村子，向那裡的吟遊詩人請教，他們收集了很多故事，也許能為我們提供一些對付精靈王的靈感。我則負責為幾個人指路，告訴他們怎麼去精靈王的宮殿，但歐黛說，在我恢復正常血色之前不能過去——我的指尖看起來還有點發青。她想強迫我吃下烤麵包和燻魚，但我什麼也吃不下。

我在酒館裡來回踱步，一方面是為了暖和身子，另一方面是為了分散注意力，我甚至鑽進後面的廚房，烏爾法正在那裡為我們的戰略會議準備大量的燉肉。喔，老天，那間廚房。我從沒見過這麼亂的地方。我踱步回到火堆旁，大家都盯著我，可能擔心我瘋了，但我忍不住在腦海裡描繪那間廚房。無論想什麼，都比想著你被逼著跳舞直到崩潰，或者被迫穿上結冰的長袍來得愉快。於是我開始著手整理鍋子，把一切擺放整齊。等到烏爾法回來攪拌燉菜時，我已經把大部分地方都打掃乾淨了，儘管還遠遠稱不上滿意，更別說與我父親的標準相距甚遠。

「怎麼有辦法把吐司貼在天花板上？」我問道。在這個混亂的廚房裡，這並非最令人不快的問題，卻是最令人費解的。

烏爾法似乎沒聽見我的話。他盯著廚房，金色的眉毛幾乎延伸到光禿的後腦杓上。他的圍裙又髒又破，其中一條帶子還用別針固定在身上，我忍不住手癢想去處理他的圍裙，但我忍下來了。過了一會兒，歐黛也跟了過來，她停下腳步，瞪大眼睛。看起來他們都不認得自己的廚房了。

終於，歐黛回過神來。「你現在看起來好多了。」她有點緊張地說道，一副我真的嚇到她的樣子，這真是荒唐透頂。歐黛，你家的廚房才真的讓人退避三舍吧。

總之，她拿了一些烏爾法的衣服，把我包得密不透風，接著我就展開另一場可怕的探險，要告訴村民們如何前往精靈王的宮殿。不過至少雪已經停了。

讀到這裡，我已經大致了解狀況，於是慢慢翻著紙頁瀏覽。村民們似乎每天都在嘗試不一樣的方法。在燃燒黑莓召喚無果之後，他們獻祭了十幾隻羔羊，然後是幾名婦女用北極熊的毛織了一床被子。根據古老的傳說，精靈王曾經接受以北極熊毛被交換被盜走的村中女孩。之後，村民又多次嘗試和溫德爾一起潛入精靈王的宮殿，希望能抓到一名宮廷精靈，以此交換俘虜——這個精心策劃的大計，靈感來自吟遊詩人相傳的一個類似故事——結果這個計畫以失敗告終，於是村民又與各種泛精靈周旋了幾次，以獲取一些可能有助於營救我的資訊。他們就這樣不斷地嘗試各種方法。

一滴水珠落在我的手背上，我鬱悶地發現自己哭了。自我成年以後，從來沒有人關照過我。所有我想做或需要做的事情，都必須靠我自己完成。

那又如何？我以前從來不需要別人拯救。我一直以爲，如果我哪天眞的落入這種境地，只有兩個選擇：自救或滅亡。

如今卻有整個村子的人，努力了好幾個星期，放下自己的生活、不求利益地幫助我。起初，我覺得非常羞愧，但羞愧之餘，還有某種情感，讓我打從心底感到溫暖，即便身處在一座冰宮裡。

他們要來救我了。

我並不是一個人。

二月三日

我已經盯著這一頁將近十五分鐘了。我必須把那天在王宮裡發生的事情寫下來，但是整個經過太過恐怖離奇，讓人幾乎無從下筆。

作爲血腥暗殺的舞臺，精靈王的獻禮儀式顯得異常枯燥。我在想，是否所有這類事件都是在這樣的背景下發生的，是否歷史上所有重大的謀殺和陰謀都是一連串再平凡不過的時刻組成的，比如單調乏味的人滔滔不絕地說著無聊的話，或者一大群人無所事事地靜候著，要麼撥弄自己的頭髮，要麼摳著衣服上的棉絮。

我坐在精靈王身邊的王座上忐忑不安，人們從隊列中一個接一個走過來，把他們的禮物放在我們腳下，然後又加入圍觀的群眾。王座是用精緻的冰片拚接而成的，造型像是某種巨獸的肋骨，上面堆著層層毛皮，以確保我坐得舒適。精靈王坐在同樣的王座上，但是上頭沒有毛皮；他的雙手則禮貌地交疊在膝上。我們所在的覲見室並非室內的廳堂，而是位於王宮中心的廣闊庭院，這裡偶爾會出現兩張王座，座下是一道臺階，往前延伸出一條長長的大道，大道兩旁則是目露凶光的精靈冰雕。

天氣詭譎而迷人，雪雲和冬日晴空交織；每當雲層散開，而飛雪仍繼續飄灑，彩虹就會出現在山峰上。陽光將一切染成了銀色和珍珠白。

我穿上溫德爾做的綠色禮服——那天早上，他把禮服寄給我，並附上一張紙條，說他認爲這件禮服不適合婚禮，所以今天就穿這件吧！當然，紙條上還有別的內容，我看完後便將它撕得粉碎，扔到山谷裡。這件禮服堪稱完美，沒有一絲瑕疵，包覆著我的翠綠色打褶像垂柳的枝條一樣飄逸，胸前點綴的碎珍珠隨著我移動的步伐發出低吟。我將與禮服成對的面紗戴上，再撥到一旁，把臉露出來。僕人將我的頭髮盤起，用珠寶點綴其間，但已經有一些髮絲落在我的眼裡，再次證明即便是魔法也無法讓我的頭髮保持整齊。面紗內襯的珍珠拂過我的額頭，冰冷而堅硬。

一名如傍晚長影般高挑纖細的女精靈將一只籠子放在精靈王腳下，老國王示意僕人打開籠門，裡面竄出一隻白色的烏鴉。

「是白子！」精靈王驚呼道，他向前傾身，手肘倚在膝蓋上。他偶爾會像現在這樣，舉止像個孩子，讓我不禁疑惑溫德爾對他的描述——**比山還老**。但我從未疑惑太久，因爲精靈王的童心往往一閃即逝，就像偶然透進幽暗密林的幾點微光。他坐回王座，再次靜止不動，魔力像風一樣籠罩著在場所有人。與其說他是一個人，不如說他更是魔法本身，這才是事實。是不是所有精靈隨著年齡增長，力量都會漸漸掏空他們的身體，就像古老冰川上的裂縫那樣？

獻禮中有不少禮物是送給我的，包括珠寶、長袍、皮草和畫作——畫在冰製的畫布上，比水彩畫更能讓所有東西糊成一團——還有一個奇怪的空盒子，底部鋪著某種像是淡色天鵝絨的內襯，送禮的精靈聲稱若在正午時分將之放在室外，就會長出鑲嵌著鑽石的白玫瑰；換作是午夜時分，就會長出鑲嵌著紅寶石的藍玫瑰。另有一些荒誕不經的禮物，比如一個形狀不定的灰色皮革馬鞍，可以讓我騎在山嵐上；至於我**為什麼**會想要去騎山嵐，則完全沒人解釋。我唯一眞正感激的禮物是冰淇淋，隱族對冰淇淋情有獨鍾，他們會在冰淇淋上撒上海鹽和冬季花朵的花蜜。

精靈王時不時轉過身，向我投來寵溺的目光，我也勉強報以微笑，藏在袖子裡的雙手緊握成拳。前幾日溫德爾來訪爲我帶來的短暫清醒已蕩然無存，我的腦中一片迷茫。在精靈王身邊，我總是感覺更糟，我的意思是，我更難阻止自己的思緒陷入混亂，也更難避免令人不安的長時間記憶喪失。我認爲這種情況很合理，畢竟他就是一切魔法的源頭，既能讓這座王宮拔地而起，也能讓凡人之眼看不見精靈世界，無疑也能單憑喜好改變時間。我就像一顆小行星，因爲太靠近巨大的恆星而漸漸招來毀滅。

我愈是思考我們的營救計畫，愈是覺得不對勁，內心深處那股**鑄下大錯**的感覺也越發強烈。不僅是因爲這個計畫是用一個更凶惡的女王取代一個凶惡的精靈王，而是我覺得這根本不是正確的解決之道，故事不該是這樣的結局。被迫嫁給精靈王的凡人少女從來不會砍下精靈王的頭就一走了之——她們的做法更聰明。我想起哥特蘭島一位美髮師的傳說故事，她將詛咒編進自己的辮子裡，她的丈夫每碰她一下，他珍愛的獵狗——鄉下農民的一大威脅——就會有一隻變成狐狸或者其他動物（隨著故事發展，變身的過程愈來愈荒唐，最後甚至變成了蟋蟀）；我也想起在約克郡盛傳的爐邊故事，那是一部長篇史詩，講述一位牧羊女尋求野外泛精靈的幫助，將用剩的碎羊毛紡成駭人的玩偶，以此折磨她邪惡的丈夫，最終把他逼瘋。

溫德爾和其他人一起制定的計畫，就像將我落入的故事硬是拗折成適合我的形狀，在其間擠出了難看的皺痕。然而，儘管我堅信這個故事還可以另闢蹊徑，但卻找不到切入點。

我的視線掃過一群精靈，看起來就像陽光照耀的湖泊一樣閃閃發光，他們不像是單一個體，而像是一個整體協調地行動。王后在哪裡？

另有幾名精靈來自寒光島之外的地方，但似乎沒人感到訝異。在我眼裡，他們比隱族更不顯眼，只和穿著可愛長袍和毛皮斗篷的剪影差不多，但我不知道是我這個凡人的視力有問題，還是精靈王為了增添自己族人的光彩而動了手腳。

我忍不住手癢，很想立刻拿起日誌本做記錄。不同地域的精靈之間是否會經常打交道，是學者常在會議上爭論好幾個小時的問題，而今答案就在我眼前，我稀鬆平常地看著他們漫步上前，為我獻上禮物。

然而，接下來的賓客讓我腦中的想法一掃而空。溫德爾走上臺階，看起來矮小、單調且模糊不清，他向我和精靈王一鞠躬。一直在旁觀看的領主和領主夫人轉過身去繼續竊竊私語，完全沒有把他放在眼裡。我看到精靈王短暫地皺了皺眉頭，似乎想起了什麼。溫德爾顯得非常自在，甚至有點無聊，他把一雙鞋放在我腳邊。

我倒吸了一口氣。鞋子是白色皮革與絨毛製成的，鞋跟除了能讓我增高十五公分外，一點也不實用。但與我收到的其他飾物相比，這雙鞋既沒有閃爍的冰霜，也沒有以冰雪鑲嵌的珠寶。不知何故，他將櫻花花瓣與絨毛編織在一起，就像擁有這塊毛皮的蒼白野獸曾把背抵在樹上磨過一樣。我伸手觸摸花瓣，一陣春風便拂過我的指隙，還能聞到雨水和綠色植物的氣息。

「殿下，請容我為您效勞。」溫德爾說著，快速而優雅地將靴子從我腳上脫下，換上了白色高跟鞋。尺寸非常合腳，而且非常暖和。我感到很驚訝，我之前竟然沒有意識到自己的腳有多冰冷。

「謝謝你。」我說道，試圖從他陌生的臉上讀出這份禮物的含義。但他沒有透露任何訊息，只是笑了笑，再次向精靈王鞠躬，然後又淡出眾人的視線。

精靈王皺起眉頭，用那雙美麗的藍眼睛看著我。「你還好嗎，親愛的？你的心怦怦直跳，彷彿要跳出來了。」

我吞了吞口水——他居然能讀取我的心率，真是令人不快又吃驚，但這樣形容還是太輕描淡寫了。「因為鞋子很漂亮。」

「啊！」他微笑著說道。我並不覺得他是個傻瓜，但他對我的預期是如此受限，以至於我輕而易舉就能欺騙他。我總覺得他把所有凡人都看成是他的寵物烏鴉，生活僅僅圍繞在他扔給牠們的食物上；也不禁懷疑他是否曾因此遭到報應，但我指的不是被其他君主報復。畢竟，在文獻中，傲慢的精靈王被純真少女和老實鄉下人懲罰的例子比比皆是。

「我早該猜到的，」他說，「不該用珠寶和僕人來寵壞你，對嗎？別擔心，婚禮結束之後，我會命鞋匠在你的房間裡擺滿用小牛皮和兔毛做的靴子，上面鑲滿鑽石、鮮花和冰霜，讓你活著的每一天都能穿不同的靴子。」

我不喜歡他說這話的語氣，彷彿凡人的生命微不足道，用可笑的鞋子即可衡量，所以這樣的禮物一點也不奢侈。他將目光轉向正朝王座走來的三位賓客。

若說之前我的心跳還只是有點加速，此刻便像是受驚的賽馬失速狂奔。凡人在精靈組成的美麗水彩畫中顯得格外搶眼，就像不小心潑灑在畫布上的墨跡。歐黛、芬恩和奧絲洛步履穩健地走來，目視前方，然而隨著趨近王座，他們的決心明顯有所動搖。

歐黛是最勇敢的那個。她一直走在其他兩人前面，穿著簡單而整潔的皮草，頭髮編成繁複的辮子。由於她身材嬌小，所以更令人印象深刻，精靈王也不禁露出了微笑。芬恩臉色蒼白，但看得出來他在恐懼之餘，神情中還帶著一絲笑意，似乎是面對這種不可思議的情況，除了笑，他也別無他法。

奧絲洛最讓我吃驚。她的體重增加了，眼神也不再渾濁，看起來完全變了一個人。當她對上我的目光時，她笑了——笑得既慧黠又銳利，同時也傳達出她的承諾。

「你認識他們嗎？」精靈王問道。在村民們鞠躬行禮時，他禮貌性地朝他們點點頭。

「認識。」我回道，沒有理由撒謊。「他們是……我的朋友。」

「殿下，您太抬舉我們了。」歐黛說著，又向我行了一個完美的屈膝禮。「我們很榮幸受邀前來，向國王陛下和他的準新娘致上微薄的敬意，同時也希望能夠迎來凡人與精靈友誼的新紀元，我們已經很久沒有收到貴國的邀請了。」

「我很贊同你說的話，」精靈王說，「而且你說得眞好——我很清楚，在我被禁錮的期間，凡人沒有收到任何邀請，只會遭到綁架。請放心，我不會再容忍這樣的事情發生。」

他給了歐黛一個親切而美麗的微笑，芬恩和奧絲洛都被迷住了。歐黛也報以微笑，但以我如今對她的了解，她的微笑顯得有些不自然。

「請容許我斗膽向陛下獻上凡人友好的信物，」歐黛說，「雖然不及您迄今爲止收到的禮物那般精美。」

「那我肯定會更喜歡它。」精靈王紆尊降貴的優雅回應，讓圍觀的好幾位女士爲之傾倒。

歐黛舉起手中的酒瓶。「這是我們最好的蜜酒，經過將近一世紀的凡人歲月沉澱。我可以保證，凡界再沒有比這更好的佳釀。」

精靈王似乎確實對這份微薄的禮物頗感興趣。精靈僕人端來了酒杯，歐黛將之斟滿，又把剩餘的酒全數斟給精靈王的近臣們。他們彬彬有禮地喝下，除了其中幾個皺了皺臉之外，沒有任何不良反應——又為何會有呢？畢竟瓶子裡的酒沒有下毒。

歐黛接著獻酒給精靈王，途中停頓了一下，露出微笑，轉而將酒遞給我。我握住高腳杯桿的手抖了一下，酒濺到袖子上。我們即將**鑄下大錯**的預感洶湧而至，讓我感到頭暈目眩。種種傳說故事就像不祥的黑鳥一樣竄過我的腦海。

我必須下定決心。如果我不按照計畫進行，就會永遠被困在這裡，逐漸失去自我，而拉芬斯維克和其他人類村莊則將眼睜睜看著飼養的牲畜死去，鐵鍬被冰凍的農田折斷。

我泛白的手指抵著玻璃杯。我抿了一口酒，一邊喝，一邊習慣性地將頭髮往後撥，這是為了不讓髮尾沾到酒，畢竟我的頭髮總是亂糟糟地散落。但我也順道拉了拉溫德爾為我做的面紗，讓一顆珍珠鬆落在酒裡，濺起一朵不大不小的水花，然後溶解。

我本該如釋重負——就這樣，我的任務完成了，再來只需要把毒酒遞給我的未婚夫，靜待他抽搐倒下，接著王后和她的兒子，還有她在朝臣中的盟友自會上前解決他。溫德爾已經開始行動了——他沿著群眾的邊緣慢慢向王座靠近，假裝是想取得更好的視野。一旦精靈王倒地，他就會抓住我，趁著隨後爆發的混亂，與歐黛等人一起逃走。

然而，我卻坐著不動，手裡還拿著毒酒。

芬恩和奧絲洛臉上顯露出擔憂，只有歐黛一個人神色自若，嘴角還掛著溫暖的微笑。但我知道，這不是她慣常淡然輕快的笑容，這個笑容是裝出來的。

我往前傾身，假裝要給歐黛一個感謝的吻，而她也往前傾，平靜地將自己的臉頰貼上我的，但我能感覺到她出於不安而微微一僵。

「我不能這麼做。」我喃喃地說。我的思緒變得朦朧，不得不把指甲刺進手掌裡，以防止自己再次失去意識。「這不是事情該有的結局。」

我相信我還含糊地說了些關於故事或模式之類的話，但不完全確定，因為我的記憶非常模糊。只記得歐黛吻我時，能感覺到她的嘴唇在顫抖。我凝視著她的眼睛，試圖傳達我希望她能告訴我該怎麼做，希望她能幫助我。但她只是保持沉默，一臉困惑地回望——她怎麼可能不困惑呢？此前她才和溫德爾一起精心策劃了這起縝密的行動，而我卻在此時威脅著要讓計畫功虧一簣。

歐黛很快控制住自己，將錯愕隱藏在禮貌的驚呼之下。「殿下過獎了。」

整個過程——我的猶豫不決以及歐黛的擁抱——只持續了幾秒鐘，精靈王仍然面帶微笑，毫無戒備地低聲與朝臣交談。他轉過身，伸出優美的手——指甲透白，尖端較窄，彷彿只要不加修剪，很快就會變得尖銳——想要接過我手中的酒。

歐黛緊盯著我，看得出她完全沒聽懂我剛才在說什麼——畢竟我說的盡是些莫名其妙的話，這也難怪。她肯定以為我已經瘋了。也許我是真的瘋了，被關在這個冬季世界裡那麼久，又受到有如層層夢境的魔法包圍。但此時此刻，我知道——我**清楚知道**——如果繼續執行這個計畫，將會為我們所有人招來毀滅。我沒有任何證據可以支持這個想法，但這一切確實是出於理性的判斷；我也沒有什麼具體的理由，只是基於我經年累月對精靈的認識，以及對數百個傳說故事的領會。謀殺精靈王將導致現今的和諧變調，這是一條斷弦。

我拿著酒杯的手動了動——我也不確定自己想做什麼。或許是想鬆手讓酒杯摔碎，也可能在情急之下，乾脆誇張地將整杯酒砸向地面。但就在我的手微微挪動的那一刻，歐黛猛地衝向前，一把打落我手上的玻璃杯。

我嚇得跳起來，發出含糊不清的喊叫——我彷彿剛從睡夢中驚醒，對自己差點做出的舉動驚懼不已。精靈王望向我，接著看向歐黛，又看了看滲入冰地中的蜜酒。泛著白沫的酒液冒出氣泡，然後是一縷青煙，彷彿酒中原本潛藏著火焰，如今已被撲滅。

朝臣們驚恐地低聲議論起來。

「請原諒我，陛下，」歐黛以她一貫沉著冷靜的語調說道，「剛才殿下將酒杯移到燈光下時，我發現酒變成奇怪的顏色——我很清楚我們的蜜酒佳釀該是什麼樣子，我認為是裝酒的杯子有毒。毫無疑問，這是前王后的盟友策劃的陰謀。」她停頓了一下，彷彿還處在震驚之中，但我知道她正努力思考著。「幸運的是，您的未婚妻是凡人。我很肯定她的血液夠熱，不會受到影響。」

歐黛犀利地瞥了我一眼，而我癱倒在王座上，視線無法從她身上移開。她仍不明白我為何猶豫——她的疑惑清楚地寫在臉上，然而她非但沒有認為我瘋了，反而還全心全意地信任我，同時付諸行動，將故事重新改寫。我在內心深處發出難以言喻的聲音，幾近啜泣。

然而——差一點就失敗了。

精靈王的視線從歐黛轉移到灑落的蜜酒上，那灘酒液還在冒煙，接著他的目光又掃過聚集的朝臣和賓客，眾人的震驚很快變成恐懼，不約而同地從他身邊退開，爭先恐後地擠成一團。這也不怪他們——精靈王的表情變得猙獰，所有的陽光和嬉戲的彩虹都化成冰晶漩渦。他看著我，震驚在我臉上表露無遺，而我的嘴巴還像個傻子一樣張開——我不是故意的，但回想起來，這是當時我所能提供的最佳不在場證明。他的臉色緩和下來，捏了捏我的手。

「好了，好了，親愛的。」他說，「我毫髮無損。你不用擔心。」

緊接著，混亂爆發。一連串的尖叫聲傳來，一個衣衫襤褸的黑髮女精靈被拖過群眾，扔在精靈王腳下。

「這是叛徒王后，陛下，」其中一個逮捕她的人說道，「她做了偽裝！」

精靈王比了一個俐落的手勢，蜷縮著的精靈瞬間從不起眼化為美得不可方物，五官輪廓分明，皮膚如寒霜閃爍，一頭白色長髮垂至地面。她身側還配著一把劍，劍身幾乎和她一樣高，成為最完美的罪證。我突然意識到，既然精靈王先前無法識破王后的偽裝魔法，那兩名把王后拖到他面前的精靈應該也沒辦法識破才對；不僅如此，她們還不停地吞嚥口水，眼神時不時瞟向精靈王，與憤怒的語氣截然不同。但精靈王看都沒有看她們一眼，目光直盯著王后。

「我以為我已經殺了你，親愛的。」他用近乎寵溺的語調對王后輕聲說道。我畏懼地躲開，顧不上在旁人眼中看起來會是什麼樣子。

「那只是你以為。」她厲聲說道。即便在盛怒之下，她的聲音依然和容貌一樣動人。「我的丈夫，只有你的愚蠢能與你的力量相媲美。我已經愚弄你兩次了，我將會再度崛起，愚弄你第三次。」

我不禁佩服她的鎮定自若，但我想她的威脅不太可能兌現，尤其是一群精靈突然圍住了王后，對她拳打腳踢，將她的劍奪下來交給國王。

與此同時，幾名精靈正向著大門奔逃。精靈王的衛兵拿著冰劍砍殺他們，看樣子是沒有機會知道他們逃跑是出於罪咎，還是單純出於恐慌了。賓客們尖叫連連，武器相交的聲音斷斷續續響起，場面一片混亂——至少計畫裡的這個部分實現了。

突然間，溫德爾帶著一名精靈衛兵出現在我身邊。「我們必須帶殿下到安全的地方去。」他告知精靈王。這話說了也等於沒說，因爲精靈王根本沒理他，也沒理我。他正站在王后面前，用她的冰劍敲打地面，顯然並不急著解決她，只想盡情享受這一刻。

「表演結束了，殿下。」溫德爾低聲說著，一面把我從王座上拉下來，將斗篷披在我肩上。「是時候把你的筆記本收好了。」

歐黛、奧絲洛和芬恩緊跟在我們身後。逃跑的過程中，溫德爾將精靈衛兵引到一堵牆後面，用手指拂過那名衛兵的臉，就像對待我的女僕一樣。衛兵以近乎滑稽的姿勢倒地，就像被剪斷牽線的木偶。

我猛然停下腳步。我們剛剛才跑過第一扇門，門後是一條走廊，原本應該通往王宮最外側的門，然而我們卻來到了我早已過分熟悉的房間。

「我依然受制於精靈王的魔法，」我對溫德爾說，「帶其他人走吧，沒有我在身邊，你們就能逃走。」

「閉嘴。」歐黛說著拖了我一下，力道有點過頭。她看向溫德爾。「你能想點辦法嗎？」

「應該可以。」他說，「沒錯，你依然受制於他的魔法，而要是他死了，事情可就好辦多了。」他惡狠狠地瞪了我和歐黛一眼。「但他現在注意力都在別的事情上，施加的魔法並不穩定，也許我能找到一條出路。」

「過來。」我幾乎認不出奧絲洛的聲音。她扯下我的斗篷，將之翻面，又重新披到我身上。「我知道他是強大的精靈王，但這樣也許多少有點幫助。」

溫德爾讚許地點點頭。他在門前來回踱步，仔細打量著門，彷彿這扇門是——天曉得，總之不只是一片空氣。我凝望著奧絲洛。

「我想，你現在應該寧願自己沒有跟來吧。」我說。

她哼了一聲。「自從我看到王座上那個美得嚇人的生物，就一直在後悔。你怎麼有辦法不染指他？」奧絲洛給了我一個難以想像會出現在她臉上的狡黠眼神。「還是你已經下手了？」

「拜託，」溫德爾說，「請不要在我面前提及任何關於婚內親密關係的描述。這眞的很不公平，明明是我先向你求婚的。」

「喔，還眞好笑！」我驚呼道，打算接著提醒，他自己從來就不避諱讓**我**知道他的諸多曖昧情事，但他似乎感覺到風暴即將來臨，話鋒一轉：「不能再拖拖拉拉了。來吧，我想我找到了一扇門。」

他把我拖出房間，其他人緊隨其後。我們來到一個巨大的洞穴，洞中散布著一座座小溫泉池，是朝臣們喜歡來泡澡的地方。溫德爾一邊喃喃自語，一邊領著我們繼續往前跑，直到離開洞穴，來到一個我從未見過、擺滿了冰雕的房間。

「我以爲你找到門了！」我氣喘吁吁地叫道。

「我確實找到了，」他回過頭說，「但這扇門很窄，是許多層魔法之間的縫隙，想通過需要一些技巧。來吧！」

我們來到一扇小門前，穿過後又回到了庭院，如今這片冰地已被鮮血染紅。然後溫德爾帶我們跳過一扇窗，通往一座冬日花園，園中開滿暮色的花朵，點綴在瘋長的灌木叢之間，那些灌木有著滿是細刺的黑葉，其上的毒果鮮豔欲滴。接著我們又穿過一扇門來到宴會廳，此處另有十餘扇門能通往廳外。溫德爾只稍微猶豫一下，就跑向我們左方的第三扇門。這扇門看起來是僕人使用的出入口，我們一踏進去，我就被雪堆絆倒，要不是溫德爾抓著我，肯定會直接滾下山坡。

「好了，」他得意洋洋地說，「現在，容我說明一下你的禮物有什麼用途吧！」

我想告訴他等一下再解釋禮物，因爲我們正站在一處狹窄的突出岩石上，周圍只有肆虐的狂風和陡峭的山坡，根本看不到下山的路。但我冷得牙齒咯咯作響，一句話也說不出來。

他微笑著撩起我的裙子下襬。他送給我的高跟鞋已經改變了——現在變成了一雙靴子，靴筒高到我的膝蓋，皮毛又厚又暖，讓我的小腿胖了兩圈，靴底則是結實的木製雪鞋底。

他看起來一臉得意，讓我眞想把他從山坡上扔下去，但我還是說了聲「謝謝」，並吻了吻他歪斜的嘴。他當場訝異得說不出話，而我則樂在其中。

「走這邊。」他說道。自從我認識他以來，還是第一次看到他如此慌張。他就這麼帶領我們走下山谷。

二月四日

我仔細重讀了上一篇日誌，考慮刪掉重寫，因爲我希望能讓整件事看起來更眞實可信，算是出於某種偏執。但溫德爾和我明天就會抵達倫敦，一天的時間並不足以完成改寫——我懷疑一年的時間也還是不夠。

我對返回拉芬斯維克的記憶很模糊。那天下山時，狂風捲起山坡上的積雪形成冰霧，似乎與精靈王束縛我的魔法交織在一起，使我的記憶產生混亂。我們彷彿只花了幾個小時就抵達，又彷彿被困在山裡好幾天，像無頭蒼蠅一般亂轉。印象中，溫德爾一邊用愛爾蘭語和精靈語咒罵，一邊試圖破除我的束縛；儘管我們逃出了王宮，但殘餘的魔法仍像蜘蛛網的斷絲一樣緊緊纏著我。我甚至不記得其他人也在場。後來奧絲洛告訴我，溫德爾一路上時隱時現，既領著他們走過凡間土地，同時也慢慢將我帶出精靈世界。我想他們應是一直和我並肩而行，只是相隔一界之遙。

我第一段清晰的記憶是在小屋裡醒來——我躺在爐火邊，身上蓋著一床柔軟的毯子。起初我感到有點困惑，因爲我的床應該更舒服一些，直到我意識到，儘管有熊熊的爐火和層層疊疊的毛毯，我還是不由得微微顫抖。這股寒意過了數日仍沒有散去，即便到了現在，海風偶爾從船艙的縫隙鑽進來時，我仍會感到寒冷。

那天，影子蜷縮在我身邊，牠感覺到我醒了，便高興地呼嚕著直起身。牠把巨大的嘴伸過來舔我的臉，於是我先安撫地拍拍牠，再稍微用力地把牠拍開。牠的口氣恐怕連僞裝魔法也無法掩蓋，聞起來就和預期中的狗靈一模一樣——相當致命。

「你醒啦，」溫德爾說，他的頭出現在我的毯子窩上方。他看起來很雀躍，而且極爲得意。「感覺怎麼樣？」

「好像能一覺睡到春天。」

「恐怕沒這個時間，我們明天一早就得出發，去羅亞鎮。」

「明天？」

「你是想待在這裡，等著看昨天王宮發生那種事之後會怎麼樣嗎？」溫德爾搖搖頭。「不，還是趕快逃走爲妙。我們預計在羅亞鎮搭乘烏爾法弟弟駕駛的商船前往倫敦，很遺憾那並不是一般的客船，所以住宿條件很簡陋，但我們錯過了貨船，這是唯一的選擇了。烏爾法會陪我們一起去羅亞鎮安排相關事宜。」

「什麼？」我迷迷糊糊地說道。萬般思緒在我混亂的腦海中盤旋，我抓住了一個最熟悉的念頭。「那論文怎麼辦？」

「我很好，」他抱起雙臂，癱坐在一旁的扶手椅上，「只是把你們帶下那座山有點累。但撇開這點不談，我很高興能離開這片冰雪之地。歐黛、奧絲洛和芬恩也都很好。」

我瞪了他一眼。「我正要問……」

「你當然會問了。」他看起來並不氣惱，只是凝視著我，笑容中帶著某種特質，但我不知該如何解讀。

「歐黛回王宮去向精靈王要獎賞了，」他說，「如果一切順利，應該會在黃昏前回來。」

「**獎賞**？」我不可置信地重複道，然後仔細想了一下。「喔！對了，她可以請求精靈王結束這場大雪。」

他點了點頭。「他欠她一次，我猜無論她想要什麼，他都會給她，不過也很難說，或許他會把她推上后位，取代你的位子。」

「那還眞好啊，」我說，「究竟是誰比較鐵石心腸？」

他聳了聳肩。「我有建議她不要去。別說了，我先去幫你倒茶。」

我這才意識到自己確實很渴，也很餓。他端給我一杯熱茶和一盤阿坡做的麵包，既鬆軟又新鮮，還抹了橘子醬。我狼吞虎嚥地吃完後，溫德爾又站起來，伴隨著一陣沙沙聲，他把某樣東西扔到我腿上。那是一疊紙，整齊地夾在一起，上面滿是他優雅的筆跡。

「等到了巴黎，我們再請人重新打字。」他擺了擺手說。

「你不會用打字機？」我盯著文章標題，淡淡地說道。

「我也有做不到的事，小艾。」

文章標題是：

〈霜與火：寒光島精靈實證研究〉

艾蜜莉・懷德（博士、研究碩士、理學士、年輪學學士）與溫德爾・班柏比（博士、榮譽理學碩士）合著

「你寫完了。」我說道，好不容易才找回聲音。

「好好讀一遍。」他說道。不知爲何，他看起來更加得意洋洋了。

「我一定會的。」我的語氣太過堅決，他立刻笑了起來。

「參考文獻那裡是有點雜亂無章，但這個部分是你的強項，對吧？中間關於泛精靈習性的描述，幾乎是逐字逐句從你的筆記中摘錄下來的。不過眞要說的話，」他審視著自己的雙手，補充道：「大部分的工作還是我做的。」

「我絕對**不會**這麼說。」

他沒有理我，只是滔滔不絕地講起我不在的時候他有多麼努力，不過我正翻閱著論文，沒有專心聽。他說參考了我的筆記的確是實話——論文中大部分內容都是出自於我的紀錄。但他以意想不到的形式將所有內容整合在一起，充滿了生動的假設和信手拈來的巧妙措辭，這是我難以企及的。整篇論文讀起來既富有學術性，又不乏吸引力，比他過去的文章更具權威，也比我寫的文章更引人入勝。

「看來我得暫時保持這個模樣了，」他用手搓了搓臉，沉痛地說，「變換形貌既累人又要花不少時間，我想我今天應該沒這種耐心，但我會及時變回原貌參加會議的。」

「什麼？」我茫然地看了他一眼，然後眨了眨眼睛，打量他樸素的外貌，還是之前那副模樣。「喔，是啊，當然。」

他盯著我。「你沒注意到嗎？」

我說沒有，他就氣沖沖地跑去廚房了。事實上，我**早就**注意到了。在我剛醒來、還有點迷茫的時候，便發現他的頭髮沒有恢復原本的金色波浪鬈，覺得有一點點失望，但我爲什麼要告訴他？

我的精靈百科手稿依然整整齊齊地擺放在桌子上，就壓在精靈石紙鎮的下面，彷彿過去幾個星期什麼事也沒發生一樣。我把手放在書稿上，輕輕按壓，享受紙張發出熟悉的沙沙聲，接著我注意到一些東西。

我取下紙鎮。在第一頁的空白處，多出了溫德爾令人熟悉的筆跡。我翻開其餘的手稿，驚訝得嘴巴微張。他雖然沒有在每一頁都寫上自己的意見，但顯然從頭到尾讀過一遍，甚至還擅自重新整理和刪減了部分內容。

我張嘴想把溫德爾叫回客廳，打算表達我的不滿——我不需要一個合著者來插手我花了大半輩子編撰的作品。然而我讀著他的筆記，很快又改變了主意，因為有些想法確實很不錯。好吧，我想，聽聽別人的反饋也沒什麼不好，就算可能是拙劣的批評。

敲門聲響起，我裹著一條毯子走去開門。莉莉婭和瑪格麗特站在門口，臺階下的小徑上還站著莫德、奧絲洛和芬恩。我眨了眨眼睛，被這麼一大群人嚇了一跳。

莉莉婭輕輕地擁抱我一下。「我知道你們明天一早就要離開，沒時間辦歡送會，」她說，「所以我們帶了些糕點過來，順便幫你們收拾行李。」

「太好了，」溫德爾端著一杯茶坐回椅子上，「我討厭收拾行李了。請進吧！」

我這才意識到自己還沒請大家進門，於是退後一步，讓他們踏進屋子裡，並把靴子上的雪抖掉。莫德和奧絲洛帶來一種叫做「雪糖糕」的杏仁蛋糕，而芬恩則帶了一條顏色深暗、用地熱悶烤而成的寒光島黑麥麵包和一些鹽巧克力。

莫德環顧小屋四周。「克里斯提安翻修過了吧，比我上次看到的樣子好多了，之前這地方可是連棚屋都稱不上呢。」

他在鏡子前停頓了一下，張大嘴巴凝視著裡面搖曳的綠色植物。「這看起來就像我小時候在森林裡玩耍的地方，就在羅亞鎮郊外。你看，那棵柳樹的樹幹上有張臉！」

「溫德爾，茶葉在哪裡？」奧絲洛問道，「我還帶了一瓶酒，以防萬一有人想喝更烈的飲料。」

「那我先去打包書本。」芬恩說。

就這樣，小屋裡突然變得像火車站一樣嘈雜熱鬧。芬恩回了趟主屋去拿備用行李箱，結果克里斯提安跟著他一起回來，手上還拖著幾個木箱。溫德爾和我待在村子裡的這段期間積累了不少新物品，像是歐黛的禮物、精靈斗篷等諸如此類，引起了大家的好奇和討論。溫德爾在小屋裡晃來晃去，到處跟不同人閒聊，看似幫了不少忙，實際上根本沒做什麼事。

整段期間，我都在擔心奧絲洛或莫德會突然大哭起來道謝，或是送上什麼奢侈的謝禮，試圖想出發生時該怎麼回應。幸好他們並沒有這麼做，只是興高采烈地和其他人一起收拾、打包，問我和溫德爾一些問題。然而，我卻逐漸開始擔心，或許**我**才是該表示感謝的那一方。畢竟他們救了我，就像我和溫德爾救了小亞歷一樣。

「你怎麼了？」我們一起將那面魔法鏡子收進塞滿羊毛的木箱裡時，莉莉婭小聲問我，「溫德爾沒有治好你嗎？」

「不，我……」我停頓了一下。溫德爾**治好**我了嗎？除了還會發冷之外，我覺得自己完全沒事。「不是的，我只是不知道該說些什麼。」

「為什麼你一定要說些什麼？」

「呃……」我沒想到她會這樣回問。「因為你們，你們所有人一起救了我，尤其是芬恩和奧絲洛……」

「怎麼了？」奧絲洛不知道什麼時候走到我身後。「你叫我嗎？」

「艾蜜莉很難過，因爲她想感謝我們，卻不知道該怎麼表達。」莉莉婭說道。她說得如此直白，讓我不禁聽得面紅耳赤，舌頭像是打了個結。

「喔，別傻了！」奧絲洛只這麼回應，還給了我一個擁抱。「我們現在就像一家人一樣。」然後她又繼續幫忙打包行李，彷彿一切都沒變，她也沒說什麼大不了的話。

莉莉婭笑著捏了捏我的手臂。「要吃蛋糕嗎？」

我愣愣地點頭。莉莉婭把我推到椅子上，遞給我一塊蛋糕。我吃了起來，味道很不錯。

莫德將瓶中酒喝得精光，整個晚上他都靜靜地對大家微笑，尤其是有人問起他兒子的時候，他一遍又一遍地講著同一個故事，說起亞歷將各種奇奇怪怪的東西放進嘴裡，包括他們那隻長期受折磨的貓的尾巴。不過似乎沒有人在意。

在雪糖糕吃完之前，我便已相當疲憊，而有這麼多同伴在身邊喧鬧並不會讓情況好轉。所幸溫德爾選擇在這個時候送客，讓我鬆了一口氣。他們一個接一個走出門外，穿上斗篷和靴子，歡快地踏進風雪中，任身後的片片飛雪竄進小屋。溫德爾瞪著大雪，皺著臉把門關上。

他憂鬱地說：「又一晚。」我無須問他這句話是什麼意思。對於離開寒光島，我並不像他那樣如釋重負——我只覺得百感交集，尤其感到鬱悶。我會想念莉莉婭和瑪格麗特他們的。我以前是這種人嗎？我不禁懷疑是不是精靈王以某種方式改變了我。

「溫德爾，」在他神經質地調整門墊的時候，我說道，「我想，我知道精靈王的咒語爲什麼會生效了。」

他揚起眉毛。說來有趣的是，若是仔細觀察，溫德爾此時這副模樣並非完全不吸引人。

主要是他顯得很**低調**，但這絲毫無損於他天生的優雅，甚至是他的自負。

「就在，」回想起那一晚，我就不禁結巴起來，「我想說的是……在你向我……呃……」

「在我向你求婚之後。」他的音量大到有點沒必要。

「對。」我竭盡全力讓自己的語氣保持平常，就好像我們在談論學術研究一樣。我覺得自己實在荒唐，任何有理智的人都會立刻拒絕他的求婚，畢竟所有的傳說故事（不論源自哪裡）唯一的共識就是：跟精靈結婚是個非常糟糕的主意。無論在什麼情況下，只要和他們談戀愛，幾乎都不會有好結果。而我在科學研究上的客觀性又該怎麼辦呢？它最近似乎總是漏洞百出。

「我……那天晚上，我一直在思考這個問題。我想這就是我的答案。也就是我想……呃，繼續思考下去。」

他凝視著我，臉上的表情捉摸不定。然後，令我驚訝的是，他笑了。

「笑什麼？」我狐疑地說。

「我只是在想，你既沒有因爲我的冒昧而燒死我，也沒有斷然拒絕我，光是這一點就值得讚嘆。」

「喔，如果你只是想取笑我的話就算了。」我嘟囔了一句，轉身離開。突然間，我感覺到他的手拂過——他悄無聲息地穿過了客廳——抓住了我的手，力道輕如羽毛，讓我嚇了一跳。

我愣在原地，意識到他要吻我，同時也發現自己想要吻他。我向前傾身，他卻把手放在我的臉側，非常輕柔，手指拂過我的鬢髮，引起一陣輕顫。他的拇指落在我的嘴角，讓我想起自己也曾這樣撫著他的嘴角，那時我以爲他失血過多而即將死去。剎那間，我們共度的所有紛擾都消逝了，只留下幾個像現在這樣的親密時刻，一一相連，化爲明亮的星座。他的嘴唇輕輕拂過我的臉頰，使我感覺一陣溫暖沁入骨髓，驅走了精靈王宮帶來的冰寒。

「晚安，小艾。」他低聲呢喃，鼻息拂過我的耳畔，讓我的脖頸冒出雞皮疙瘩。

然後他走回自己的房間，關上了門。

我盯著門看了一陣子，好像它會給我一個交代似的。我猛地回過神，撿起地上的毯子，有點恍惚地走回自己的臥室。

而我的臥室，理所當然的，乾淨得不可思議。

✦✦✦

隔天一早，溫德爾和我瑟瑟發抖地站在碼頭邊，看著漁船船長（索拉眾多孫子中的一個）拉著纜繩，與另外兩個水手一起做出航準備，要送我們前往羅亞鎮。影子趴在我身邊，打著大大的呵欠，顯然對於一大早就被人從溫暖的被窩裡挖起來很不高興。從波濤洶湧的大海到村莊周圍巍峨的高山，放眼望去盡是冰雪與陰影，顯得一片模糊。歐黛告訴我們，天氣還不錯，可以安全航行，而且到了岬角另一邊，風力還會減弱。我在理智上可以接受這個判斷，但生物的本能卻告訴我，我們一定會淹死。

歐黛在前一天傍晚按照計畫返回村子，向寒光島的水手們發號施令，看起來相當高興。她也應該如此，畢竟她拯救了自己的村莊，甚至是整個國家。精靈王不久前才盡情享受了復仇的快感，彷彿這是我們留給他的結婚禮物，心情格外愉悅，因此他二話不說就答應了歐黛的請求，結束嚴冬，提早迎來春天。

至於我的行蹤，歐黛並沒有提供精靈王什麼線索，只說看到我在王后爪牙的追捕下，驚慌失措地向山谷方向逃跑，離開了王宮。她搖了搖頭，又說我很可能是被風浪捲走，或是摔下懸崖了，若眞是如此，這個愚昧無依的可憐人，便成爲王后叛國野心鑄下的另一樁罪孽。對於歐黛的推測，精靈王似乎難掩喜悅之情，立即將我的死當作新一輪處決的理由，此舉無疑驅使更多的貴族——那些還留著腦袋的貴族——躲進荒野。至於我，則非常高興未婚夫將我的死亡視爲恩賜，這樣他才會就此放棄尋找我的行蹤。儘管如此，我們能夠盡快離開仍是好的——以免我生還的消息傳進他的宮廷裡。

雖然時間有點早，但全村的人都來爲我們送行，就連小亞歷也不例外。我和他道別時，他把頭埋在莫德的肩膀上，就像見到陌生人一樣害羞。

「給你。」奧絲洛遞給我一整籃我最喜歡的羊奶乳酪。「這禮物眞是微不足道，對吧？畢竟你爲我們做了這麼多。」

我穿過道別和道謝的村民們，一面含糊不清地回應著，但似乎沒有人在意。莉莉婭和瑪格麗特緊緊地擁抱著我。

「給你。」莉莉婭說著，把一個籃子塞進我手裡。我掀開布罩，發現裡面有五個疊得整整齊齊的蘋果派。「芬恩說你喜歡吃。」

「啊，」我開口，眉頭皺了皺——每個派都有一塊磚頭那麼重。「你人眞好，但我不確定自己能不能……」

「拜託你收下吧。」莉莉婭眼中閃爍著絕望的光芒。「那棵樹，它……它一直不停地結果。我醃漬的蘋果都夠吃十年了，鄰居也全吃膩了蘋果，我一敲門他們就躲起來。」

我忍不住搖搖頭。在典型的精靈作風下，溫德爾送給莉莉婭的「禮物」製造的問題自然只會比解決的多。我知道莉莉婭害怕溫德爾生氣而不敢浪費半顆蘋果，於是建議她：「把多餘的蘋果拿去餵豬吧。」反正，他不就該得到這種回報嗎？

莉莉婭一臉驚恐，讓我不禁感到內疚。「或者拿去交換，」我說，「你可以跟水手或是旅行商人以物易物，說不定會獲得意想不到的回報。」我聽過很多這樣的故事——長年困苦的可憐凡人把精靈做的麻煩禮物拿去交換，換來的東西看似普通，卻有著意想不到的用途；但也可能換來比原來更奇妙的東西，且還可以繼續交換下去。我希望莉莉婭最後得到一座能將稻草織成黃金的紡車。

歐黛給我的擁抱最久，當她抽身離開時，臉頰已被淚水打濕。幸運的是，索拉在我開始苦思如何回應之前就站了起來（但面對流淚的人，到底該有什麼反應？）。「兩件事，」她攬著我的肩膀說，「第一，爲自己著想。聰明人會跟精靈討價還價，只有傻瓜才和他們交朋友，或者……不論你們兩個是什麼關係。」

老天，我聽得臉都紅了。「你覺得我是傻瓜嗎？」

「即便是最聰明的凡人，在某些情況下也會變成傻瓜。」她說，「第二，我希望你春天能回來參加莉莉婭和瑪格麗特的婚禮。我的孫女不喜歡強人所難，但如果你能來參加，她會很高興，所以我是替她說的。」

我笑著說：「我當然會參加。」

「好孩子。」她拍拍我。「快走吧！我會把我的意見寄給你——那個叫做什麼？同儕審查？」

「謝謝。」我說道。索拉答應我會讀完精靈百科最後一章的草稿，並提出她的想法和補充。「請不要客氣，有任何批評指教都儘管告訴我。」

她對我眨了眨眼睛，我正要報以微笑，她卻出其不意地用力推了我一把。「你的嘴長得跟我某個孫子的一模一樣。」

我的視線飄向蜷縮在夜色中的村莊，將手伸向阿坡送給我的告別禮物，一個小飾品。他說這是**一把鑰匙**，但看起來一點也不像。實際上那是一卷不可思議的骨頭線圈，隨著光線變化，有時看起來是逆時針螺旋，有時則是順時針。我把這個禮物掛在我的項鍊上。

溫德爾向水手下達完指示，便來到我身邊，變形的臉上露出笑容。他修整了那雙奇異的手，身高也增加了一截，但是和他原本耀眼的外型相比，還是相距甚遠。「準備好出發了嗎？」他說道。

村民紛紛向後退了一點。儘管他們都相信這隻奇怪的灰色精靈就是瀟灑帥氣的溫德爾・班柏比，而且他現在的面孔遠遠不像以前那樣英俊得令人望而生畏，他們對他的恐懼依然沒有減輕。

至於我，則幾乎沒注意到有什麼不同。他的美貌對我來說沒有任何用處，而他在其他方面則沒有改變，包括他激怒我的能力——在我受困於精靈國度期間，他竟然動手修改了我所有的衣服。

最後一次向眾人告別之後，我們踏上搖搖晃晃的甲板。溫德爾慢悠悠地向村民們揮手致意，欣賞著拉芬斯維克漸漸消失在夜色之中的景象。我卻立刻轉過身，沒有揮手，也沒有回頭。如果我回頭，就會看到歐黛和莉莉婭拭淚的樣子；還會看到我們的小木屋，輪廓依舊，原本應該飄著裊裊炊煙，如今卻安安靜靜、漆黑一片，彷彿陷入了夢鄉。影子不滿地叫了一聲，回頭看了我一眼，似乎很肯定有哪裡出了差錯。我的眼睛濕了，不得不用袖子擦一擦，並轉頭不讓溫德爾看見。**都是該死的風害的**，我心想。

我把莉莉婭的蘋果派抱在胸前，望著灰白色的大海，一手緊緊握著阿坡送的飾品。船繼續向前航行，遠方的地平線上，太陽漸漸展露光芒。

二月十三日

結果，我們錯過了全體會議。

當然，這也沒什麼關係。溫德爾參加了三個小組的討論，並憑藉個人魅力進入第四個，還順道把我推進了另一個小組。我參加了好幾場冗長的晚宴，但還不至於難以忍受，畢竟我又回到了熟悉的學者群之中，有時甚至很開心能與他們交談，因爲這些是有智識的對話，而非閒聊或是社交辭令。

終於，我們發表論文的日子到了。我在演講臺後方的小房間裡踱步，透過半開的門，能看見兩張講桌，以及穿著樸素西裝和禮服的學者魚貫走入會議廳。許多人穿著大衣，畢竟唯一能讓學者團結起來的事情，就是抱怨會議廳的溫度。

溫德爾終於趕到，看起來光彩照人、稜角分明，身形修長而優雅。他穿著自己的黑色西裝，和其他學者的西裝一樣樸素，但剪裁完美無缺。他以禮貌的目光審視著我，但我看得出他在壓抑臉上的笑容，因此狠狠瞪了他一眼。我穿著他爲我改製的禮服，這是迫不得已，因爲我沒錢在巴黎買新禮服，而我們也沒時間回劍橋的公寓一趟。

此前，他花了整整兩天的時間才恢復往日的風采。那兩天他幾乎都待在船艙裡，一邊對著鏡子喃喃自語，一邊扭動他的鼻子或是拉長四肢。這個過程實在不怎麼迷人，所以整趟返航的路上，我都盡可能不和他待在一起。

「展示品已經準備好了。」他說道。我點點頭。演講臺後面放著三個箱子，其中一箱裝著精靈斗篷的殘片，如今已幾乎融化，但多少還能辨認；另一箱裝著精靈王送給我的冰製項鍊，看起來就像一面精緻的蛛網，卻不會像斗篷那樣融化；最後一箱則裝著克里斯提安農地上的火山岩，嶙峋尖銳的岩石上有一扇迷你木門，受到陽光直射就會消失。我覺得自己更像是個魔法師。

他向我伸出一隻手。我接受他的好意，微微顫抖著搭上我的手，他便露出微笑。他最近看起來特別開心，我猜主要原因是他變回了原本的面貌。

「我們馬上就要轟動學術界了。」他的神情顯得有些縹緲。「想想看，如果你早點考慮清楚並答應我的求婚，我就可以介紹你是班柏比夫人了。這想必會掀起一陣熱議。」

我若有所思地看著他很久。「怎麼了？」他說。

「你的下巴，好像還是有點歪。」

他的手立刻伸向下巴。「才沒有。」

我聳聳肩。「也許是我的錯覺。」

在溫德爾戳著自己的下巴時，我轉頭看向到場的群眾。學者們齊聚一堂，有人交頭接耳地爭論著，有人雙手交叉、一臉頑固地坐著，彷彿已經想好要如何提出批判。我深吸一口氣，握緊手中的日誌。然後，我們一起走上演講臺。

以下這個獨一無二的故事是愛爾蘭最古老的故事之一，在西北部各郡以不同的版本流傳。在此列爲附錄，以供日後參考。——艾蜜莉．懷德

〈金烏鴉〉或名〈女僕與她的精靈管家〉

在愛爾蘭北部荒涼多山之地，曾經有個布爾王國，由一名年邁的女王所統治。女王共有十二個子女，其中一子擁有一半的精靈血統，但這位王子年紀最小，也最不可能繼承王位。於是，王子以典型的精靈作風迂迴地提高自己的勝算，而事實證明，他的做法非常有效。他將女王的三隻金烏鴉放飛到野外——金烏鴉是一位法力強大的女巫贈予的禮物，能爲女王帶來好運。自此之後，悲慘便在整片國土蔓延開來，女王的其他子女開始爲小事爭吵，最終演變成奸詐的陰謀和暗殺。

失去金烏鴉的庇護，也讓布爾的農民遭遇一樁又一樁的不幸，不僅莊稼歉收，受到詛咒的孩子更是隨處可見，而一名貧窮女僕的養女便是其中之一。這個女孩異常地笨手笨腳，走到哪裡都會引發混亂，害得女僕的日子非常不好過。這對母女總是遭到解雇而不停地換工作，因爲她們不管再怎麼努力都無法保持房子整潔。

在一個寒冷的冬天，這位母親去世了，留下剛成年的女兒自生自滅。鎮上的人都知道女孩的名聲，所以她找不到任何工作。無奈之下，她只得遠走荒山野嶺，來到公爵夫人，也是

女王之妹的城堡。公爵夫人和她的家人住在如此偏遠的地方，人手總是不足，因此公爵夫人當場雇用了這位女僕。

公爵夫人派給女僕一項簡單的工作：擦洗廚房的地板，尤其要注意角落，常有蜘蛛築巢。但是，對於被詛咒的女僕來說，這份工作並不容易，她才剛把地板刷洗得亮晶晶，就被絆倒，還打翻了香料架。香料撒得到處都是，剛洗過的地板上濕氣未乾，與香料混合在一起，形成一層芬芳的泥漿。女僕馬上又開始擦洗，但沒有用，泥巴怎麼刷都刷不乾淨。她哭著上床睡覺，確信自己又要被解雇了。

隔天早上她走進廚房，卻發現公爵夫人滿臉喜悅。廚房裡閃爍著前所未有的光芒，就連角落也不例外，而且每一隻蜘蛛都轉移陣地到高高的屋椽上，在一張極其繁複的大蛛網上落腳。公爵夫人一家都想知道女僕是如何讓地板變得如此光亮，就像星光下的冬日池塘；也想知道她究竟對香料做了什麼，才會讓整個廚房都瀰漫著彷彿新磨香料的氣味。

女僕意識到，城堡裡一定住著矮小的精靈管家「夜精靈」，是他們用靈巧的手指把每一粒香料撿起來，並用自己的呼息吹乾。女孩對此守口如瓶，不敢相信自己的好運。

日子一天天過去，公爵夫人一家愈來愈看重這位女僕。此前他們從未擁有過如此光潔的地板，如此淨透、宛如空氣本身的窗戶，以及如此芳香、一塵不染的被褥。然而他們不知道，這一切都要歸功於夜精靈加倍努力地收拾女僕留下的爛攤子。女僕每次走過地板都會留下泥濘的痕跡，每次打開窗戶都會在窗戶上留下手印，每次把被褥晾在外面都會被風吹到田野的泥坑裡。

但是，接下來卻發生了一連串的怪事。女僕爲畫像撢了灰塵，並神奇地惹來變本加厲的髒灰，而到了隔天早上，畫像上不僅沒有灰塵，就連畫像裡的人物都梳好了頭髮，衣服也刷過且變得整整齊齊。女僕爲公爵夫人的狗洗澡，隔天狗毛竟全變成優雅的長鬈。而她一旦移動家具的位置，房間和窗戶的形狀就會跟著改變，就算再不自然也會保持對稱。洗衣服則是最怪異的——女僕盡其所能地洗完衣服後，衣服不僅變得一塵不染，還會長出黃金絲線和象牙鈕釦，有時甚至會變成完全不同的衣服，比如睡衣變成晚禮服，羊毛襪變成絲襪。要是女僕打掃了雞舍，到了第二天早上，雞的喙便會像拋了光一般晶亮，羽毛也像上了髮油般充滿光澤，看起來神氣活現。公爵夫人和她的丈夫開始用擔憂的眼神注視著女僕，鼓勵她喝茶休息或者小睡一下。不過，他們並沒有辭退她——事實上，他們把她的工資提高了不只一倍，以確保她永遠不想離開。

女僕則開始擔心她製造的這些髒亂可能會把夜精靈逼瘋——她知道這些可憐的小傢伙極其討厭混亂。突如其來的惡整更進一步證明了夜精靈的不滿：某天她在工作時，臉上突然濕了一塊，就像是被看不見的小拖把打了一下。女僕終日生活在恐懼中，害怕有一天夜精靈會殺了她。

最後，女僕偷偷溜到住著一名年老女巫的樹林裡，乞求她的幫助。以一隻羽毛光亮的雞作爲代價，女巫告訴女僕，她身上的詛咒源自於王室的小王子，只有他才能解除。

幸運的是，女僕知道女王和她所有的孩子很快就要來拜訪公爵夫人。於是，在他們到來的前一天晚上，女僕便把她最爲破舊、沾滿廚房油漬的那件衣服撕成碎片，撒了一地。

清晨，女僕醒來，發現自己的舊衣變成一件超乎想像、極其可愛又古怪的禮服。很顯然，夜精靈的確是發瘋了，因爲這件禮服彷彿對顏色拿不定主意，一下子是渾濁的池塘綠，一下子又是海洋藍或大麥棕。裙身則像聖誕樹一樣掛滿了飾品和彩帶，其中包括一顆能顯示陌生人未來的水晶和一隻活刺蝟，而這隻刺蝟會不停地用小爪子隨興地從一個口袋爬到另一個（這件禮服有無限多的口袋）。

女僕心存疑慮，卻還是穿上禮服下樓。城堡裡到處是王室隨從和形形色色的馬屁精，所有人都忙得團團轉，一副肩負重任的樣子，而她穿著可笑的禮服，大家還以爲她是公爵夫人的親戚。她問一位侍女在哪裡可以找到小王子，對方回答：在花園裡。

女僕在花園裡見到了徘徊的王子，他的臉上帶著不悅的神情。那些具有半精靈血統的人永遠不會開心，因爲精靈的遊戲讓他們感到困惑，而凡人的追求又讓他們覺得無趣。事實上，王子之所以謀取王位，只是因爲他沒有更好的事情可做。

王子一見到女僕，便立刻愛上了她，正如她所期望的那樣。一般而言，只要她不是衣衫襤褸或者滿身汙漬，大多數年輕男子都會立刻愛上她，因爲女僕生得很美，有著黑色的眼睛、淡金色的頭髮和深金色的皮膚，看起來奇妙得讓人無法抗拒。王子表示要娶公爵夫人最珍愛的女僕爲妻，這讓公爵夫人非常生氣，但她也不好拒絕女王最寵愛的兒子。

婚禮當天，女僕高興極了。等他們結婚之後，她打算要求王子解開她的詛咒——如果他拒絕，作爲她的丈夫，他將不得不共同承擔詛咒帶來的後果，被迫忍受混亂無序的生活。她十分確信，困擾她一生的詛咒很快就會解除。

從某方面看來，女僕是對的。夜精靈爲她製作了一件華麗的婚紗——這件婚紗也相當瘋狂，共有八隻而非一隻刺蝟遊走在各個口袋之間，上衣翻個面就是通往精靈世界的入口，裙裡還藏著一隻鬼魂，不時發出咯咯笑聲擾亂儀式進行。在婚禮之後的宴會上，女僕不小心將醬料船裡的醬汁全潑到自己身上，而夜精靈看到他們的最佳傑作毀於一旦，終於崩潰了。他們一反常態，在眾目睽睽之下現身，只見男男女女的灰色半身人蜂擁而至，開始用精靈拖把痛打女僕。眼看沒有人也沒有什麼能阻止夜精靈，來參加婚禮的賓客不禁擔心這位新王子妃會被活活打死。王子急著想將新娘拉開，但他只要一動手，刺蝟就會咬他。看見金色的羽毛在空中飛舞時，賓客們起初只覺得不解，但隨著夜精靈不停地捶打，女僕便像熟透的李子一樣四分五裂，變回很久以前的樣貌——一隻金色的烏鴉。想必她自己和撫養她長大的母親都沒有料到，她竟是王子放走、為王國帶來紛爭的魔鳥之一。

女僕飛出窗外，終於重獲自由，而夜精靈則笑咪咪地拍了拍手上的灰塵，再度消失在眾人的視線之外。他們不再為雞打理外表，也不再將睡衣變成晚禮服，這讓公爵夫人鬆了一口氣，因為她只剩下最後一件睡衣了。

至於王子，失去女僕終於讓他找到人生的目標。他隱居荒野，向女巫或者任何願意教他的精靈學習魔法。最後，他成功把自己變成一隻烏鴉，飛去尋找他的愛人。據說他至今仍在愛爾蘭東北部尋找他的金色新娘，如果你仔細傾聽，就能從烏鴉嘎嘎的叫聲中聽到她的名字。

致謝

非常感謝我出色的編輯翠莎・納瓦尼、超棒的經紀人布莉安・強森，以及Del Rey出版團隊。謝謝娜迪雅・薩沃德與軌跡出版（Orbit）、蘇美亞・班迪梅拉・羅伯茲和HG Literary經紀公司全體同仁，還有FairyLoot的艾妮莎、珍妮・梅佛、曼蒂・強森、布麗・蓋瑞和貝琪・曼恩斯。

另外，我也要向今昔一起合作、共事過的優秀職人致謝：亞歷珊卓・萊維克、潔西卡・伯格，以及作家之家經紀團隊（Writers House）、克莉絲汀・倫斯與蘿芮・霍尼克，我從你們身上學到很多。感謝家人朋友對我的支持。

最後，我要大大感謝你，親愛的讀者。謝謝你拾起這本書，翻閱這個故事。希望你喜歡這趟奇幻旅程。

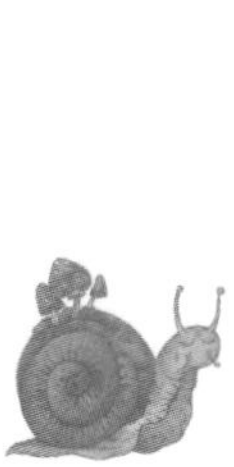

繁中版編註

* 寒光島農村拉芬斯維克（Hrafnsvik）字面上爲「渡鴉灣」之意。
* 寒光島人之姓氏同冰島人，沒有固定的家族姓氏，以父名（或母名）爲姓，兒子在父名後方加上「son」，女兒則在父名後方加上「sdottir」。因此，芬恩的姓氏爲「克里斯提安森」（Krystjanson——見〈十月二十日，傍晚〉），可看出他是克里斯提安之子；莉莉婭從母親約翰娜之名，姓氏爲「約翰娜斯多特」（Johannasdottir——見〈十月二十一日，傍晚〉）。
* 棕精靈阿坡的名字取自美國作家愛倫坡（Edgar Allan Poe），他以詩作及驚悚小說聞名於世，〈渡鴉〉（*The Raven*）是他最負盛名的代表作。這首敘事詩描述一位失去摯愛的男人，遇見一隻反覆說著「永不復焉」（Nevermore）的渡鴉，使他漸漸陷入瘋狂。

  ——見〈十月二十九日，傍晚〉
* 傳聞證據（anecdotal evidence）指的是來自故事或自身經歷敘述的非直接性證據。

  ——見〈十一月十七日〉
* 在希臘神話中，奧菲斯（Orpheus）爲救回死去的妻子尤麗狄絲（Eurydice），隻身闖入冥界，以豎琴演奏打動了冥王，願意讓他帶回亡妻。唯一的條件是，絕對不能在離開冥界前回望身後的妻子。然而，就在路途將盡時，他終究耐不住渴望而回頭，讓尤麗狄絲墮回了冥府。

  ——見〈十一月十七日〉

＊奧德修斯（Odysseus）為希臘神話中的英雄，在一次航行中，他讓所有船員都用軟蠟塞住耳朵，以免受到海妖歌聲誘引而喪命。由於他很想親耳聽聽海妖的美麗歌聲，便請同伴將自己牢牢綁在桅杆上，無論如何都不要鬆綁。最後，儘管奧德修斯受到歌聲迷惑而拚命掙扎，一行人還是平安渡過了這片海域。

——見〈十一月?日〉）

艾蜜莉和溫德爾的冒險故事

將在二部曲中繼續展開……

敬請期待

✦

眾所皆知，與精靈時時相伴絕非明智之舉，

而身陷魔法之時，凡人更是難以自知……

無視於老教授苦心勸誡，

艾蜜莉再次如飛蛾撲火般深入險境，

她將如願找到精靈之門，

還是後悔自己做出的選擇？

故事盒子 76

首部曲

艾蜜莉的精靈百科

作　者　海瑟・佛賽特 Heather Fawcett
譯　者　郭庭瑄

野人文化股份有限公司
社　長　張瑩瑩
總 編 輯　蔡麗真
副總編輯　陳瑾璇
責任編輯　李怡庭
協力編輯　余純菁
專業校對　魏秋綢
行銷經理　林麗紅
行銷企畫　李映柔
封面設計　周家瑤
內頁排版　洪素貞

出　版　野人文化股份有限公司
發　行　遠足文化事業股份有限公司 (讀書共和國出版集團)
地址：231 新北市新店區民權路 108-2 號 9 樓
電話：（02）2218-1417　傳真：（02）8667-1065
電子信箱：service@bookrep.com.tw
網址：www.bookrep.com.tw
郵撥帳號：19504465 遠足文化事業股份有限公司
客服專線：0800-221-029
法律顧問　華洋法律事務所　蘇文生律師
印　製　呈靖彩藝股份有限公司
初　版　2024 年 7 月

歡迎團體訂購，另有優惠，請洽業務部（02）2218-1417 分機 1124

國家圖書館出版品預行編目（CIP）資料

艾蜜莉的精靈百科【首部曲】/ 海瑟・佛賽特 (Heather Fawcett) 著 ; 郭庭瑄譯 . -- 初版 . -- 新北市 : 野人文化股份有限公司出版 : 遠足文化事業股份有限公司發行 , 2024.07
面；　公分 . -- (故事盒子 ; 76)
譯自 : Emily Wilde's Encyclopaedia of Faeries
ISBN 978-626-7428-35-1(平裝)
ISBN 978-626-7428-61-0(EPUB)
ISBN 978-626-7428-60-3(PDF)

874.57　　113005099

野人文化
官方網頁

野人文化
讀者回函

艾蜜莉的精靈百科【首部曲】

線上讀者回函專用 QR CODE，你的寶貴意見，將是我們進步的最大動力。